加速世界

Accel World

03 暮色掠奪者

川原 礫

插畫 / HIMA

「你啊，給我乖乖躺在那邊當枕頭。
醜話說在前面，你要是敢動歪腦筋，我就放奇蝦咬你。」
千百合
春雪的青梅竹馬

「遊戲結束了，有田學長……不，應該叫你Silver Crow。」
「咦……？」
能美征二
國中校內地位
金字塔頂點的新生
春雪
國中校內地位
金字塔最底層的少年

「好、好久不見了，師父。」
「我……我是……聽Ash兄介紹的，
他說妳曾經是『加速世界裡最接近天空的人』……」
Ash Roller
與Silver Crow
有著孽緣的初戰對手
Silver Crow
春雪的對戰虛擬角色

「我一直
很希望可以見你一面。
很高興見到你，鴉先生。」
Sky
Raker
在『加速世界』裡過著
隱居生活的神秘女性玩家

「哇，等等，妳做什麼！」
黑雪公主
『黑之王』
駕馭Black Lotus
梅鄉國中學生會副會長

「公主妳也真是的，包那麼緊是打算包多久啊？」

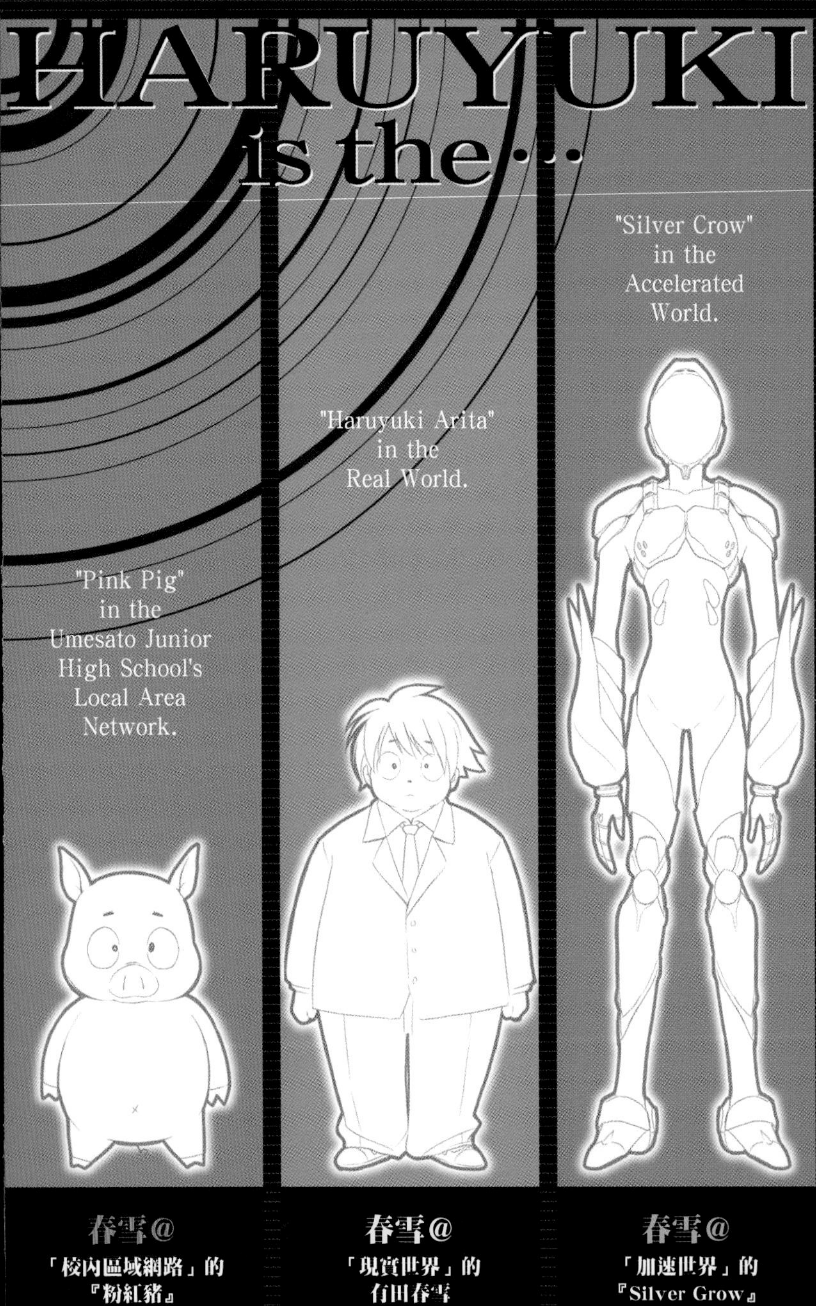
HARUYUKI
is the…
"Pink Pig" in the Umesato Junior High School's Local Area Network.
"Haruyuki Arita" in the Real World.
"Silver Crow" in the Accelerated World.
春雪@
「校內區域網路」的
『粉紅豬』
春雪@
「現實世界」的
有田春雪
春雪@
「加速世界」的
『Silver Grow』

加速世界

Accel World

03 暮色掠奪者

川原 礫

插畫 / HIMA

■黑雪公主＝梅鄉國中的學生會副會長，是個清純又聰慧的千金小姐，但本性卻充滿了謎團。校內虛擬角色為自創程式「黑鳳蝶」，對戰虛擬角色為「黑之王」＝「Black Lotus」。

■春雪＝有田春雪。梅鄉國中一年級生，體型略胖，遭人霸凌。對遊戲很拿手，但個性內向。校內虛擬角色為「粉紅豬」，對戰虛擬角色為「Silver Crow」。

■千百合＝倉嶋千百合。跟春雪從小就認識，是個愛管閒事又活力充沛的少女。校內虛擬角色為「銀色的貓」。

■拓武＝黛拓武。跟春雪及千百合都是從小就認識，擅長劍道，對戰虛擬角色為「Cyan Pile」。

■能美征二＝剛進梅鄉國中的一年級新生，來歷不明。將「BRAIN BURST」利用在日常學校生活，站上校內地位金字塔的頂點。

■神經連結裝置＝以量子無線方式與大腦連線，透過影像與聲音等方式，對所有感官都能提供訊息的攜帶型終端機。

■校內區域網路＝建構在梅鄉國中校內的區域網路，用於點名與授課等用途。梅鄉國中的學生在校內時，有隨時連結校內網路的義務。

■連結全球網路＝連上全球網路的行為。梅鄉國中校內禁止連結全球網路，僅提供校內區域網路供師生使用。

■BRAIN BURST＝黑雪公主傳給春雪的神經連結裝置內應用程式。

■對戰虛擬角色＝在BRAIN BURST內對戰時，所操縱的玩家虛擬體。

■軍團＝Legion。由多名對戰虛擬角色組成的集團，以擴張佔領區域及確保利權為目的。各軍團分別由「純色七王」擔任軍團長。

■領土戰爭時間＝定於每週六傍晚，改採特殊規則進行的對戰時間。進行的不是一般的一對一格鬥戰，而是不分等級，由同人數展開對決的團體戰。

■區域支配＝在「領土戰爭時間」內平均勝率超過五十％，就可以獲得系統頒與特權，只要處於己方軍團所支配的領土內，就算連上全球網路也可以拒絕「對戰」。

■正常對戰空間＝指進行BRAIN BURST正規對戰（一對一格鬥）用的場地。儘管有著直逼現實的高規格重現度，但遊戲系統則與上個世代的格鬥遊戲相差無幾。

■無限制中立空間＝只允許４級以上對戰虛擬角色進入的高等級玩家用場地。其中建構有遠超出「正常對戰空間」之上的遊戲系統，自由度比起次世代ＶＲＭＭＯ遊戲也毫不遜色。

■強化外裝＝Enhanced Armament。指對戰虛擬角色擁有的武器或護具等物品。取得方式很多，包括一開始就計入起始裝備、以升級點數取得，或是在「無限制中立空間」內的「商店」購買等等。

稱作「全球網路」的最大規模網路，早在五年前就已經超出了「全球」兩字所概括的範圍。網路架構先延伸到建設於東太平洋上的宇宙電梯靜止軌道太空站，之後甚至連上了月球的國際多功能基地，如今任何人只要想去，都可以沉潛到月面的準即時影像世界之中。

當然除此之外，還存在著無數的網路。從受到國家或企業防火牆保護的大規模封閉式網路、學校或社區的區域網路，到個人經營的私人網路，無數網路層層疊疊，如果將內部來去縱橫的訊號加以視覺化，相信整個世界都會被發出白色光芒的細小網格覆蓋得密密麻麻。

一個相較之下規模實在微不足道，但對有田春雪來說意義卻無比重大的網路，即將出現在他的房間之中。

「……那、那小百，我要連線了。」

春雪以有些緊張的高音宣告之後，小百——倉嶋千百合倒是一臉不怎麼緊張的表情回答：

「你在賣什麼關子啊？趕快弄一弄啦。」

實在是，也不想想別人有多少顧慮。

儘管內心這麼吶喊，春雪還是乖乖地將拿在左手上的接頭，插入了自己脖子上的神經連結裝置。

兩個有線式連線警告標示，以紅色字體在視野中央閃爍，隨即消失。

坐在床上的千百合頸部那具淡紫色的神經連結裝置，左右兩個接孔各接著一條XSB傳輸線，一條連接到坐在地板上的春雪，另一條則接往坐在透氣網椅上的阿拓——黛拓武的脖子。

何必特地選這種讓人緊張兮兮的連線方式呢。而且真要說起來——

「……我、我應該根本就不必直連吧……」

春雪嘴裡嘟囔著，千百合立刻以有如貓科動物的雙瞳瞪了他一眼。

「不～行。我們都講好了，要是小拓拷貝失敗，接下來我就要從小春身上拷來安裝。我才不會放過你。」

「……遵命。」

春雪點點頭，目光往右一瞄，就看到拓武用手指推了推無框眼鏡，回以短暫的苦笑。

春雪、千百合跟拓武等三人，同一年生在這棟位於南高圓寺區的大規模公寓，換言之就是所謂的青梅竹馬。

長年來他們互為知己，每天一起玩鬧，就算不時為了一些小事吵架，也不用多久就會和好。不過就在三年前，也就是他們十一歲的那年，千百合跟拓武開始交往，讓春雪退出這個圈子。結果，原來呈現正三角形的人際關係，就此變成其中一個角拉得比較開的等腰三角形。

然而去年發生了某件事，導致他們之間的關係完全歸零，一直到過了半年的現在，仍然維持著十分尷尬的狀況。

站在春雪的立場，自然希望他們兩人快點和好，但引發事件的拓武至今仍然十分自責，完全不採取主動，讓三角形的每一邊都時鬆時緊，始終沒有穩定下來——就跟此刻在三具神經連結裝置間不規則擺盪的傳輸線一樣。

「那，小千，妳準備好了嗎？」

拓武語氣十分柔和，讓人看不出他在想些什麼。

千百合晃著短髮點點頭，用力握緊放在裙外小小膝蓋上的雙手。

拓武也點頭表示了解，修長的手指輕飄飄地在空中——只有他看得見的虛擬桌面上劃過。然而中指按在檔案上的那一刻，他清秀的白皙面孔上卻浮現出些微猶豫。

「……小千，我最後再問妳一次……我現在要傳給妳的『BRAIN BURST』是個遊戲，但卻不是普通的遊戲。它會帶給妳不得了的特權、快感跟刺激，相對地也會要妳付出種種代價。也許將來有一天……妳會後悔。」

這句話毫無遺漏地說出春雪內心的擔憂。

一旦安裝這款神祕遊戲軟體「BRAIN BUEST」，成了具備加速能力的「超頻連線者」，就再也沒有辦法回頭。他們會沉溺在這個叫做加速世界的神祕網路中，為了維持連上這個網路的權利而不得不永續進行「對戰」，這樣的壓力有時甚至會造成人格扭曲。拓武之所以會在千百合的神經連結裝置中植入後門病毒，導致千百合暫時跟他絕交，就是因為被失去加速能力的恐懼逼得走投無路。

然而被左右兩人投以擔心表情的千百合卻鼓起臉頰，尖聲頂了回去：

「我說你們喔！我之所以要當你們講的那超頻什麼來著的，不是想要什麼加速能力，更不是想當那個學姊的隨從！我是對小拓還有小春你們那種好像事情有多嚴重似的模樣看不順眼！我要給你們一記當頭棒喝，讓你們知道既然要玩遊戲就應該玩得開心才對！」

春雪跟拓武忍不住往後縮，兩人同時對望一眼，互相苦笑。

「好、好啦，小千。那……妳準備好了吧，我要傳過去了。」

「請請請。」

千百合抬起了嘰高的嘴，眨著眼催他快點。

而拓武的手指就在空中朝著她的臉一劃。

千百合那雙大眼睛注視著空中的一點，相信在她視野中的那個位置上，已經打開了一個對話框，詢問她是否安裝應用程式「BRAIN BURST 2039」。

千百合沒有露出絲毫猶豫，右手從膝蓋上舉起，用食指往ＹＥＳ按鈕上一戳。

「啊……！」

緊接著，那身穿粉紅色毛線衣坐在床邊的嬌小身軀就猛然一跳，滴溜溜地滾動瞪大的雙眼環顧四周。這讓春雪想起了自己在半年前接受BRAIN BURST時的情景，當時他一按下按鈕，立刻就竄出虛擬的火焰，佔據了整個視野。

這些火焰是程式為了檢查安裝者的「加速資質」而顯示的。

要當上超頻連線者，必須具備兩種資質。首先是從剛出生就一直配戴神經連結裝置，這個條件千百合肯定完全符合，但問題在於第二個條件，也就是大腦的反應速度。

神經連結裝置會透過無線量子訊號跟配戴者的大腦連線，然而大腦屬於活體器官，在反應速度方面會有個體差異。不管是天生就擁有高性能的反射神經線路，還是透過長期的訓練來提升，總之如果神經連結裝置跟大腦的回應速度沒有超出一定基準，幻影火焰就會中途熄滅，BRAIN BURST便無法安裝成功。

不……也許失敗反而比較好。

春雪緊握冒汗的雙手，忍不住產生這樣的想法。

加速世界中有著對戰者之間活生生血淋淋的情緒，包括憎惡、怨恨、嫉妒、慾望等各式各樣的惡意。他絕對不想看到天真無邪的千百合因這些負面情緒而受傷的模樣。

『……小春。』

忽然間，從他的腦海深處傳來說話聲，是拓武以思考發聲的方式說給他聽的。

春雪視線往右一瞥，看到這名從小就認識的少年在椅子上輕輕咬著嘴唇。

『我……很害怕。我怕小千她……會改變……』

春雪迅速以手指操作虛擬桌面，同樣將發聲對象限定在拓武一人身上回答：

『只要有我們……不，阿拓，只要有你保護她，一定不會有事的，再說安裝也不見得就會成功。而且……這麼說對小百是有點不好意思，不過我想她大概裝不了。』

『說……說得也是。雖然她說做了很不得了的特訓，不過我怎麼想都不覺得「資質」這種東西短短兩個月就練得出……』

就在這個時候，千百合一直四處張望的臉孔忽然固定回正面。

略粗的眉毛往中央皺起，眼睛的焦點從左往右轉動。

她嘴唇微張，從中發出的人聲，讓春雪跟拓武不由得摒住呼吸。

「這什麼東西？We……Welcome to the……accelerated world?」

1

猛力痛毆窗戶的強烈風聲，打破了春雪淺淺的睡眠。

一片漆黑之中，他蒙著棉被仔細傾聽，就能聽見無數水滴乘著吹來的風，霹哩啪啦打在玻璃窗上的聲響。看樣子在他不知不覺間，外面已經下起了雨。

相信一夜之間，這陣風雨就會將大樓庭園內的櫻花吹得七零八落，但無論這些季節遞嬗的現象是否發生，春天對春雪來說始終是個憂鬱的季節。

理由有二。首先是濕度跟氣溫都會上升。春雪的汗腺比常人加倍發達，就連攝氏二十五度左右的氣溫，都足以讓他的額頭開始冒汗。

另一個理由則是升上了新學年。維持良久的苦難生活總算過去，春雪好不容易算是在班上爭取到了一個無關痛癢的位置，卻在這時被迫重新分班，這對他來說根本只是在找碴。得面對一群陌生的同學，從下ＰＩＮＧ指令試探彼此間的距離開始來往，實在令他覺得天旋地轉。

至少要把春假最後的幾個小時延長一點，這應該不會遭天譴。

想到這裡，春雪伸手摸索，從床邊梯子踏板上抓起了神經連結裝置，將其配戴在脖子上並開啟電源，環扣就在一陣輕輕的驅動聲中往內側擺去。接著開機程序啟動，在檢查完裝置與五感接觸無誤的同時，半透明的虛擬桌面便在眼前展開。

春雪先朝顯示在視野右下方的時刻「２０４７／０４／０８　ＡＭ０１：２２」一瞥，接著深深吸氣，開口唸出：

「超頻……」

連線。

就在他即將唸出這句神奇魔咒之際。

隨著一聲輕巧的來電提示音響起，語音通話的呼叫提示開始閃爍藍色的光芒。

春雪反射性地用右手指尖觸控。幾乎就在同時，他也發現這通呼叫來自住在下兩層樓的兒時玩伴。

『……小春，你醒著嗎？』

聽到悄悄從頭部正中央響起的說話聲，春雪不禁有些動搖。因為千百合一向晚上十點就上床睡覺，照理說在她睡到早上七點之前，應該是無論如何都不會醒的。她為什麼會在這種時間醒來，又有什麼事要找自己呢？

春雪將亂成一團的思緒趕到腦海中的角落，以思考發聲含糊地回答：

『我才剛醒過來……』

『風好大耶，不過我會睡不著倒也不是因為風啦。』

『睡不著！妳竟然會睡不著！』

春雪忍不住說溜嘴，千百合立刻大喊：『我說你喔！』

『你到底把我當什麼了？而且真要說起來，我會睡不著可都是小春你害的！』

『咦……？是、是因為我……？』

『對啊。你今天……啊，已經是昨天啦？昨天傍晚我要回家的時候，你不就對我說過一些很奇怪的話嗎？說什麼今天晚上也許我會作惡夢，但是神經連結裝置絕對不能拿下，也不能關掉電源。被你這麼一說，會不安得睡不著也理所當然好不好！』

大約十小時前，春雪確實對千百合說過這些話。

理由非常單純，因為對戰格鬥遊戲軟體「BRAIN BURST」在安裝完成的第一個晚上，會以惡夢的形式搜尋安裝者的記憶，濾出精神創傷與自卑感等心靈傷痛，創造出安裝者在戰場上的分身「對戰虛擬角色」。

半年前，春雪自己就在獲得「BRAIN BURST」的當晚，作了這輩子最大規模的惡夢。對於惡夢內容他只模模糊糊記得一些，而軟體所創造出來的，就是在極細身體上安了個巨大安全帽頭的銀色虛擬角色「Silver Crow」。

春雪懷念地回想當時自己失望的模樣，對千百合答道：

『那……那有什麼辦法？要是不作惡夢，就創造不出最重要的對戰虛擬角色啊。等等……我現在才忽然想到，妳會有什麼精神創傷嗎……』

『你可真敢說！精神創傷這種東西我當然也有的好不好？以前念國小參加遠足的時候，不知道是誰在公車裡玩遊戲玩到平衡感失調，暈車暈得好厲害，最後還在我膝蓋上……』

『對不起，非常抱歉，請妳不要再說下去了。』

一激之下反而刺激到自己的精神創傷，讓春雪吶喊著賠罪。然而千百合卻沒有因此就不再翻舊帳，以一種光聽就知道她已經鼓起臉頰的聲調繼續抱怨：

『啊，說到這裡我才發現，當時小春你根本就沒有好好跟我道歉。正好，我現在就要你還我這份人情。』

『咦……咦咦！都幾年前的事情了……追溯期都過了好不好！』

『前陣子電視新聞才剛報過，說追溯期這個詞很快就會變成過去式了。』

的確，隨著記錄日本全國所有公共空間的「公共攝影機網路」整建完成，刑事案件的公訴追溯期限規定在好幾年前就已經全部廢止。不過如果照這樣算來，春雪到底欠了千百合多少人情，可就數也數不清了。

『照「兒時玩伴特別法」規定，追溯期都是只有一年的好不好。』

春雪嘀咕了一會兒，這才同時發出了來自嘴唇的嘆氣與來自腦內的問題。

『……那，妳是要我怎麼還妳人情？又要請妳吃「圓寺屋」的巨無霸聖代？』

『我總覺得最近那家店的味道變差了，多半是把鮮乳換成合成乳了……等等，不是啦。用講的太麻煩了，你馬上給我鑽到我家的家用網路裡面來，我會開好門等你。』

『咦……？』

當春雪為這意想不到的命令驚訝得連連眨眼時，千百合的語音通話已經切斷了。春雪看著通話圖示從閃爍到消失，歪著頭想不通「都幾點了她還想做什麼？」但又沒膽放她鴿子，只好乖乖聽話，開口唸出指令：

「直接連線。」

指令才剛唸完，昏暗房間內的景象立刻隨著咻的音效呈放射狀淡出，體表感覺跟重力感也被切斷，讓春雪緩緩墜入一片黑暗之中。這是因為開啟了神經連結裝置的「完全沉潛（Full Dive）」功能，令他拋下一切其他感覺，只有意識解放到網路之中。

飄浮了一陣子之後，下方有幾個圓形的網站入口緩緩接近，這些地點就是現在可以沉潛的各個網路入口。在全球網路上許多已經加入「我的最愛」的ＶＲ空間，以及自家公寓大樓的區域網路之中，就有包括掛著倉嶋家家用網站名牌的入口。春雪就朝著這個入口，伸出了隱形的右手。

緊接著產生一股虛擬引力，將他的意識吸進這小小的入口中。當春雪跳進門內的同時，一個溫暖的檸檬黃光環就在眼前不斷放大——

「嗚……哇。」

看到眼前出現的光景，春雪忍不住叫出聲來。

一般來說，家用網路的ＶＲ空間會模仿該家庭住宅的風格來建構，裡頭有「起居室」、「客廳」與每個家庭成員自己的「房間」，而大多數人都會去修改各個房間，調整出現實世界中不可能有的寬廣空間或裝飾來取樂。

然而現在春雪眼中所見，卻是一整片由無數形形色色大小不一的坐墊所構成的海洋。

四面八方都沒有牆壁存在，只見風和日麗的藍天下，蠟筆色調的坐墊堆了又堆，一路延伸到地平線去。春雪就掉落在這片坐墊海的正中央，高高彈起之後又再度落下，一屁股著地坐穩。

「……這、這什麼玩意兒？」

目光掃過躺在正面的黃色長頸鹿型坐墊、旁邊的大象型坐墊，以及再過去的各種奇形怪狀坐墊，讓春雪又一次喃喃自語。

「這是奇蝦，是寒武紀的生物。」

忽然間背後傳來千百合說話的聲音，春雪轉過身去。

一個外型嬌小的虛擬角色，踩在疑似棘冠海星型的坐墊上站著。她全身覆蓋著看起來很柔軟的淡紫色毛皮，還穿了一件小小的連身洋裝。千百合在梅鄉國中校內網路之中，也同樣採用這個看起來像是由貓進化成人的造型作為虛擬角色。

千百合的虛擬角色臉孔有六成像貓，眨著一對水藍色的大眼睛哼了一聲。

「你還在用這個虛擬角色啊？也差不多可以換掉了吧。」

聽她這麼一說，春雪就低頭瞥了自己的身體一眼。

那是具同樣居家學校通用的粉紅豬型虛擬角色。幾乎完全呈球形的軀幹上接著圓滾滾的手腳，臉孔中央突起一個平平的鼻子，另外儘管自己看不到，但頭上應該還長著一對招風耳。

這個模樣實在說不上帥氣或可愛，而且這個虛擬角色其實也不是春雪自己挑的，但他一直拖到現在都還沒有換掉。春雪動動鼻子先哅了一聲，之後才像找藉口似地回答：

「我都已經習慣這個身體的感覺了，現在才要換掉也很麻煩。而且別說這個了……我剛剛會大喊『這什麼玩意兒』，不是想問妳腳下這神祕生物是什麼東西，而是針對這整個ＶＲ空間問的。這個坐墊地獄……呃我是說坐墊天堂，到底是怎麼回事？」

他記得千百合從以前就很喜歡這種布偶類坐墊，床上就擺了很多不同的種類，但眼前的規模實在超乎常軌，真不知道這些物件總計用了多少容量。春雪一問之下，貓型虛擬角色就搖著綁有絲帶的尾巴得意地笑了：

「嘻嘻嘻，很棒吧？前陣子為了慶祝我升上二年級，爸媽幫我在家用伺服器裡增設了我專用的記憶容量。就算解析度開到這麼高，兩端之間都可以拉到十五公里遠喲。」

「真……真的假的！」

春雪反射性地後退，結果他圓滾滾的屁股一滑，讓整個身體埋進了大象與奇蝦之間。他一邊胡亂掙扎一邊思索，如果自己有這麼多容量，就可以拿去重現一九四三年俄羅斯庫爾斯克坦克大會戰之類的壯大戰場。可以部署成山成海的虎式戰車跟T－34戰車，空中還可以準備Bf109戰鬥機。啊啊，那樣的景象真不知道會多麼令人熱血沸騰。

「……小、小百啊，妳這邊也讓我修改一下。」

「不行！」

話才說到一半，千百合就冷漠地拒絕，還從可以看到小小牙齒的嘴裡吐出舌頭。

「要是讓小春修改，一定會弄出那種到處都是汽油、鋼鐵跟煙塵味道的東西。」

「那、那才棒啊。」

「我－才－不－要！啊啊，夠了，害我想講的事情一直都沒機會講。」

春雪抬頭望向將纖細雙臂環抱在胸前的貓型虛擬角色，這才想起自己被叫來的理由。

「啊……對、對喔。那我到底得做什麼？」

「你只要坐在那邊就好了。」

「咦？」

坐在巨大坐墊上的春雪不明所以，維持短短雙腿往前伸出的姿勢歪頭思索。緊接著——貓型虛擬角色輕飄飄地跳到他眼前，修長的身體毫不猶豫地躺到春雪腳上。

「嗚……哇？」

春雪彈跳起來，想要往上鑽出出口，但千百合的右手卻猛然抓住他的鼻子，強行將他拉回原位。

「你啊，給我乖乖躺在那邊當枕頭，這樣我就忘記遠足時的事。醜話說在前面，你要是敢動歪腦筋，我就放奇蝦咬你。」

「我、我才不會啦！不對……妳說枕頭，是怎麼……」

千百合沒回答春雪的問題，彈響了長著小小爪子的手指。緊接著頭上風和日麗的藍天就整個開始旋轉，切換成浮著巨大月亮的夜空。

無數只會在圖畫故事書上看到的星型天體，鳴響著鈴鐺般的音效。她就在這些星星的閃爍下——也在春雪的膝上——大大打了個呵欠，接著才側躺著縮起身體。

「……沒有什麼特別的意思啦。」

從春雪的角度看不見的嘴，小聲地嘟囔著。

「我只是想起從前，小春你還常來我們家過夜的時候，只要拿你當枕頭，我都可以很快睡著。」

「……妳、妳在講幾百年前的事情啊……」

「誰知道呢？都已經好久……好~久了。」

貓型虛擬角色打了個呵欠，真的閉上了眼睛。

……這種事情妳應該去拜託阿拓吧。

春雪本想這麼說，但隨即吞下了這句話。小時候曾經當枕頭給千百合躺的人，就只有春雪一個。拓武由於雙親的家教十分嚴格，所以從來不曾在春雪或千百合家裡過夜。

然而就算是這樣，這種好久以前的條件反射習慣會一直留到現在嗎？而且現在雙方都以動物型的虛擬角色相見，所在的地方更是神經連結裝置所營造出的虛擬坐墊天堂。不過話又說回來，以血肉之軀絕對做不出這種事來。不，就算是ＶＲ恐怕也未必可以。

這些念頭在腦子裡轉著轉著，就發現千百合居然真的開始發出平穩的打呼聲。

「……真是的……」

春雪忍不住嘀咕，原以為已經睡著的千百合卻緊接著以含糊不清的聲調輕聲說：

「小春，你知道嗎……我啊，真的好努力喲……」

「咦？努力什麼……？」

「為了當上超頻連線者……我真的好努力好努力……這樣一來，我們，又可以，回到那個時候了，對吧……回到我們三個，每天都一起玩到天黑，的那個……時候……」

千百合說到這裡，似乎就真的墜入了深沉的夢鄉。春雪右手輕輕摸著發出虛擬打呼聲的虛擬體耳下柔軟的毛皮，默默在心中回答。

——有些東西是絕對不會改變的。

——可是多半也有些東西一旦改變，就再也沒辦法恢復了。

幾分鐘後，神經連結裝置偵測到千百合進入深沉的睡眠狀態，自動解除了完全沉潛的功能。貓型虛擬角色隨著鈴聲般的聲響從膝蓋上消失後，春雪仍然在這群不說話的動物之間癱坐了好一會兒。

2

私立梅鄉國中位於杉並區稍微靠東的位置，各學年都只有三個班級，規模實在不算大。

儘管如此，受到在體育館內整齊列隊的全校三百六十名學生注目，壓力想必還是相當大。春雪敢說，如果自己被這些視線集中照射，肯定會燒出一個洞來。

然而在入學兼開學典禮的講台上所站的人物，不但嗓音清晰得不必用到神經連結裝置就能傳到最後一排，臉上表情也顯得舉重若輕，讓人看不出她有一毫克的負荷。

「……相信現在各位同學中大部分的人，心中都非常期待，也非常不安。尤其是各位剛進學校的新生，要面對陌生的校舍、陌生的學長姊，也許更會覺得不知所措。不過我希望各位想一想，現在坐在各位新生後面這些表情充滿自信的學長姊，在一年前、兩年前，也跟各位新生同樣滿懷不安，坐在你們現在的位置……」

——真是的，有誰會想到在台上講得那麼頭頭是道的人，在另一個世界裡竟然是秩序的破壞者，更是殘酷的殺戮者，而且還是連美國海軍陸戰隊都會嚇一跳的魔鬼教官啊。

春雪內心嘀咕之餘，卻又始終以壓抑不住的憧憬眼神，望向講台上的女學生——身穿黑襯衫，綁著胭脂色絲帶，將修長的雙腿裹在黑長襪之中的黑雪公主。

從跟她有著建立起堪稱十分特別的關係——至少已經發展到無法完全否認這個說法——以來都已經過了半年，春雪還是沒能達到所謂男女朋友的境界。校園內周遭對他們的認識也是大同小異，似乎覺得黑雪公主只是出於義務跟憐憫救了這個被霸凌的胖嘟嘟學弟，順便收了他當寵物帶著走。

而春雪對此其實倒也沒有任何不滿，甚至覺得這樣的看法才是對事實的正確描述。雖然當寵物這點他實在敬謝不敏，但只要能當個侍奉公主的騎士——不，只要能當隨從，不不不，只要能當隨她使喚的小差，就已經心滿意足了。

「……一年的時間，換算成秒數是三千一百五十三萬六千秒，這樣的時間看似龐大，但轉眼之間就會過去，還請各位務必度過充實的一年。我的致詞就到此為止。」

黑雪公主深深鞠躬，灑開了一頭黑色長髮，接著回到後頭的學生會幹部座位上。

春雪跟全校學生同樣拚命鼓掌之餘，內心也不由得忽然想到一件事。

從今天起，我就是二年級生，學姊就變成三年級生。也就是說再過短短一年——她就要從梅鄉國中畢業了。

不，我們之間的關係不會就此斷絕。我跟她之間的情誼遠比單純的同校學姊學弟更堅定——那就是超頻連線者之間的「上下輩」關係。

了？還真是巧啊。」

結果拓武朝窗邊走去，輕輕搖了搖頭。

「不對，是九分之一。」

「咦？為什麼？」

「為什麼？」

看樣子千百合也跟春雪算出了同樣的答案，因此同時發出疑問。拓武讓自己修長的身軀靠在窗框上，用手指推起無框眼鏡開始講解：

「如果算的是『我們三個人全都分到C班的機率』，答案就是小春算出來的二十七分之一。可是以我們的情形來說，分到哪一班並不重要，所以題目應該是『我們三個一起分到A班、B班或是C班的機率』，所以數字就是三倍，也就是九分之一啦。」

「啊——」

「對喔！」

春雪又跟千百合不約而同地連連點頭，接著才咧嘴笑著補上一句：

「不愧是阿拓，一個春假沒見，越來越有博士樣……」

「小春，拜託你不要這樣叫我！要是我在這個班上被人取了『博士』還是『眼鏡兄』之類的綽號，可就都要怪你了。」

拓武先認真擺出一副厭惡的表情，之後朝著越來越多學生進來的二年C班教室瞥了一眼，放低聲音說道：

「……不管怎麼說，這也就表示這世上很多看似巧合的事情，實際去計算一下就會發現機率意外的高。所以我覺得最好還是先提防一下。」

「咦？提防什麼？」

拓武把臉湊到瞪大眼睛的春雪耳邊，悄聲說道：

「一年級新生。提防那一百二十個新生之中混進了陌生超頻連線者的可能性。」

聽到這句話，春雪先迅速地吸一口氣，接著才頻頻搖頭說道：

「這、這嘛……可能性當然不是零啦，可是會有人跟『上輩』就讀不同學校嗎？如果是像阿拓你這樣轉校的情形當然是另當別論……」

「嗯，畢竟一般人都不會特意去收跟自己進不同學校的人當『下輩』，因為要是那間學校有別的超頻連線者在，『下輩』被收編過去的可能性就相當高。『上下輩』固然是加速世界裡最堅定的關係，但其次就是『同校』關係了……」

拓武說得沒錯，超頻連線者若就讀相同學校，現實身分便無可避免地會在彼此間曝光，一旦相互敵對，必然會演變成超出遊戲範疇，不擇手段也要整垮對手的死戰。處在這樣的狀況，如果想保住彼此的BRAIN BURST，遲早得握手言和。

所以任何超頻連線者，都不會選可能進不同學校的人當「下輩」。也就是說，現在就讀梅鄉國中的超頻連線者，就只有黑雪公主、春雪、拓武——千百合姑且也算一個——而已，在這樣的狀況下，陌生的超頻連線者以一年級新生的身分進入這間學校的機率可說是趨近於零。

但這當然不表示他們不需要去查證。

春雪一邊想起自己剛進學校時的事情，一邊對拓武問道：

「呃……新生第一次連上校內網路是什麼時候？」

「應該差不多了吧。如果跟我之前的學校一樣，那麼在入學典禮結束，走進教室之後，才會開始分配帳號。」

聽到這個答案，春雪思索了一會兒後，奸笑著說道：

「……那我們就這麼做吧。反正都要花掉1點超頻點數來查證，乾脆順便在『對戰場地』上看看小百的對戰虛擬角色長什麼模樣吧。下一堂導師時間結束，我就『加速』找小百對戰，拓武你就先進來觀戰。」

新導師是位教日本史的年輕男性。這位姓菅野的教師雖然年紀輕輕，卻是個相當強硬派的「小孩不需要網路」主義者，站在春雪的立場，自然沒有理由對他產生什麼親近感，但他滿腔熱血的調調卻很受其他學生歡迎。

菅野在台上高談闊論，說要是什麼事情都靠網路搜尋，小心長大以後變成根本不會獨立思考的大人。但春雪卻是左耳進右耳出，輪到學生自我介紹的時候也勉強混過去，一個小時的導師時間剛結束，就在口中唸出加速指令。

「超頻連線。」

啪！清脆雷鳴般的聲響迴盪在春雪腦海中，周遭的景物也染成一整片藍色。

此時正要走下講台的菅野，以及正要從椅子上起立的其他學生，動作都倏地停止。

這並不表示時間停止流動，而是潛藏在春雪神經連結裝置內的「BRAIN BURST」程式將他的意識加速到了原本的一千倍。

春雪點選在虛擬桌面左側燃燒得特別明亮的「B」圖示，開啟操作介面，懷抱著幾分興奮的心情等待對戰名單更新。

名單的最上面立刻顯示出「Silver Crow」，也就是春雪自己的對戰虛擬角色名稱，右側的等級標示則是4。

接著是「Black Lotus」也就是黑雪公主，等級當然是9，再來又出現了等級跟春雪同樣是4的「Cyan Pile」——也就是拓武的名字。

隔了些許的空檔，另一串文字發出淡淡的光芒。

「Lime Bell」，等級1。

名單上的搜尋字樣就在這時消失，也就是說現在這一瞬間，有連上梅鄉國中校內網路的超頻連線者一共只有這四人，而「Lime Bell」毫無疑問就是千百合。

到了這個時間，一百二十名一年級新生應該沒有例外，全都已經登入了校內網路，所以結論就是新生之中並沒有新的超頻連線者存在。

然而還是有件事讓他放心不下。

入學典禮中，講台上的黑雪公主曾有一瞬間對新生集團投以銳利的視線，那到底意味著什麼呢？

春雪當場就想發個郵件去問清楚，但隨即想到身為學生會副會長的黑雪公主如今應該正忙著處理堆積如山的各種事務，於是打消了主意。

春雪以虛擬角色的手指伸向梅鄉國中第四位超頻連線者的名字，同時分心思索。

萊姆（Lime）色多半是黃綠色，也就表示屬於略偏近戰型的間接攻擊型角色。然而她實際上擁有什麼樣的能力，還是得等對戰過之後才會知道。

對戰虛擬角色會體現玩家的自卑感——他的腦海中再度響起半年前黑雪公主的這句話。

當然這並不表示只看虛擬角色的外表，就能立刻看出玩家本人的「精神創傷」。像春雪一直到現在，依然完全無法推測黑雪公主那麼強悍的虛擬角色，到底是來自什麼樣的自卑感。

只是話說回來，虛擬角色終究會顯現出一個人「不為人知的一面」。

春雪在凍結成藍色的視野中，朝著坐在左前方遠處的千百合背影瞥了一眼。接著吞下些許的猶豫，碰觸「Lime Bell」的名字，從跳出的選單中點選「對戰」。

出現的對戰場地類型，是有巨大齒輪與輸送帶忙碌運轉的「工廠」。

春雪自己的模樣變成銀色的「Silver Crow」，等到寫著FIGHT的火焰字樣炸開，才慢慢站起身來。

同學們的身影已經消失，取而代之的是被一群奇異機械圍繞的二年C班教室。春雪放眼朝教室中望去，首先看到的就是藍色的大型虛擬角色「Cyan Pile」的身影。春雪先對他微微點頭，接著注視獨自站在另一邊，個子跟自己差不多小的虛擬角色。

不出他所料，「Lime Bell」果然穿著一身色彩鮮豔的嫩葉色外裝。

全身柔軟的線條明顯呈女性體型，手腳跟軀幹幾乎都跟Silver Crow一樣細，腰上還圍著一圈狀似樹葉的護甲；頭上戴著魔法師用的寬邊尖頂帽，帽子下面則戴著一副像貓一樣眼角上揚的面具。

然而真正最引人注目的特徵，還是配備在左手上的巨大吊鐘狀物體，想來多半是手搖鈴。這到底是武器，還是真的就跟外觀一樣是樂器呢？春雪邊思考這個問題，邊朝她走了過去。

「Lime Bell」——也就是千百合，朝著接在左手上的搖鈴打量了好一會兒後，輕輕地歪著頭說道：

「這顏色……會不會太鮮豔了點？」

「別抱怨啦，這麼高彩度的顏色就算自己想要，也沒有這麼容易出現呢。」

「不過話說回來……」

帽子下那對橘色眼睛訝異地瞇起。

「……你是小春？」

「……是。我知道妳想說什麼，所以妳不用說了！」

春雪快速補上這一句，但千百合還是毫不留情地大喊：

「好瘦！記得你們說這個遊戲裡的虛擬角色會體現出玩家的……精神創傷？咦咦？哦哦？原來如此啊。」

「不要妳管。」

春雪低頭朝比現實中的自己瘦了一半以上的腰圍瞥了一眼，接著用力撇開臉去。

結果就看到Cyan Pile不知不覺間已經站在那兒。

右手配備著打樁機的藍色虛擬角色，以帶著幾分緊張的視線，低頭看了看黃綠色的虛擬角色。

千百合也默默接下他的眼神。

過去——就在半年之前，拓武因為承受不住可能失去虛擬角色「Cyan Pile」的恐懼，而在千百合的神經連結裝置中植入了後門病毒。

這種病毒原本的目的，是以千百合的神經連結裝置當作跳板，從外界連上梅鄉國中的校內網路，獵殺加速世界最高額的懸賞犯「黑之王」，也就是Black Lotus。

然而病毒還有一個附帶的效果，讓拓武得以竊取千百合的視覺與聽覺資訊，而他也忍不住用了這個功能，去試探千百合真正的心意。

後來春雪跟拓武一起去跟千百合道歉，說出了這個事實。千百合當下自然極為憤怒，說要跟他們兩人絕交，而且整整花了一個禮拜，才肯再跟他們說話。為了達成她提出的和解條件：「圓寺屋聖代吃到飽」，他們兩人神經連結裝置中儲值的金額變得少到不能再少，但三人之間的關係總算得以修復，變得跟以前沒什麼兩樣——

至少春雪是這麼相信，也期盼事實真是如此。

而他們兩人互相對望的視線，則述說著三角形的三條邊之中，連接拓武跟千百合的那條到現在還在不規則變動。

「……好啦，我們趕快來搞定初學者講習會吧。」

春雪像是要斬斷這些許緊張感似地這麼宣告，接著轉身面對黃綠色的對戰虛擬角色。

「這『BRAIN BURST』的規則，拓武應該差不多都已經跟妳說過了吧？」

「嗯，說穿了就是只要多打贏幾場對戰，多賺些點數，升上10級就破關了對吧？」

「……妳、妳不要說得這麼簡單好不好。當然妳這話是沒說錯啦……」

聽千百合說得輕鬆，春雪心想要是這番話給「那個人」聽到，真不知道她會說什麼。隨後他又連連搖頭拋開這些想法，接著說下去：

「不、不管怎麼說，要打贏對戰，就非得看穿對方的弱點，採取對自己有利的戰法不可。要能做到這一點，首先就得完全掌握自己虛擬角色的性能。」

——真沒想到我也會有像這樣對別人講大道理的一天。

春雪心中略生感慨之餘，動了動右手手指說道：

「在視野的這一帶，不是有一條自己的『體力計量表』嗎？妳點選這玩意，從跳出的視窗裡點選『招式列表』看看。」

本來這樣的工作應該由身為上輩的拓武來做，但說著說著就變成由春雪指示了。

「嗯……嗯。」

千百合點點頭，以生硬的動作伸出手指，朝著空中的一個點敲去，接著她又在選單上操作了幾下。

「呃……看樣子通常招式有三個，另外還有一招必殺技。『香櫞鐘聲』……？說是要用左手搖鈴……這樣……」

千百合一邊喃喃自語，一邊照著招式列表上的示範影片動作，將從肘關節以下都是一整個巨大搖鈴的左手掄動兩圈，最後再由上往下一甩。然而現階段當然什麼事都沒有發生。

「怎樣啦？根本就沒反應嘛。」

「要發動必殺技，就得先累積體力計量表底下那條藍色的『必殺技計量表』才行啦。」

「這要怎麼累積？」

「造成對手的損傷，再不然就是自己受傷……」

話才剛說到這裡，千百合就朝著春雪的頭部慢慢舉起左手的巨大搖鈴，嚇得春雪趕忙補上一句：

「還、還有破壞場地也會累積。這一帶的機械全都可以打壞！」

「啊，這樣啊？」

千百合看似有些不滿地點點頭，朝著盤據在原先講桌所在處的一具蒸汽機關狀擺設走去，毫不猶豫地用左手砸向這台猛冒蒸汽的機械。

隨著砰一聲清脆的爆炸聲響起，機械噴出大量的火花與白煙。

「哇，好痛快！」

隨著天真的歡呼，眼前戴尖頂帽的虛擬角色把轉動輸送帶的無數齒輪逐一砸爛，那模樣讓春雪看得整個背都在發抖。對那種爆炸的逼真，還有構成場地的超高解析度模型，竟然沒有表現出半點感動的樣子，就是因為這樣我才受不了女生……

正當春雪在內心嘟囔個不停時，先前一直保持沉默的拓武在他身旁小聲說道：

「小春，你有注意到嗎？小千的ＨＰ計量表完全沒有減少。打壞『工廠』場地的機械物件時，自己應該多少也會受些損傷才對。」

「啊……真的。」

「她外表雖然柔弱，防禦力卻相當高。當然『綠色』在防禦上本來就是僅次於『金屬色』的顏色就是了……」

聽完拓武冷靜的分析，春雪忽然想起了傳聞中「綠之王」的鐵壁傳說。

跟等級1時的Silver Crow比起來，Lime Bell的裝甲顯然硬得多了。這是否表示千百合屬於防禦型的角色呢？雖然這似乎跟她本人的形象正好相反。

春雪腦子裡還在想這些不相干的念頭，Lime Bell的必殺技計量表已經有半條左右被藍色的光輝填滿。

「喂，小百，已經夠啦。」

春雪這麼一喊，轉過身來的虛擬角色就大跨步走近——

接著毫不猶豫地高高舉起左手的大型搖鈴。

「嗚！」

對準發出慘叫，反射性地將雙手舉到頭上的春雪。

往反時針方向掄動兩圈的搖鈴，突然籠罩在一陣刺眼的黃綠色光輝之中。

「……『香櫞鐘聲』！」

就在千百合有模有樣地喊出招式名稱時，垂直下揮的搖鈴發出壯麗的音效，同時灑出光的粒子，裹住了Silver Crow全身。

「……！」

春雪完全無法預測這一招會造成什麼樣的傷害，於是憋住氣閉上眼睛。會是高熱還是衝擊？另外也可能招如其名，是一種酸性的溶解攻擊——

「……咦？」

「……唔？」

左右兩邊分別傳來千百合跟拓武訝異的聲音，於是春雪微微睜開眼睛。

他戰戰兢兢地低頭一看，自己身上那亮麗的白銀光輝仍然完好無缺，絲毫感覺不到疼痛或滾燙，ＨＰ計量表更是完全沒有減少。

「搞什麼啦！根本就什麼事都沒有！」

聽到千百合憤慨的吶喊，春雪反射性地搖頭辯解：

「應……應該不會這樣。妳的招式肯定有命中我……而且必殺技計量表也有在扣。會是持續性損傷……看起來也不像。是遲效性的時限啟動型損傷嗎……？」

春雪嘀嘀咕咕地等著看會有什麼事情發生，但不管等上幾秒、幾十秒，Silver Crow的ＨＰ就是文風不動。

「嗯……這也就是說，這個招式純粹是靠聲光效果擾敵的障眼法？說來確實有像黃色系的風格是沒錯啦……」

聽到春雪這句話，千百合忿忿不平地右手叉腰大叫：

「那多沒意思！小春，你的必殺技丟一個給我！」

「咦咦，這我想給也沒辦法啊，而且我的必殺技也只有一招頭鎚而已。」

「都這種時候了，我會將就將就。」

正當他們兩人展開與現實世界中沒什麼兩樣的互動時，拓武忽然低聲喃喃說道：

「不對……純以障眼法來說，必殺技計量表未免扣得太多，畢竟先前足足累積了半條，卻一次就全部用掉了……照理說應該會有某些更實際的效果才對……」

Cyan Pile強壯的雙臂環抱在胸前，垂下面罩上有著成排縫隙的頭思索：

「不是傷害類，也不是弱化類（debuff）……這也就表示……啊……等等，搞不好是……！」

聽到這句尖銳的驚呼聲，春雪跟千百合同時側頭。

「怎麼啦，阿拓，你想到什麼了嗎？」

「……算是吧，只是我自己也很懷疑……小千，妳用手上的搖鈴打一下小春試試看。」

「嗯好。」

鏗——

拓武這句話還沒說完，千百合就毫不留情地舉起巨大搖鈴往下一砸。呆呆站著不動的春雪腦門上挨個正著，視野中立刻出現無數金星。

「好、好痛……」

春雪還來不及哀嚎，拓武又接著下指示：

「計量表還不夠啊，再打個三次看看。」

「嗯好。」

鏗鏘鏘——！

……小百的搖鈴好棒啊，打人的時候聲音有夠好聽的。

春雪心裡想著這些不相干的念頭，整個人已經呈大字形昏倒。

BRAIN BURST畢竟還是款徹頭徹尾的對戰格鬥遊戲，光是升級並不會讓ＨＰ、攻擊力與防禦力等參數明顯增加。雖然升級可以得到新的必殺技或能力，藉此增加戰術的廣度，但要是像這樣毫不招架地挨打，還是會受到相當大的損傷。因此，這四次毆打已經讓春雪的ＨＰ計量表足足減少了三成，相對的，千百合的必殺技計量表則再次有半條以上被藍色的光輝填滿。

就在呻吟著站起的春雪眼前——

手搖鈴再度連連掄動，閃耀出黃綠色的特效光芒。

——這太奇怪了，學姊第一次指導我的時候，可完全沒有出現過這種「師父親身試招」的場面啊。

——而且真要說起來，為什麼是我在當小百的對戰對手？

春雪腦子裡還轉著這些已經太遲的念頭，千百合又以比剛才更大的聲音，第二次喊出招式名稱：

「香櫞鐘聲——！」

清澈的鐘聲響起，萊姆綠的光帶從中灑出，接著微微飄過一陣清爽的柑橘類芬芳。

這些光帶重重圍繞在Silver Crow的身上，就在這一瞬間。

「哇……？」

春雪已經有好幾個月不曾在加速世界中像這樣面臨令他由衷驚愕的現象，讓他忍不住喊了出來。

畫面左上方被打掉三成左右的己方ＨＰ計量表——

竟然在迅速恢復！

恢復ＨＰ。

對戰格鬥類的遊戲中，本來根本不可能有這種現象，而春雪以往在「BRAIN BURST」之中，也從來不曾看過ＨＰ計量表恢復的情形。

不，嚴格說來他曾經見證過唯一一個例外，就是在三個月前，歷經壯烈的激戰之後遭到破壞而毀滅的詛咒強化外裝，災禍之鎧「Chrome Disaster」。那個虛擬角色就擁有「體力吸收(Drain)」的能力，可以吃掉對手後吸收對方的體力來治療損傷。

然而他們跟「Chrome Disaster」是在看不到其他虛擬角色ＨＰ計量表的「無限制中立空間」交手，所以今天還是春雪首次實際目擊到計量表恢復的光景。

短短十秒左右，他的ＨＰ就已經補滿，黃綠色的光也同時消退。

但無論是春雪，還是站在稍遠處的拓武，都驚訝得目瞪口呆。

解開這陣僵硬的，是千百合那已經不知道喊了幾次的不滿叫聲：

「好爛，是怎樣啦！這不是反而讓你的ＨＰ恢復了嗎！太詐了啦，我要重來！」

「不……又、又不是我在耍詐……」

春雪勉力以沙啞的聲音說出這句話，接著看向拓武要求講解。

Cyan Pile面罩縫隙下的藍色雙眼瞪得不能再大，但隨即搖搖頭低聲驚呼：

「天……天啊……剛剛那毫無疑問是『治癒能力』。原來小千的虛擬角色是『治癒術士(Healer)』……」

「咦？說穿了就是所謂的僧侶？有夠不起眼的。」

千百合發出略帶不滿的感想後，總算從驚訝中振作起來的春雪也老實說出感想：

「治癒術士……我還是第一次聽到，原來BRAIN BURST裡頭也有這樣的角色啊。」

然而拓武卻與他們兩人形成鮮明的對比，顯得十分驚懼，說話聲音放得更低了：

「哪裡會不起眼……這可是不得了的稀有虛擬角色。這下小千一旦在『對戰』中亮相，事情可就不得了了……搞不好會掀起比Silver Crow出現時更大的……」

3

「你說什麼？」

簡短的一句話，加上之後漫長的沉默，表現出她是多麼的震驚。

現實世界中是梅鄉國中學生會副會長，在加速世界裡則是「黑暗星雲」軍團的首領，同時也是春雪的「上輩」，更是9級超頻連線者黑之王「Black Lotus」的黑雪公主，凝視著春雪的臉孔足足五秒以上，才總算將右手端著的茶杯放回杯碟上。

「……我本來預測倉嶋當上超頻連線者的機率只有一半左右……真沒想到她竟然還成了『治癒術士』……」

黑雪公主攏起一頭黑色長髮，靠在漆成白色的椅背上，輕輕嘆了口氣。漆黑的襯衫上，一條全新的胭脂色絲帶發出豔麗的光澤。

春雪總覺得這陣子她的美貌益發出色，忍不住看得出神。

二〇四七年四月十日，星期三，下午三點半。

他們兩人照慣例在學生餐廳隔壁的交誼廳裡，面對面坐在最裡面的桌子旁。這個地方每到午休時間就會客滿，但放學後就沒什麼人會特意留在不能連上全球網路的校內，現在也看不到其他學生的身影。

從千百合當上超頻連線者，以及虛擬角色「Lime Bell」的特徵讓春雪跟拓武跌破眼鏡後，已經過了整整兩天。由於學年度才剛開始，黑雪公主的學生會事務繁忙到了極點，連午休時間都空不出來，到今天兩人才總算可以面對面談話。

拓武提供軟體給千百合安裝成功，以及她的虛擬角色名稱，都在兩天前就已經用郵件報告過。其實春雪當時就想在郵件上提到她那驚人的能力，但拓武大力主張「這點還是面對面直接講比較好」，所以才會延到今天。

春雪小聲為延後報告一事道歉，黑雪公主這才拉回目光，搖搖頭說：

「不用道歉，這點拓武的判斷很正確。這件事如果透過網路講，萬一被其他超頻連線者竊聽到，事情可就不只是難以收拾了。」

「有……有這麼嚴重？」

「錯不了。全東京的超頻連線者都會聚集到杉並區來，想要趁倉嶋……趁Lime Bell進入其他軍團之前拉攏她，而且一定會不擇手段。」

聽到黑雪公主帶著些微的苦笑這麼說，春雪更是瞠目結舌。

他踏入加速世界已經有半年之久，卻從來沒有聽說過有「治癒能力」這種事，因此以為自己已經了解到這種能力有多稀有。然而若是會引發挖角大戰，事情可就危險得很了。

如果要說稀少，春雪的「飛行能力」正是稀有中的稀有。然而從他掛上「黑暗星雲」的名牌之後，雖然有被人盯上，但邀他轉入其他軍團的情形頂多也只有兩三次。

春雪大吃一驚之餘，含糊不清地問：

「可、可是……這是為什麼？她甚至還沒有在實戰中亮相呢……」

「嗯……我想想該怎麼說……」

黑雪公主露出正在思索該怎麼回答才好的模樣，接著豎起一根手指說道：

「這麼說不知道你會不會懂。從加速世界誕生以來已經過了七年多，卻只出現過兩名具備『治癒能力』的超頻連線者。其中一人屏退了無數的邀請跟暗殺陷阱活到今天，另一人則忍受不了為了爭奪自己而發生的爭執，自願退出了加速世界。」

「退……」

退出，也就是說，這個人自己刪除了自己的BRAIN BURST？

看到春雪驚訝得全身僵硬，黑雪公主臉上閃過諷刺的表情。

「不過嘛，照我看來，『對兩位王子的求愛不知如何選擇而從高塔上跳樓身亡』，根本就是公主病已經病入膏肓了。」

「這、這說法還真是一點都不留情面……」

春雪不由得臉頰痙攣，結果黑雪公主接著要說的話卻還更狠：

「所幸倉嶋完全不屬於這種類型。她不但不會自己退出，更難保不會要兩位王子自己決鬥解決。」

看到她哈哈大笑，春雪忍不住反射性朝身後一瞥，確定沒有人在之後，才趕忙拉回話題。

「可、可是，這個，為什麼只是具有『治癒能力』，就會引起這麼大的波瀾？」

「你想像一下，要是在正式領土戰爭的團體戰裡，辛辛苦苦才打掉對方前衛一部分ＨＰ，等到這傢伙退走再回來，身上的傷卻已經完全治好了。老實說……」

「……實在是讓人玩不下去啊。」

這的確很難應付，不，根本就是過分到了極點。

看到春雪連連點頭，黑雪公主右手一擺，繼續補充說明：

「也就是說，只要對方團隊裡有治癒術士在，首先就非得幹掉這傢伙不可。然而對方當然也會料到這點，所以愛怎麼埋伏、夾擊或是設下各種陷阱都行。」

「……這樣啊……」

「老實說，面臨『只有敵方陣營有治癒術士』的局面，一直到現在都還沒有人想出對策。」

聽到黑雪公主帶著剽悍笑容說出的這番話，春雪瞪大的眼睛連眨了好幾下：

「咦，請等一下。剛剛妳說現存的治癒術士只有一個人……啊，當然這是指不計小百的情形……對吧？那如果這個超頻連線者所屬的軍團『有這個意思』，要統一加速世界似乎也不是辦不到……？」

「可能性是有的，而且很夠。」

「那他們為什麼不做？」

聽到春雪這個理所當然的疑問，黑雪公主瞬間露出苦笑，但隨即換上別的表情。

一道危險的光芒從她瞇起的漆黑雙眸中閃過——至少春雪是這麼覺得。而且她的聲音也帶著跟先前不同的冰冷。

「理由很單純，因為這個治癒術士如今已經是『純色六王』之一了。哪怕團體戰勝率可以達到百分之九十九，只要敗在其他王手下一次，就會立刻喪失『加速』，所以這人不能親自上戰場。」

「是六王……之一！」

春雪差點打翻了正要拿起的烏龍茶紙杯，趕忙用雙手抓穩。

「這人是哪個顏色的？」

春雪咳著這麼發問，但奇妙的是對方並沒有立刻回答。

黑雪公主視線放低，猶豫了許久，隨後她輕輕搖頭說：

「……對不起，現在我連這個人的名字都不想讓你知道。我甚至不希望你對這人產生一丁點興趣。」

「咦？這話……怎麼說？」

春雪掌握不住黑雪公主的意圖，發出了搞不清楚狀況的疑問。

黑雪公主用問題來回答問題。

「我說哪，春雪，問這個似乎很奇怪……不過這半年來，其他軍團來挖角過你幾次了？」

「嗄？」

春雪立刻挺直腰桿，一張嘴開開閉閉。

但他當然沒有說謊這個選項可以選，只能以小得幾乎聽不見的聲音說出事實：

「這個……如果三個月前仁子那次也算進去，由『王』率領的六大軍團一共有兩次，其他小軍團一次。可、可是我當然全都當場二話不說就拒絕了！」

春雪拚命補上最後一句話，但遺憾的是黑雪公主對此似乎沒什麼感動──應該說她似乎另有別的事掛心不下，皺起眉頭繼續問下去：

「唔。你說另有一次來自六大軍團的邀約，具體來說是哪個顏色的？」

「……呃……沒記錯的話，應該是藍色吧……」

春雪這一回答，過了幾秒之後，黑雪公主才輕輕嘆了口長氣。

「……這樣啊？原來如此。不過真沒想到會是藍色，每個禮拜都派人來攻擊，卻還想要招攬你，再怎麼說臉皮也太厚了吧。」

「就、就是說啊。」

白皙的美貌總算稍展笑靨，讓春雪也露出鬆了口氣的笑容，接著歪頭思索。

「可是，這件事有什麼關係嗎？」

「我當然相信你，認為你絕對不會答應其他王的招攬。相信歸相信……我還是沒辦法不去擔心，因為那傢伙就是具有這麼絕對性的吸引力……」

春雪不知道所謂「那傢伙」指的是哪個顏色的王。

黑雪公主一雙夜空色的眼眸凝視著困惑的春雪，忽然間她舉起了右手，以優美的動作撫過春雪那圓圓的臉頰到下巴之間的線條，同時輕聲耳語。她說話的聲音有如絲絹般柔滑，卻又顯得冰冷而緊繃：

「春雪，你聽好了……你是我的。過去是，以後也是，哪怕海枯石爛，我也不會把你交給任何人。」

突然的肌膚接觸與宣告，讓春雪嚇得兩眼圓睜，全身僵硬得連呼吸也忘了。

如果只從字面上解釋，要說是表達愛意——似乎倒也說得通。然而黑雪公主閉上嘴唇之後，春雪仍然認為自己清清楚楚地聽到了她沒有說出來的話，至少他這麼覺得。

——要是你想投奔其他的王，我會先砍了你。

一股寒意從春雪背脊上直竄而過，但他仍然在內心回答。

——到時請不用手下留情，儘管砍了我就是。

同時嘴上則說出了略帶玩笑性質的回應：

「那、那還用說。要是學姊信不過的話，可以直接用油性麥克筆把名字寫在我的虛擬角色身上。」

「……呵呵，這個主意不錯。我先跟你說清楚，『另一邊』的世界裡可也照樣有著這種擦不掉的筆存在。」

「咦、咦咦！」

看到春雪驚訝的表情，黑雪公主這才露出一貫的笑容放下手，又喝了口紅茶。

「抱歉，有點離題了，主題應該是倉嶋的事情才對。我想說到這裡，你應該也已經知道『治癒型虛擬角色』有多麼稀有……」

說著放回茶杯，視線微微游移，之後輕輕點頭說道：

「拓武說得沒錯，這事無論如何都必須慎重再慎重。畢竟要是第三個『治癒術士』出現在加速世界的消息傳開，各方勢力肯定都會想盡辦法要拉攏倉嶋。」

聽她這麼一說，春雪實在沒有辦法不擔心。

儘管不覺得千百合會一遇到其他軍團招攬就乖乖跟去，但麻煩的是千百合跟「黑暗星雲」的首腦黑雪公主完全合不來。要是兩人大吵一架，依千百合直來直往的個性，難保不會因為一時氣憤就離開軍團，結果正好被敵對組織看準機會下手，這樣的情形也並非不可能——甚至機率還挺高的——

「……確實，是挺可能的啊……」

說完背上忽然一顫，就看到黑雪公主呼出一口長氣說道：

「這種時候，看來還是得跟她敞開心胸談一談啊。」

「……說、說得也是。」

儘管嘴上同意，但春雪死也不想待在那樣的現場，可是沒有在場卻又令他極為不安。看樣子只能在事前先跟拓武針對所有可能發生的情形研討出對策，努力讓事態往和解的方向發展了。

——我要努力，竭盡全力。

春雪才剛握緊右拳下定決心，黑雪公主卻說了一句出乎他意料之外的話：

「不過不管怎麼說，這都是十天以後的事了。」

「咦？十、十天？為什麼要等這麼久？」

「你還問我為什麼……」

黑衣學姊先擺出有些不敢領教的表情，接著才若無其事地說道：

「因為畢業旅行啊。」

「啊！」

「今天導師時間發的學年行事曆檔案裡頭不就有寫嗎？從四天後的星期日起，三年級就要開始為期一週的畢業旅行。去的地方是沖繩，所以你就先想好要我帶什麼禮物回來吧。」

——沖繩！

沖繩東坡肉豬耳朵豬肋排蕎麥麵等各式各樣的關鍵字接連在腦海中捲動，但這些東西又帶不回東京，還是那個好了，那個有點像甜甜圈的，呃，是叫開……

「開口笑？不過那玩意可是要剛炸的才好吃呢。」

看樣子自己不知不覺中已經說出口，聽黑雪公主這麼一說，春雪才趕忙連連搖頭。

「請、請等一下好不好？整整一個禮拜？那小百的事就先留到那時候再說是嗎……等等，那下週末的領土戰要怎麼辦！」

所謂「正式領土戰爭」，簡稱領土戰，是在每週六傍晚舉辦，讓各個軍團互相爭奪支配戰區(Area)的團體戰。

春雪所屬的黑色軍團「黑暗星雲」，現在控制著杉並第一至第三戰區，也就是支配了整個杉並區，而要維持這些領土，就必須在領土戰時對來犯的團隊保持百分之五十以上的勝率。

團體戰的勝負判定法，就是遭到殲滅的一方算輸。若拖到時間用完，則比較各方生存人數，如果連人數也相同，則以ＨＰ計量表的合計剩餘量決定。這陣子春雪也有了進步，就算遇上狙擊型(Sniper)對手，也慢慢不再像先前那樣單方面被擊落；但這仍然有個大前提，那就是有黑雪公主這種具備壓倒性攻擊力的近戰型(Attacker)角色帶隊應戰。

不，還有更根本的問題。領土戰只有防衛方人數達三人以上時，挑戰者團隊才需要在人數上配合。當然就算防衛方只有一人或兩人，也照樣可以進行防衛戰，然而這也就表示——

「咦？該、該不會說，我跟拓武得以二敵三？」

「唔，對，就是這麼回事。」

黑雪公主理所當然地點點頭，並將杯子裡的奶茶搖得團團轉。

「如果倉嶋趕在下週末之前加入我們軍團，當然是再理想不過……不過才當上超頻連線者還不滿一週，就要她參加領土戰爭，也未免太殘忍了。別擔心，就憑你跟拓武的搭檔，應付尋常三人團隊是不會處下風的。」

「哦……哦哦……」

能讓她說這種話，春雪心裡自然十分受用，臉上也露出了幾絲笑容：

「我是會努力……那、那麼如果來的不是尋常的傢伙，那也是無可奈何的對吧？只要下次搶回來就好了。」

「不，這可不行。」

結果黑雪公主卻將臉撇向一旁。

「我不能容忍這個杉並區裡插上其他軍團的旗子。所以呢，春雪，你要死守。」

「死守？」

黑雪公主瞥了當場雙目含淚的春雪一眼，以一副拿他沒辦法似的神情微笑。

接著忽然說出不得了的台詞：

「我想想……那，我們就這麼辦吧。要是下個禮拜防衛成功，我就答應你一個請求作為獎賞，你想要求什麼都行。怎麼樣？」

「獎賞？」

忽然被黑雪公主這句怎麼想都具有物理性攻擊力的話打個正著，春雪連人帶椅往後一倒。好不容易恢復平衡，重重往前翻回之後，他的雙手才開始連連顫抖。

什麼要求都行……這是什麼意思？在學生餐廳裡隨我吃？不對，要到校外的店也行？不不不，範圍沒有限定在吃的。像是兩個人一起出門……不，也可以請她到家裡來玩……然後請她跟我直連……而且用的線還是一公尺，不對，五十公分，不對，三十公分也可以？真的可以？

「啊，話先說在前面，超出我能力範圍的要求可就不行了，像是用鼻子吃義大利麵之類的。」

「這……做這種要求誰會有好處啊！」

粉紅色的妄想一口氣被掃空，讓春雪整個人從椅子上滑了下來。

他連連搖頭，重新整理思考。

「不……不管怎麼說，我一定會全力以赴……還有，學姊不在的期間，我也會教導小百基礎事項……」

「嗯，之後再由我去邀她加入軍團。」

到此黑雪公主的視線朝著顯示在視野角落的時刻瞥了一眼。

「……啊，我差不多得回學生會辦公室了。對了，你是不是也有什麼話想跟我說？」

「啊，我都忘了。」

春雪點點頭，很快地說下去：

「不過這也不是什麼了不起的事情，只是要跟學姊報告，一年級新生裡面沒有超頻連線者。」

「你也查過啦？我前陣子也藉由校內區網查過對戰名單，多出來的確實只有倉嶋……也就是『Lime Bell』……」

說是這麼說，但春雪察覺到黑雪公主語氣中有著些微含糊，忽然想起了她在入學典禮的講台上只展露了一瞬間的銳利視線，因此戰戰兢兢地問起了這件事：

「請問一下……學姊，先前妳演講快結束的時候，是不是有注意到哪個一年級新生？」

黑雪公主苦笑一聲，搖著頭說：

「你看得還真清楚。其實也不是注意到誰，硬要說的話……頂多也只是察覺到某種氣息吧。」

「氣、氣息？」

「你應該也有過這種感覺吧。就像在『對戰』場地上，被不知道躲在哪裡的狙擊手用瞄準鏡瞄準……」

這是春雪在加速世界中最討厭的感覺，自然反射性地皺起眉頭，但黑雪公主隨即搖搖手指頭說道：

「既然到頭來一年級新生裡並沒有新的超頻連線者，就只是我的錯覺……好了，那麼我差不多要失陪了。」

「啊……我也要回去了。」

春雪順利升上二年級，所以已經有權使用這個交誼廳，但他卻沒有膽量一個人留在這個時髦的空間裡。春雪跟著黑雪公主站起，將以再生材質製造的杯子丟進回收桶，一個毫無脈絡的想法忽然從腦海中閃過。

——剛剛說的「什麼獎賞都答應」，該不會也適用在阿拓身上？

春雪很想用一句「怎麼可能」否定掉這個想法，但黑雪公主在BRAIN BURST相關事項上，對春雪跟拓武完全一視同仁。如果說這是為了獎賞領土戰的表現，那麼就算兩人都列入獎賞對象也不奇怪。

——不過就算是這樣，對小百那麼死心塌地的阿拓應該不會對學姊做出什麼逾矩的要求。

——可是他對學姊的崇拜實在是非同小可啊，還稱呼她作「軍團長」。以騎士的角色來說，阿拓也遠比自己稱職得多……而且學姊看上去也不是完全沒有這個意思……

黑雪公主朝餐廳出口走去，跟在左後方的春雪大腦負荷過度而冒出黑煙，因此不由得問了出來：

「學……學姊，請問一下。」

「嗯？」

看到她的白皙側臉伴隨著亮麗黑髮轉來，春雪嘴巴開開閉閉地動了好一會兒，這才戰戰兢兢地問道：

「剛剛學姊提到兩個王子跟一個公主的比喻，如果換做是學姊，又會怎麼選呢……？」

結果黑雪公主露出剽悍的笑容，想也不想地答道：

「不用想也知道吧。我會叫他們跟我決鬥，選打贏我的那一個。」

說著，她將左手食指與中指伸直併攏，筆直對準了春雪的心臟。

春雪背脊一涼，不小心絆到學生餐廳裡頭的長桌桌腳，這才重新體認到一件事。

那就是對這個學姊胡亂猜測根本毫無意義。

4

週四放學後，下午兩點五十分。

春雪朝著某處幾乎整個一年級國中生活都不曾踏入的區域快步行進。

梅鄉國中的校舍年代相當久遠，一般教室與專科教室的校舍相互平行，中間則由運動校舍連接，形成一個H字形。

而這個H字形中間的橫槓部分裡頭，跟用來舉辦入學典禮的體育館相鄰的武道館，就是春雪眼下的目的地。他當然不是準備加入柔道社來活用自己的體重，如果有教導學生射擊或武術的「特種部隊社」，他倒是想加入，但很遺憾地並沒有這樣的社團存在。

真要說起來，今天的主角應該是拓武，而不是根本沒打算加入任何社團的春雪。

一接近道館的入口，便聽見裡頭傳出壓低的加油聲，以及大得壓過觀眾聲音的清脆打擊聲響。春雪脫下外出鞋放進自己的袋子裡，踏上擦得十分乾淨的木質地板。

他從不算太多的參觀者所圍成的圈子裡，找到了一個眼熟的短髮後腦勺，小跑步接近對方。千百合回過頭來，瞬間噘起了嘴小聲抱怨：

「小春，你來太慢啦！小拓都已經比完一場了。」

「不好意思啦，反正第一輪的對手也只會被阿拓瞬殺吧？」

「話是這麼說沒錯啦。」

春雪將目光從千百合鼓起的臉頰上移開，踮起腳尖環顧四周，馬上就從並排坐在比賽場地另一頭那群身穿護具的劍道社社員之中，發現了舉止顯得特別自在的兒時玩伴。看來他也同時發現了春雪，右手做個小小的動作朝他打招呼。

春雪輕輕點頭回應，注意力轉回到比賽場地中。

「嘿啊啊啊啊！」

「喝啊啊啊啊！」

兩名小個子的社員正以竹刀互劈得十分熱絡。從尖銳的喊聲跟綠色的垂繩來看，雙方多半都是一年級新生。

今天舉辦的是梅鄉國中劍道社全社參加的錦標賽。儘管有著要分出主力跟準主力社員的名目，但聽說同時還有另一個目的，就是讓高年級生對新進社員來個下馬威。梅鄉國中劍道社由於有專用的道場，長年來維持著一定的實力，像今年就有十名左右的社員加入，其中唯一一個二年級新進社員就是拓武。

拓武本人從今年年初轉校過來的那天起，就打算將所有時間都奉獻給黑暗星雲，但黑雪公主則大力反對。拓武一向把這位「軍團長」主張的「不要把現實生活之中的一切都跟BRAIN BURST同化」奉為圭臬。而據她所言，拓武應該也有心繼續練習浸淫已久的劍道，到了今年春天，拓武才總算提出了入社申請。

按照春雪的解釋，拓武之所以邀春雪跟千百合來看這場錦標賽，多半是想向他們表明心態，告訴他們說即使會輸掉比賽，也絕對不會在把「加速」用在劍道上。就是因為這樣，春雪才會來到一直不太敢踏進的運動社團地盤。

「胴！勝負已定！」

社團指導老師的喊聲響起，打斷了春雪的思緒。

其中一名一年級生退回開始線後方，收起竹刀後仍然掩飾不住懊惱，踩著重重的腳步聲忿忿不平地入列，相較之下，獲勝的一方則輕飄飄地轉過嬌小的身軀，無聲地退回場外。

春雪瞇起眼睛目送他入列，但指導老師的喊聲打斷了他的視線。

「第二輪，第一場比賽！紅方，高木。白方，黛！」

兩名學生應聲站起。高木是三年級生，黛——拓武當然是二年級。兩人的身高差不多，但高木的身材顯然厚實得多。

拓武敬禮後走上三步，在開始線上蹲踞，竹刀一動也不動地定在中段。春雪則在一旁凝視著過程。

仔細想想，這還是他第一次用肉眼看到拓武穿劍道服的樣子。當然他曾經看過上傳到網路上的比賽影片，但現場的資訊量終究不一樣。不但感受得到用了許久而發出黑色光澤的竹刀份量、道服堅硬的質地，甚至連護具的味道都彷彿傳了過來，讓春雪不由得吞口水。

這足足維持了一百年以上的劍道選手裝扮之中，唯一的異質光輝，就是頭巾下微微露出的神經連結裝置。

運動比賽採用這種裝置的主要目的，是在於以覆蓋視野的方式顯示雙方得分與比賽時間，另外還有用在劍道或西洋劍等比賽的有效打擊判定。只要利用神經連結裝置的感覺回饋功能，就連差距只有數百分之一秒也不稀奇的打擊先後順序，都照樣可以輕易判定出來。

當然比賽中對於選手是否執行外掛程式及連上全球網路，都會進行嚴格檢查，然而這世上卻有種超越這一切的程式，可以輕易鑽過這些監視，那就是「BRAIN BURST」。

拓武在去年夏天進行的東京都國中校際劍道大賽中，就有動用「加速」能力，所以還只是一年級就奪得了冠軍。然而他也因此消耗了太多超頻點數，瀕臨喪失BRAIN BURST程式的危機，走投無路之際，甚至在千百合的神經連結裝置中植入病毒，企圖將黑雪公主——「Black Lotus」的點數搶奪殆盡。

對於這些所作所為的後悔，直到千百合與黑雪公主都已經原諒他的現在，仍然強烈留在拓武心中。

然而春雪可以感覺出來，拓武現在重新回到劍道場上，正代表他試圖踏出新的一步。

「小拓──！一劍劈了他──！」

身旁千百合毫不客氣的聲援，讓春雪忍不住縮起脖子，但他隨即也卯足全力大喊：

「阿、阿拓！加油！」

面對三年級的高木，拓武雖然被擊中一次，但仍然獲得勝利。

接下來的準準決賽他也順利得勝，準決賽雖然拖到要比得分，但仍然獲得勝利，挺進到了決賽。

然而集本次錦標賽話題於一身的卻不是拓武，而是位每一輪比賽都直落二取勝，展現驚人實力的一年級新生。

「小、小手！勝負已分！」

指導老師有些破音的喊聲，跟盛大的交頭接耳聲融成一片。「有個一年級超猛的」這樣的傳聞兩三下就經由校內網路傳開，儘管已經過了放學時間，仍然在短短十分鐘之內就湧入了大群學生，擠得比賽場周邊水洩不通。

這個對此顯得完全不放在心上，踩著平順步伐回到開始線上的一年級生，就是春雪所看到的第一場比賽中那位小個子選手，刺在垂掛名牌上的名字寫著能美兩字。

他的身高應該頂多只有一百五十五公分，身材也很瘦，對上大個子的高年級生時簡直就像小孩對上大人，怎麼看都不覺得有辦法打出像樣的比賽。

然而就是沒有人可以擊中他。三年級生的攻擊快得讓春雪甚至沒辦法看清楚，但他卻以彷彿早已料到對方劍路似的反應速度輕巧地閃過，再不然就是看準對方出招之際出手。

照春雪模模糊糊的認知，劍道這種競技除非抓準對方出招或收招之際，不然實在很難有效擊中對手。而前者稱為先之先，後者稱為後之先，也就是說一切的關鍵就在於能以多快的速度去針對敵人的攻擊做出反應。

看樣子這個姓能美的一年級生，在這方面有著極為突出的能力。

沒錯——是「能力」。

「決賽！紅方，能美！白方，黛！」

在指導老師的宣布下，能美與拓武進入了比賽場地，觀眾登時歡聲雷動。

以國中生來說身材相當高的拓武，對上怎麼看都只像國小生的能美，兩人之間有著將近二十公分的身高差距，不用想也知道是拓武比較有利，因為揮刀的距離完全不一樣。然而先前能美對上比自己高大的對手時，卻沒有一次被擊中，每一場都贏得非常徹底。

兩人互相鞠躬，在開始線上採蹲踞姿勢拿著竹刀擺出架勢後，大群觀眾似乎也察覺到了不尋常的氣息，立刻變得鴉雀無聲。看在春雪眼裡，甚至覺得兩人對峙的劍尖之間迸出了泛青色的火花。

「開始！」

——老師才剛喊完，兩聲叫喊與一聲打擊聲就在寬廣的劍道場上交錯。

先動的人是拓武，至少看在春雪眼裡是這樣。他在站起的同時跨步上前，緊接著就大喝一聲：「面——！」揮刀直劈。這從剛好搆得著的間距看準對方顏面出手的一擊毫不容情，攻擊距離較短的能美根本無法反擊。照理說是這樣。

然而拓武的竹刀還沒揮到底。

「手——！」

能美的竹刀就在這一瞬間的呼喝聲中擊中拓武手腕。啪一聲，清脆的打擊聲響重重撼動了空氣。

拓武追上前想要造成雙刀互擊的態勢，但這時能美已經拉出足夠的距離，高高舉起了竹刀。

「小手！」

紅旗隨著這一喊舉起，這時觀眾與三十名以上的社員才大聲鼓譟。就連站在春雪身旁的千百合也瞪大了眼睛大喊：「不會吧！」

春雪心中也只覺得不敢相信。

先動的人是拓武，這點絕對錯不了。

而拓武是從自己攻擊範圍剛好搆得著的距離瞄準對方的顏面攻擊，但招式出到一半就被擊中手腕，這代表著什麼呢？代表能美完全掌握住了拓武出招的軌道與時機，並根據預測「搶先放好」了自己的竹刀——理論上不就是這麼回事嗎？這不是先之先，也不是後之先，說來算是「中之先」。

春雪驚訝得甚至忘了眨眼，一瞬間還懷疑起這裡到底是現實世界還是虛擬世界。

如果是在虛擬世界——在反應完全取決於大腦回應速度的電子世界之中，這樣的反應或許真的有辦法辦到。然而在現實世界之中，任何動作都會受到好幾種物理定律的限制。考慮到會將沉重的身體留在原處的慣性、神經的傳導速度、肌肉的收縮速度等因素，要在看到對方出招之後才搶在前頭揮劍擊中對手，根本是不可能的，絕對不可能。

只有一種特定人士才具備的「能力」例外。

春雪感覺到握緊的雙手都被滲出的汗水弄濕，兩眼注視著再度回到開始線上對峙的雙方。

「第二戰！」

這次的情形跟第一戰時完全相反，拓武握著竹刀一動也不動，保持跟對手之間的距離。面罩下的雙眼有如刀刃般銳利，嘴唇緊閉。

相較之下，能美的劍尖則輕飄飄地上上下下，絲毫感受不到緊張的氣息。逆光讓人看不清楚他的臉，但看在春雪眼裡卻覺得他的嘴唇上有種輕薄的笑容。

十秒。二十秒。

雙方都不出招，唯有時間不斷流動。

春雪的雙眼瞪得不能再大，持續投注全副精神在能美的臉上。

如果春雪的推測——或說是不祥的預感——正確，能美將會在某個時間點上開口，為的是以沒有任何人聽得見的音量，唸出一個簡短的語音指令。

雙方都只沿著順時針方向緩緩繞行，最後指導老師終於深深吸一口氣。

但就在他即將喊出「時間到」之際——

能美忽然以看起來不怎麼快的速度揮起了竹刀。

而春雪也終於看見了。看見能美的嘴迅速地小幅度開閉。

——錯不了。

是加速指令。

這個姓能美的一年級新生，是個脖子上的神經連結裝置中有著神祕超級應用程式「BRAIN BURST」的超頻連線者。

「胴！」

就在能美舉起竹刀的瞬間，拓武朝著他空門大開的內側劈去。

同時春雪也在口中低喊：

「超頻連線（Burst Link）！」

隨著啪一聲音效響起，世界凍成了一片藍色。

即使透過加速到一千倍的知覺，仍然可以看到拓武的竹刀正一釐一釐地逼近能美的軀幹，怎麼看都覺得能美應該已經沒有任何手段可以閃避或格擋這一刀。沒錯，就算他已經在這一瞬間啟動「加速」也不例外。

春雪以粉紅豬虛擬角色的模樣進入比賽場地內，探頭往能美的面罩內看去。很遺憾的公共攝影機並沒有包括到面罩內的部分，看不清楚他的長相，唯有露出微笑的嘴角透過多邊形重新建構出來。

春雪瞪著他的臉，以左手啟動BRAIN BURST的操作介面。

春雪不清楚這個姓能美的一年級新生是如何躲過剛入學時自己跟黑雪公主的檢查，但現在既然有在參加比賽，照理說能美的神經連結裝置就一定要連上梅鄉國中的校內網路，那麼他的名字也就非得出現在對戰名單中不可。

——我就抓準這一瞬間找你「對戰」。

春雪如此下定決心，等候名單更新。能美顯然已經在劍道社的比賽中動用加速能力，那麼緊接著在下週舉辦的學力測驗，他想必也打算這麼做。然而有件事他非得告訴梅鄉國中的超頻連線者不可，那就是必須遵守黑暗星雲軍團的鐵則：「在考試或比賽中不可動用『加速』。」如果有需要，甚至不惜動用虛擬的拳頭。

在搜尋字樣消失後，名單上接連出現了Silver Crow、Black Lotus、Cyan Pile，以及Lime Bell的名字。

「咦……？」

春雪劇烈地喘著氣，伸向名單的右手僵住不動。

沒有。

名字沒有出現。就跟前幾天一樣，名單上只有四名已知的超頻連線者名字。

「為……什麼？」

他茫然地喃喃自語。

怎麼想都不覺得這是誤會。相信拓武也看準了能美是超頻連線者，所以第一戰時才會絲毫不觀望就上前攻擊，為的自然是不給對方空檔唸出加速指令。

難道說半年前拓武用的後門程式又流出來了？春雪瞬間想到這個可能性，但立刻拋開。那個程式是用別人來當跳板，讓封閉式網路外的人可以跟裡頭連線。

然而現在這一瞬間，能美確實待在梅鄉國中的劍道場上，那麼他無疑應該有跟校內網路連線，所以他非得出現在對戰名單上不可，絕對沒有例外。

春雪那豬型虛擬角色短短的雙手抱在胸前，低頭拚命運轉思考回路。他整整花了一分鐘，才整理出三個可以說明這個狀況的可能性。

一、能美不是超頻連線者，純粹是劍道的天才。

二、能美是超頻連線者，但沒有連上校內網路。

三、能美是超頻連線者，也有連上校內網路，但可以拒絕出現在對戰名單上。

相信真相一定就在這些可能性之中，但仍然有無論如何都難以說明的部分。

春雪承受著這種難以言喻的不痛快感，呼出一口長氣。現在多想也沒用，只能等事後再找拓武商量看看了。

春雪回到自己那變成藍色而靜止不動的身體上，又朝能美的身影瞪了一眼。

能美或許是有勇無謀地想擊向拓武的顏面，他正高舉竹刀想要撲過去砍劈。拓武針對這個動作揮刀掃向能美的軀幹，時機的完美就連春雪這個外行人都看得出來。

就算能美是超頻連線者，是劍道的天才，又或者兼具這兩種條件，終究還是無法可想。春雪心想至少要用肉眼見證到拓武拿下一場的模樣，於是瞪大眼睛唸出了停止加速的指令。

「超頻登出！」

現實中的聲響從遠方慢慢接近，同時藍色的世界也逐漸找回原有的顏色。拓武與能美的動作正慢慢地，慢慢地恢復到原有的速度——

「……！」

這時春雪又遭逢了短短幾分鐘內已經不知道第幾次的驚愕。

能美的身體往右偏開了。

那不是挪步之類的動作就能造成的偏移，能美只有左腳腳尖碰到比賽場地的地板，然而他卻以這唯一的一點為軸心，矮小的身體就像在花式滑冰似地，一邊往左旋轉一邊往右偏移。拓武的竹刀逼近，但軀幹護具的外皮卻越逃越遠……

春雪的知覺加速就在這時完全解除。

霹的一聲輕響，拓武竹刀刀頭的皮套打在了能美的軀幹護具上，但角度卻很淺。

緊接著能美肆意舒展的竹刀準確地命中了拓武的面罩。

右腳咚一聲踹在地板上，順勢拖刀斬過。

「面！」

一聲大喝之後，連後勢的動作都無可挑剔。

過了一會兒，鴉雀無聲的劍道場上響起了「擊中顏面！」的喊聲。

「……勝負已分！」

裝著鞋子的提袋咚一聲從春雪手中落下。

5

春雪定不出討論事項的優先順位，瞪著右手那片披薩上頭放的小蝦米好一會兒。

下定決心咬了一口之後，他才抬起頭問道：

「……阿拓，那傢伙……能美是超頻連線者嗎？」

「劈頭就單刀直入啊？」

拓武揚起右嘴角苦笑，依樣畫葫蘆地咬了一口披薩。

時間是晚上八點半，地點則是春雪家中自己的房間。由於拓武先參加完社團活動，回自己家沖過澡之後才來，時間也就晚了點。

春雪的母親照慣例要到凌晨才會回家，不過拓武的雙親就不一樣，像這樣答應他在朋友家吃晚飯的情形，在國小時代根本想都不用想。儘管拓武本人絕口不提詳細情形，但看樣子在今年年初轉學到梅鄉國中這件事，讓他跟雙親吵得不可開交。

到頭來拓武自己提出了幾個答應要做到的條件，才總算讓雙親認同，但春雪當然不知道這些條件的內容。儘管他對拓武的奮鬥佩服得五體投地，但同時也不禁想到一些不太能說出來的想法，例如站在小孩的立場，拓武跟完全不受雙親重視的自己之間，不知道誰的環境才算比較好等等。

「啊，你們又在吃這種東西了！」

就在春雪咬下第二口時，一個突如其來的喊聲打斷了他的思緒。

千百合從沒關的門大剌剌地走進屋裡，右手叉著腰繼續大吼：

「真是的，我說過多少次了，小春你也該學著自己下廚好不好！」

「我、我這不是有下廚嗎？」

「你只是從盒子裡拿出來解凍而已吧！」

「可、可是有放到盤子上啊。」

「這種東西才不叫做有下廚！」

千百合先用食指瞄準春雪鼻頭一指，接著才高高舉起了左手拿的紙袋。

「我早料到你們一定會這樣，所以就請媽媽做了千層麵。看，我很厲害吧！」

——妳明明也沒有自己下廚嘛！

儘管心裡這麼想，但聞到袋子裡傳出的烤起司香味，春雪也只能拜伏在地了。

塞滿整個方形耐熱容器的千層麵上，加了滿滿的千百合媽媽特製波隆尼亞肉醬，雖然同樣是義大利菜，但滋味絕非冷凍披薩可以比擬。眾人轉移陣地到客廳，春雪吃掉全部的四成，拓武跟千百合各分三成，前後只花了短短的十五分鐘。

「我吃飽了……小千的母親實在應該開一間店啊。」

拓武以心滿意足的表情說出這句話，春雪立刻連連點頭表示贊同：

「就是說啊。而且不分日式西式中式全都會做。」

「啊，不行不行，媽媽除了做菜給爸爸吃的時候以外，都只用五成功力。」

千百合說這句話的表情十分認真，讓春雪不由得低頭看了看已經見底的千層麵盤。

「真、真的假的？只有一半認真還做得這麼好吃？」

「啊，這道應該有用到百分之九十五左右，因為媽媽說既然是要給我將來的夫婿吃啊啊啊看你害我講出什麼話來小心我扁你！」

千百合忽然大聲怪叫，而且真的往餐桌底下春雪的脛骨踢了一腳，接著她將整疊盤子跟刀叉端進廚房，沿路還發出喀啷喀啷的聲響。

春雪痛得喘不過氣之餘，跟拓武交換了尷尬的苦笑。接著他清了清嗓子，強行拉回話題：

「……那，剛剛說到能美，對了，他名字叫什麼？」

「記得是叫征二吧，字是這樣寫。」

拓武在餐桌上叫出投影筆，流利地動了動指尖，以虛擬的筆在虛擬紙張上寫下了「征二」兩個漢字。

「唔……不知道他是不是有個哥哥。」

聽到春雪這麼說，拓武先清除掉虛擬紙張後點點頭說：

「嗯，我查過畢業紀念冊，發現比我們早三屆的畢業生裡有個叫做『能美優一』的學生，不過地址有經過加密，只有同屆畢業生可以看，所以我還不能確定他到底是不是那個能美的哥哥。」

「大我們三歲啊？以年齡來說倒是勉強符合首要條件啊……」

超頻連線者資質之中，首要的條件就是「從剛出生就配戴神經連結裝置」，而能夠符合這個條件的，必然是第一款神經連結裝置上市以後出生的小孩，所以春雪才會這麼說。而這些「第一世代」到今年則會升上高中二年級──也就是比春雪他們大了三屆。

「不過如果這個優一是超頻連線者，就有一年時間跟軍團長同校。可是我們都沒聽說軍團長的學長姊裡頭有超頻連線者存在吧？」

「對喔……說得也是。」

春雪沉吟了一會兒，接著決定換個方向思考：

「算了，我們就先別管優一了，眼前的問題是一年級的能美……阿拓，那小子……他在跟你的比賽裡有動用『加速』對吧？要不是這樣，你怎麼可能會輸得那麼徹底……」

拓武聽到這句話，嘴形十分扭曲地笑了笑：

「也沒有，像我這種程度沒什麼了不起的，從第二輪以後，不管哪一場輸掉都不奇怪。不用加速的我大概就只有這樣的實力。」

「才沒有。你比在準決賽碰到的主將還要強得多了！」

聽到拓武自嘲的話，春雪氣不過地大聲抗辯，但隨即放低聲調：

「不說這個了，你的看法呢？在我看來，能美確實有唸出加速指令。」

經過一段很長的沉默，拓武也輕輕點了點頭：

「……嗯，在我看來也是這樣。」

「咦——！」

這個尖銳的叫聲是來自剛洗完餐具而走回客廳的千百合。她一邊將保特瓶裝的綠茶跟三個杯子重重擺到餐桌上，一邊說下去：

「不會吧？那小子也是超頻連線者喔！可是小春跟小拓不是都說過這屆一年級新生裡面沒有超頻連線者嗎？」

「就是查過沒有，所以我們現在才會這麼傷腦筋啊。」

春雪噘著嘴反駁，雙手在頭上亂抓一通。

「我有看準那小子加速的瞬間，自己也跟著加速，去檢查對戰名單，可是上面就是沒有能美的名字……阿拓，他應該有連上區域網路吧？」

「有，要是沒有連上，根本就沒辦法參加比賽。」

「我想也是啊……可是沒有加速要做出那種反應……那小子對阿拓你在第一場的時候劈向面門的一刀，還有第二場掃向軀幹的一刀，閃避的方式都像事先就知道你的劍路，不是嗎？尤其是第二場那一下，該怎麼說呢，簡直就像維持加速狀態來控制血肉之軀一樣……當然這種事情根本不可能做到就是了。」

「咦？」

這時拓武發出了奇妙的疑問聲，讓春雪也跟著「咦」了一聲。

「幹、幹嘛啦？」

「沒有……小春，你該不會都不知道？」

——拓武的口氣跟表情，讓春雪產生一種強烈的似曾相識感。

「等一下……拜託不要又有什麼只有我不知道的『加速世界的常識』。像是什麼『無限制中立空間』啦，『處決攻擊（Judgement Blow）』啦，每次一講到這個我就得出洋相。」

「嗯，那這就是第三次囉。」

拓武咧嘴一笑，接著似乎想到了什麼，拿過一個杯子，從保特瓶裡倒了半杯左右的綠茶。

接著用右手拿起杯子，視線固定在黃綠色的液體上——

「……『物理加速(Physical Burst)』！」

拓武喊出這個讓春雪覺得有點印象又想不起來的指令之後，立刻就將杯子裡的茶往正上方一潑。

「這……」

「啊……」

春雪跟千百合同時驚呼出聲，緊接著又目睹到令他們加倍驚愕的現象，當場目瞪口呆。

拓武竟然以拿在右手上的杯子，一滴不漏地逐一接起高高濺起的綠茶！

他一邊配合不規則飛濺的液體頻頻移動右手，一邊讓杯子從上往下移，盡量讓接住的茶水不至於再度濺出。一秒鐘過後，當杯底咚一聲碰到餐桌上時，裡頭已經有著跟剛從保特瓶倒出時幾乎等量的茶水在搖動。灑到桌子上的茶水只有區區四滴。

「不會吧……」

春雪聽著千百合的自言自語，這才想起了他是在什麼時候聽過類似的指令。

他不可能會忘記。半年前黑雪公主為了拯救即將被快車撞到的春雪，使用了禁忌的指令「物理完全加速(Physical Full Burst)」。那是一種只允許9級超頻連線者使用的指令，而且得要消耗累積點數的百分之九十九，效果則是「將血肉之軀的行動加速到一百倍」。

剛剛拓武所用的指令，無疑就是比較低階的版本。不是「完全」，只是「物理加速」。他早該預測到有這樣的指令存在。

「也就是說……這是一種可以讓意識留在身上『加速』的指令？」

春雪低聲一問，拓武就一臉認真地緩緩點頭：

「沒錯，倍率是十倍，持續三秒，消耗5點。肉體本身的動作不會加快，但要在比武時躲過對方的攻擊或是破對方的招，都是輕而易舉。」

「再不然就是可以在棒球賽裡敲出一支又一支的全壘打了是吧。這樣啊……能美真的就是『一邊加速一邊動作』，躲過了阿拓你的那一記橫掃是吧……」

春雪補上這幾句，呼出一口長氣。

黑雪公主為什麼不告訴他有這種指令，如今他也可以理解了。「物理加速」這種功能跟要展開對戰時就非用不可的基本指令「超頻連線」不一樣，只有想利用加速能力來爭取名聲或滿足自我表現慾的人才需要用到。而且一旦嚐到甜頭往往就會欲罷不能，頻繁使用所消耗的龐大點數更是讓他連想都覺得害怕。

拓武的嘴角上摻進了這陣子已經成習慣的自嘲笑容，說道：

「能美征二就跟去年以前的我一樣，一模一樣。用加速能力贏得比賽，又使用特殊手段迴避本來應該付出的代價，也就是對戰的風險。所以我就算輸給他，也沒有資格說什麼……」

這句話說到這裡就停頓，是因為——

千百合不知不覺間站到拓武身後，用小小的拳頭在他腦門上敲了一下。

拓武臉上藍色的眼鏡滑落下來，呆滯地張大了嘴，千百合對他哼了一聲說道：

「不對，不一樣。小拓會想打贏比賽，不都是為了我嗎？小拓，你每次打贏以後，都會第一個朝我揮手，不是嗎？」

「嗯……嗯。」

「可是那小子不一樣。那個姓能美的學弟，打完比賽以後沒有看別人，就只是看著自己笑。所以他跟小拓你完全不一樣！」

拓武將視線從說得斬釘截鐵的千百合移開，轉往拓武身上，跟著用力點頭說：

「就是說啊，阿拓，你已經不是以前的你了。而且最重要的是，如果那小子是超頻連線者，應該已經查出我們的現實身分了。我們不能放任他在我們的大本營裡，打破不准濫用加速能力的規矩為所欲為……無論如何，我們都得查出讓他可以不出現在對戰名單上的機關，在『對戰』裡痛宰他一頓。」

「沒錯！不用擔心，不管你們被打得多慘，我都會馬上治好你們。」

「……」

拓武眉頭深鎖，低著頭好一會兒沒有說話。

但他隨後稍稍動了動嘴唇，微微可以聽見「謝謝你們」這幾個字。

抬起頭時，拓武已經恢復了一貫的冷靜表情。他先點點頭，接著才以低沉而有力的嗓音這麼說道：

「……好，我會想辦法在社團活動中查查看。小春，那小子的事就先交給我處理吧。」

6

然而情況毫無變化，兩天轉眼之間就過去了。

春雪也為了掌握二年C班的學生長相、名字跟個性而忙得焦頭爛額，老實說根本沒有心思去想能美征二的事。

春雪以前就很不會跟人交際，唯一會找他說話的就是霸凌他的人，所以看到千百合兩三下就跟好幾個女生混熟，還會一起去吃午餐，覺得簡直不可置信。就連轉學生拓武都已經融入班上的秀才集團之中，到了午休時間就會圍繞著一些以立體投影顯示的艱澀算式多方討論。

當然只要對他們兩人說一句：「我們一起吃飯吧」。想必他們隨時都會婉拒新朋友的邀約，與春雪一起吃午餐，但他絕對不想這樣依賴千百合跟拓武。

就像先前在加速世界裡那般，他在現實世界之中同樣也得打破自己的殼，交到幾個新朋友才行。春雪抱著這個念頭，想要找出跟自己比較會有共通話題的男生，於是拚命傾聽別人的談話，再不然就是在校內網路裡四處閒晃，但同學們談的盡是運動、音樂或時尚話題，遊戲或動畫的話題連一微秒都沒有聽見過。

——算了，慢慢努力就好，我好歹也找得到人陪我一起吃飯，而且還是全校最有名的人。

他是很希望能這樣打腫臉充胖子，但這位全校最有名的學生會副會長為了應付幾天後就要展開的畢業旅行各種相關事務而忙得不可開交，連日來別說是午休時間，就連在網路上見個面的時間都沒有。

在這樣的情勢下，春雪能夠再次跟黑雪公主說話，已經是在週末進行的「領土戰」對戰空間之中了。

「呀……呀啊啊！」

春雪的視線所向之處，漆黑的虛擬角色「Black Lotus」的右腳拖出一道青紫色的光芒，垂直向上踢起。

一名近戰型的敵人被這一腳從腰到肩撕成兩半，順勢在空中連翻了幾圈，猛力撞在遠方的大樓上，再也沒有動彈。

春雪看著視野中浮現的團隊戰績，知道今天進行的對戰總勝率超過八成後鬆了口氣，跑向軍團長身邊。

「嗨，辛苦了，Silver Crow、Cyan Pile。」

「您辛苦了！」

「辛苦了。」

繼春雪之後，Cyan Pile那壯碩的身軀也從附近一處倒塌大樓的入口出現，鞠了個躬之後小聲說下去：

「對不起，我是趁社團活動的休息時間跑出來，所以得失陪了。軍團長，祝妳明天起的沖繩旅行一帆風順，路上小心。」

黑雪公主看著拓武趕著留下這幾句話就超頻登出的模樣，輕聲地呵呵一笑說道：

「他也已經成了個有模有樣的劍道社社員了啊，聽說他剛進去就成了主力社員？」

「是……是啊。說到這個……拓武參加的劍道社裡面。」

春雪先往四周一瞥，確定敵方團隊的三人與超過十人以上的觀眾都已經全數離線，這才小聲說下去：

「我們還沒有確切證據……不過看樣子跟阿拓一起當上主力社員的一年級新生，似乎是個超頻連線者。」

「……你說什麼？」

Black Lotus雙劍環抱似地在胸前交叉，發出紫光的眼睛微微瞇起，聽著春雪說明前天比賽中發生的事情。

聽完整件事之後，黑雪公主仍然沉默了好幾秒。隨後她視線往上一瞥，先喃喃說了聲：

「還有十分鐘左右啊。」接著優雅地坐在不遠處的一堆斷垣殘壁上，於是春雪也戰戰兢兢地在她對面坐下。

「能美……征二是嗎？他哥哥優一的名字我沒有什麼印象，不管是去年還是前年，學長姊之中也都沒有超頻連線者存在。所以就算這個優一真是征二的『上輩』，那麼他也早在我進梅鄉國中的時候，就已經喪失BRAIN BURST了。」

春雪仔細咀嚼黑雪公主這番說得十分自然的話，沉吟了一會兒。

「這麼說來……如果能美征二真是超頻連線者，也就表示他進了跟『上輩』不同的學校？」

「這種情形很稀有，但不是沒發生過，像我自己就是這樣。可是在繼續討論之前……你們可以確定這個姓能美的一年級生，真的有在比賽中發動『加速』嗎？」

「我們沒有證據。只是……姑且不論其他運動，這次比的是劍道。阿拓自己就曾經在劍道比賽中動用『物理加速』指令，我想他應該不會看錯……」

「唔……」

Black Lotus微微點頭，接著忽然苦笑似地呼了口氣：

「不過這樣一來，你終於還是知道了物理加速指令的存在啊。我不會完全禁止你用，不過靠它在球賽裡當英雄之類的用法，我們黑暗星雲可是不容許的。」

「我、我才不會用呢！與其只為了短短三秒就付出5點的點數，不如花10點沉潛到『無限制中立空間』還划算得多……不說這個，問題應該還是能美可以不出現在對戰名單上的理由啊。」

「坦白說，實在很難相信啊。」

黑雪公主銳利地瞇起雙眼，喃喃說道：

「從半年前的『後門程式』事件以來，程式就已經更新過，照理說同類的密技應該都已經不能再用了。如果能美是超頻連線者，也有連上梅鄉國中的區域網路，就非得出現在對戰名單中不可。如果他沒有出現在名單中，也就表示能美沒有連上校內網路。」

「可、可是，待在校內的學生沒有連上校內網路，這種情形有可能發生嗎？更別說還是在上課時間還有劍道比賽中呢！」

「……這的確也不太可能啊……」

聽春雪這麼反駁，黑色鏡面的護目鏡輕輕往旁轉開。

「如果能夠入侵校內網路的主伺服器，或許……不，再怎麼說這樣做的風險都太高了，一旦事跡敗露，哪怕是義務教育的國中，都有可能被勒令退學啊。看樣子……最有可能的情形還是他用了某種違法程式來遮蔽自己，不讓其他超頻連線者搜尋到……」

「畢竟以前也發生過同樣的事情啊。我也覺得這個可能性最高……才對。」

春雪低下銀色的頭盔，輕聲這麼回答。

「可是就算是這樣，能美的目的又是什麼？如果想隱瞞自己是超頻連線者的事實，動用『物理加速』這樣的指令只會造成反效果，實際上我們也正因為他的這種行動，對他產生了強烈的懷疑。只是話說回來，對方應該也已經查出我們的情報，卻又沒有利用這點來找我們『對戰』。他到底想做什麼？」

春雪當然無法回答黑雪公主的疑問。思索了一會兒後，他才以含糊的語調說：

「……我想，也只能試著看破那小子可以不出現在名單中的機關，找他『對戰』來問個清楚了……」

「也是……吧。超頻連線者之間還是得先對戰過再說。我是很想打頭陣，但是很遺憾地從明天起，我要離開東京整整一個星期……唔，我該裝病留下來嗎……？」

「不、不可以啦！」

春雪趕忙大喊，亂搖雙手打斷黑雪公主這句不得了的台詞：

「國中的畢業旅行可是一輩子只有一次的寶貴經驗啊！請學姊放心去吧，能美的事我們會想辦法搞定！」

「嗯……這樣啊？可是你可別太逞強了。對了，你想好要我帶什麼禮物回來了嗎？」

「啊，這個……拜託學姊帶太大太笨重的東西也不好意思……只要請學姊拍些影片之類的給我看看就好了……」

說得更精確一點，是有拍到學姊的影片。

再說得詳細一點，最好是有拍到學姊穿泳裝模樣的高解析度影片。

而且再加上少了軍團長還守住領土的獎賞，所以這些影片要用只有三十公分的線來傳輸。

春雪雖然在內心補上這幾句附加條件，嘴上提出的要求卻十分單純，黑雪公主聽了後歪頭說道：

「怎麼？只要這樣就好？那我就多拍些影片寄回來給你吧，我在旅行中吃到的沖繩料理也會一道不漏。」

於是黑雪公主就與梅鄉國中的一百二十位三年級學生，一起坐上了翌日星期天上午從羽田機場出發的飛機，飛往遙遠的南國島嶼。

當然他們還是隨時可以用語音呼叫或是完全沉潛等等的方式聯絡，但一想到兩人所在的物理座標遠達數千公里，還是會覺得心裡不踏實，讓春雪就連睡起回籠覺時，也會在床上翻來覆去睡不著。

——為什麼我跟她不是同學年？

如果是同學年，也許就可以在畢業旅行中用肉眼看到她穿泳裝的模樣，而且也會一起畢業，升學考也可以同時……不，自己能不能考上同一間學校，其實都還難說得很……

一個個念頭在腦海中轉個不停，卻被從視野中央亮起的語音郵件送達通知圖示給打斷。一發現這封郵件是拓武寄的，春雪立刻跳了起來，用手指往圖示上一敲。

『小春，早安。不好意思，拖了這麼久才跟你報告能美的事。我本來想找機會接觸他的神經連結裝置，檢查裡面有沒有安裝BRAIN BURST程式，可是完全無機可乘……好不容易弄到了一張照片，就附在信裡給你。今天上午社團也有練習，有查到什麼再跟你聯絡，就這樣。』

就在訊息內文播放結束的同時，附檔的圖示亮了起來。

春雪發現檔案格外地大，忍不住皺起眉頭，但一打開檔案，馬上就知道為什麼會這麼大，因為顯示出來的，是一張拍到所有劍道社一年級新生的團體照。

神經連結裝置有內建攝影機，所以就技術上來說，隨時都可以將視野中的影像拍成照片或影片，但這也就表示偷拍行為要遠比上個世代的攝影手機更加難以防範。

也因此，現在除非進入攝影範圍的人有透過網路許可，否則程式都會加上限制，讓使用者拍不到視野中的其他人──當然如果像黑雪公主那樣，用上神祕的手段來躲避這種規範，則又另當別論了。

拓武也跟春雪一樣，對神經連結裝置並沒有那麼高深的知識與技能，所以想來要得到有拍到能美長相的照片，唯一的方法就是等待這種拍紀念照的機會了。春雪讓視線在佔滿整個視野的照片中掃過，從那些接連浮現又消失的嵌入式名牌中，找出了「一年A班　能美征二」這個名字。

沒戴面罩的能美——是個沒什麼特徵，一臉稚氣未脫模樣的少年。

略帶咖啡色的頭髮剪得圓圓的，垂在額頭上的瀏海則稍微長了些。眼睛跟鼻子都像女生一樣可愛，但露出微笑的嘴角倒也帶著幾分劍道社社員應有的野性。

「你……是超頻連線者嗎……？」

春雪自言自語地問起，但照片中的能美當然不會回答。

春雪將這位神祕一年級新生的面孔牢牢記在腦海中，撤下照片之後下了床。他本來打算下午要出門到新宿或澀谷方面去「對戰」看看，現在則改變計畫，決定到學校去，於是換上了制服。既然拓武跟能美有在參加社團練習，也許會有什麼動作。

春雪先到廚房拿起買來放的土司麵包，隨便夾著些火腿跟起司送進嘴裡，接著對看樣子還在睡的母親留下簡短留言，就輕輕打開家門走了出去。一看到高層公寓大樓分棟上格外蔚藍明亮的天空，視野立刻冒起金星。

仔細想想，這也許是他入學以來第一次在假日跑來學校。

春雪先在樓梯間換好鞋子，瞥了一眼現在時刻。沒想到準備出門跟移動花了不少時間，現在已經快要十二點十五分了。他本想發個郵件問拓武是不是還在學校，但隨即改變主意，心想直接去看還比較快。

星期日午後的學校裡，清靜得幾乎令人嚇一跳。

並不是說整間學校空無一人。運動場上有傳來壘球社跟田徑社的喊聲，而且只要去學生餐廳看看，應該也會看到學術性社團的學生聚在那兒。

然而關了燈的校舍內卻十分昏暗、鴉雀無聲，讓春雪產生了錯覺，懷疑自己是不是不小心闖進了不該去的地方。

他莫名其妙地放輕呼吸聲，從一樓走廊轉往運動大樓。從傳出球鞋摩擦聲的體育館旁走過，一路前往道館——

「……嘿啊啊！」

傳進耳中的銳利呼喝聲，讓春雪立刻停下腳步。

裡頭有好幾個人呼喝著，但在以同樣節奏反覆喊出的聲音中，確實分辨得出前幾天才聽過的能美那高而尖的聲音。

春雪更加放輕呼吸，從兩棟樓間的走廊下到鋪著砂石的中庭，沿著道館的牆壁走上幾公尺，從窗戶往內窺探。

看樣子劍道社全社的練習已經結束，寬廣的木質地板空間裡只剩下幾個社員。這些社員看來全都是一年級生，多半是被學長吩咐要留下來練習，一起並肩揮著竹刀。從春雪的位置只看得到他們的背影，但最右邊一名個子比較小，頭髮帶著幾分咖啡色，髮型也比較成熟的學生，無疑就是能美征二。

就連外行的春雪，也看得出能美揮刀的動作比起其他一年級生是壓倒性地俐落，不難推知他的實力有多麼堅強。

春雪咬了咬嘴唇，心想明明有著這麼好的實力，為什麼在比賽中還不惜動用加速能力來取勝？還是說他有什麼苦衷所以絕對不能輸，就像之前走投無路的拓武一樣？

當春雪輕輕呼出一口氣，就只有能美一個人忽然停下了動作。

春雪以為自己偷看被他發現，差點嚇得縮起脖子，但看樣子並不是這樣。能美仍然背對著春雪，大跨步走向牆邊，開始收拾竹刀。

「喂，能美，次數還沒揮完吧。」

一名一年級生揮著刀這麼說。能美對此則沒有回答，拿起運動提袋就往道館出口走去，彷彿在說他的練習已經結束。點他的社員大聲啐了一口，身旁則有人出聲表示：「當上主力的大爺就是不一樣啊。」

儘管聽到這露骨的諷刺，能美仍然連步伐都沒有改變。他穿著道服走出道館，就往春雪藏身的體育館方向彎了過來，讓春雪趕忙離開窗邊，把身體塞進附近的樹叢裡。

能美看起來也沒有發現春雪，筆直走在走廊上，最後走下通往體育館地下的樓梯後就再也看不見了。體育館的地下空間裡，有著整間學校裡對春雪來說最為無緣的設施——溫水游泳池存在。

春雪有點不敢領教地心想「難道他現在要去游泳？」但隨即揮開了這個想法。游泳池旁應該設有淋浴間，能美練得渾身是汗，多半是想換下劍道服吧。

——淋浴間。

「……！」

春雪尖聲倒抽一口氣。

從狀況來看，剩下的一年級社員多半還會繼續練揮刀，四周也完全看不到其他運動類社團的學生。也就是說，能美征二在接下來的幾分鐘裡，身邊應該完全沒有旁人。

這難道不是個好機會？難道不是千載難逢的良機，可以去找能美問清楚他為什麼拒絕出現在對戰名單上，問清楚他為什麼就讀同一間學校，卻對其他超頻連線者視若無睹？

當然能美只要矢口否認，春雪也拿他沒輒。然而能美卻特意在理應已經知道跟他同樣是超頻連線者的春雪跟拓武面前動用了「物理加速」指令，跟拓武對打時更簡直像是故意用給他看一樣。那樣的行動從某個角度來看，不也可以說是——在示意要春雪他們去跟他接觸？

儘管內心猶豫，春雪仍然留意著四周，跟在能美後頭。

春雪躡手躡腳，從位於體育館入口不遠處牆邊的樓梯走了下去。梅鄉國中的游泳是選修科目，春雪自然沒有動機去選這樣的課，所以走下這段樓梯對他而言，還是不折不扣的初體驗。

從往左的直角轉彎探頭看去，短短的走廊上已經看不到能美的身影。在左側的牆上，可以看到一個分成兩邊的入口通往淋浴區兼更衣室。春雪朝天花板瞥了一眼，確定沒有眼熟的黑色半球型物體——公共攝影機存在。這就表示從這條通道至淋浴區內部的空間內，都處於攝影機的視野之外。

春雪躲在放置於轉角處的清掃用具推車後面又猶豫了十秒左右，才下定決心走向淋浴區。往入口正面的牆上一看，就看到牆上有用格外鮮明的標誌，左側的粉紅色標明是女生用，右側則以藍色標明男生用。春雪看清楚樓梯的方向之後，當然往右彎去，走了幾步後側耳傾聽。如果淋浴區裡還有能美以外的學生在場，他當然只能沮喪地撤退，但怎麼聽就是沒有聽見說話的聲音。接著春雪發現自己不知不覺間掌心冒汗，於是就在海綿上用力擦乾。

——我根本沒什麼好怕的吧。

我也一樣是這間學校的男生，那麼就算繼續往前走，也沒人有理由責備我。我只是想找個沒有人打擾的地方，問清楚能美真正的意圖而已。

再次喝斥自己的春雪，步伐走得生硬無比，但終於還是完成了入侵更衣間的任務。

整個空間比想像中還要寬廣得多，右邊牆上有著成排的置物櫃；中間放著一張長桌，上頭擺著一個學校指定的運動提袋；左邊牆上則並排設置了幾間淋浴間。

淋浴間的門板由霧面的壓克力構成，可以看見最靠裡面的一間裡有水聲與蒸汽，其他幾間都空無一人。

……我來遲一步了嗎？

春雪輕輕舒了口氣。看樣子就在他猶豫不決的空檔，能美已經進了淋浴間。春雪終究沒有膽量衝進去找正在沖澡的人談判。

就在他心想還是下次再說，於是準備往後退開的當下——

長桌上那個半開的運動提袋裡，有個物體反射出耀眼的光芒。

儘管只看得到一部分，但那有著平滑曲線的物體，肯定就是神經連結裝置。

一般來說，只要是有在注意資訊安全的人，都不會把這種堪稱另一個大腦的裝置丟在別人看得到的地方。就算是在沖澡的時候，也會直接戴在身上進去沖，再不然至少也會放進上鎖的置物櫃裡。或許是因為待在校內，再加上只有自己一個人，這樣的狀況讓他掉以輕心，甚至懶得去轉一下置物櫃的機械式門鎖？

如果真是這樣，或許他會連關掉神經連結裝置電源的作業也都省了？裝置一旦關閉電源，重開機的時候就必須經過腦波認證，春雪也就束手無策，但如果能夠在裝置處於待機狀態的情形下接觸到，就可以用直連的方式來搜尋裡頭的記憶領域。

沒錯，今年一月，那個「紅之王」Scarlet Rain去接觸春雪母親的神經連結裝置，置入偽裝過的郵件位址，不就是用同樣的手法辦到的嗎？

當然無論是道義或校規，都不會容許這種行為。偷偷直連其他學生的神經連結裝置一旦被老師發現，可不是訓斥一頓就能了事的。

然而——就算公共攝影機網路號稱能夠二十四小時監控全國國民，終究無法涵蓋到校內廁所或淋浴區這樣的地方，而學校當局的作風向來是只要沒有證據影片，對於違反校規的行為一概視若無睹。像過去春雪被同學叫去攝影機的涵蓋範圍外痛毆或恐嚇，校方也都置之不理。而且只要能夠用直連方式窺探物理記憶體，不但可以查清楚能美是不是超頻連線者，還極有可能得以解開他之所以不用出現在對戰名單上的機關。

——花了兩秒想到這裡，春雪下定決心。

他聽著淋浴間裡沖個不停的水聲，屏氣凝神地走近提袋，把開口拉得更開一些。裡頭放著一套折得整整齊齊的運動服，以上頭則擺著珍珠紫配色的神經連結裝置，指示燈散發出淡藍色的光芒，表示處於待機狀態。

春雪從口袋裡拉出接頭，迅速插到自己的神經連結裝置上，抓住在空中擺盪的另一個接頭，準備朝提袋內的——

……不對，等等。

這個顏色，這個帶著點紫色的緞布銀配色，這具眼熟得簡直像是自己所有的神經連結裝置，不是能美征二的。

春雪的思考停止運作，握著接頭僵在原地，耳裡卻傳來了扭緊淋浴水龍頭的聲音，水聲就此停歇。

他迷迷糊糊地抬起頭來，彈簧門就咿呀一聲打了開來。

以大件毛巾披在及肩頭髮上走出來的倉嶋千百合，視線跟春雪撞著正著，四隻眼睛瞪得不能再大。

先前停止不動的思考驅動裝置當場超載爆炸，春雪——在這個狀況下倒算是不幸中的大幸——更沒有心思讓雙眼的目光焦點往下轉動，就只是一直凝視著千百合的臉孔。而對方也是一樣，維持著正準備擦乾頭髮的姿勢僵住不動。

過了一會兒，春雪的自制力總算恢復到了能夠勉力開口說話的地步，以幾乎不成聲的音量輕聲說道：

「小百……妳為什麼在男生用的……」

同時千百合也眨了眨眼說道：

「小春，你在女生的淋浴區裡做什麼？」

——妳說什麼？

到了這個階段，春雪才總算注意到自己周圍空間的顏色基調不是藍色，而是粉紅色。舉凡經過防滑加工的地板、光滑的牆壁跟天花板，以及眼前的長桌，全都統一漆成淡淡的灰調粉紅。

……這，可是，這怎麼可能！

春雪的眼睛瞪得幾乎要跳了出去，在心中大聲嘶吼。

我確實是沿著畫有男生用記號的通道走進來的。那個標示不是壁掛式告示牌，而是直接漆在牆壁上，所以根本不可能被人惡作劇掉包。還是說有人強行用什麼塗料重新漆過？不，照理說應該不可能會有這麼多時間來搞這種大工程。

看樣子就在春雪全力轉動思考回路想著這些問題的當下，千百合也總算想起了自己現在是什麼模樣。

她一低頭望向自己的身體，雙眼立刻瞪得圓圓的，連耳朵都泛出血色，雙手迅速往下遮住能遮的最大面積，同時再次抬起頭來，深深吸一口氣——

就在她即將以最大音量發出尖叫或是怒吼之際。

外面的通道上傳來了幾名女生一邊講話一邊走近的聲音。

這一瞬間，春雪才理解到自己所處的狀況可不是說成誤會或玩笑就能輕鬆帶過。

這是不折不扣的險境。一旦被校方發現，事態可能會演變成停學或退學，不——甚至有可能被扭送警局。

千百合似乎也同時想到這一點，血色轉眼之間就從漲得通紅的臉上退去。就連他們兩人僵著臉對看的當下，這群女學生的聲音仍然不斷變大。

千百合突然伸出右手，一把抓住春雪的領帶跟衣領，以不容抗拒的力道將他拉進剛剛才用過的淋浴間裡，然後自己也跟了進去，用背將春雪擠到牆邊，將毛巾掛在霧面壓克力彈簧門的上端。

接著她拿起蓮蓬頭，將觸控式面板上的水溫調整按鈕一口氣按到最高的六十度，接著水龍頭開到最大，將猛烈的水流噴向右側的牆壁。熱水濺開，讓淋浴間裡登時籠罩在一整片純白的水汽之中。

「……什麼都不要說，乖乖待著不要動！」

才剛聽千百合悄聲說完這句話，就在只隔著一道彈簧門的淋浴間外，聽到了至少有三個女生進來的聲響。

「啊啊，真是夠了，全身都是汗。」

「我說啊，妳們應該也已經想換上夏季服裝了吧？」

「至少就先把神經連結裝置用的襯墊換成透氣型吧。」

想來她們多半跟千百合一樣是田徑社的社員，說話聲過後則是一陣拉下拉鍊的聲響。

然而春雪當然沒有心思去想像外頭的光景，只是顧著將臉貼在牆上緊閉雙眼，拚命地忍住呼吸。

儘管有九成心思都受到驚慌所支配，但他仍然以剩下的一成不斷地思考為何會演變成這種狀況。

不管再怎麼糊塗，淋浴區的男女辨別標誌實在不可能看錯，而牆上所漆的標誌也不可能在物理上被人調換。既然如此，那就只剩下一種機關。

那就是以電子方式覆蓋視野。

透過神經連結裝置來覆寫視野。也就是說自己被人植入了惡意程式，用偽造影像覆蓋事先指定的淋浴區男女識別標誌，將男用標誌換成女用，女用換成男用。春雪一想到這裡，跟著就想到幾分鐘前看到的標誌在昏暗的走廊上顯得格外鮮豔，簡直就像標誌本身在發光一樣，只是現在才發現也未免太遲了。

雖然還不知道自己是在哪裡被植入這樣的程式，但多半就是那小子一手策劃的。

能美征二。

這一切全是能美設下的圈套。他早就知道春雪在偷看道館內的情形，還順其自然地引誘春雪來到淋浴區，讓他認錯標誌而闖進女用淋浴區，因而陷入現在的險境，為的就是將春雪——

將超頻連線者「Silver Crow」——從梅鄉國中排除。

手法的俐落、冷酷與無情都令人戰慄。

比起過去黑雪公主排除那個姓荒谷的學生時，可說是有過之而無不及。

「咦？千？妳還在沖啊？」

彈簧式的隔板外忽然傳來女生說話的聲音。

春雪打著冷顫聽千百合在耳旁回答：

「嗯，因為我也流了好多汗。」

「就是說啊，雖然地區預賽就快到了，不過老師也太拚了啦。」

身上穿著T恤、襯衫，甚至還有制服外套，又被高溫的水汽猛蒸，讓春雪渾身是汗，但他卻絲毫不覺得熱。不但不覺得熱，皮膚甚至冰冷得幾乎讓他的牙關格格作響。

要是現在這個女生鬧著拉開隔板，別說是春雪，連千百合都會跟著遭殃。她將不再被視為偷窺的受害者，難保不會受到跟春雪同等的處分。

「倒是千，妳水溫會不會調太高了？整間都是水汽耶。」

「咦？熱一點才好啊，還可以促進血液循環。」

「討厭，不要說這種跟我家奶奶一樣的話好不好？」

其他女生哈哈笑了幾聲，千百合也跟著笑了笑，但透過緊緊貼住自己的背，感覺得出她結實的身體微微顫抖。

……對不起，對不起，原諒我，是我太笨了。要是我不去翻提袋裡的神經連結裝置，就不會搞出這樣的狀況了！

就在春雪內心這麼吶喊，牙關咬得不能再緊之際——

耳中聽到淋浴間隔板拉開的嘰嘎聲，讓春雪全身猛然一彈。

但這是女生走進隔壁小間的聲音。接著轉動隔板的聲音又響起兩次，隨後不約而同地開始響起淋浴的水聲。

幾秒鐘過後，千百合的身體跟他分開，往外探頭看了看。

緊接著她回到淋浴間裡，捧著春雪的臉對著自己，用唇語對他說。

——趁現在，快走！

春雪一口氣喘不過來，也不能說出對千百合急中生智的感謝，只能點點頭，踩著踉蹌的腳步走出更衣間。

他雙眼只瞪著出口，拚命操縱僵硬的全身，以腰部後縮的姿勢一步一步往前進。要是這個時候絆倒——又或是有其他女生進來……

光想到這裡就差點昏了過去，但春雪仍然奇蹟似地沒有絆倒，成功逃出了淋浴區。接著他以小跑步跑過彎成ㄇ字形的通道，抵達男生區跟女生區的分岔點，這下才全身無力地將背靠在牆上。

春雪雙腿一軟，差點就要這麼癱坐下去，但一陣突然爆發的憤慨情緒阻止了他這樣做。

「……臭傢伙……！」

春雪嘴裡這麼一喊，猛然抬起頭來，朝著存在於通道另一邊的真正男用更衣間衝去。

然而——漆成淡藍灰色的空間裡卻空無一人，甚至找不出有人剛用過淋浴間的痕跡。想來能美早就趁春雪闖入女用區的空檔離開了。

「……該死！」

春雪咒罵了一句，重重一拳打在身後的牆上。

大約兩小時後，在住家大樓二十一樓的倉嶋家，千百合的房間裡。

春雪額頭用力壓向木質地板。

「抱歉，對不起，不好意思，真的很對不起！」

死命地反覆說著已經不知道說了幾次的道歉。

房間的主人則連制服也沒脫，坐在床緣雙手抱胸，持續散發強烈的殺氣。從她准許上門請罪的春雪進來到現在，都絲毫沒有想開口的模樣，更讓春雪覺得恐怖。

春雪非常了解自己的所作所為，已經是一種不能拿來開玩笑的暴行——至少他本來是這麼認為。然而對於千百合所受的震撼之大，身為男生的春雪自然沒有辦法真正產生共鳴。

畢竟自己就在只有一公尺出頭的極近距離下，看到了她徹頭徹尾一絲不掛的模樣。

不用說也知道，這可是去年拓武在千百合的神經連結裝置中植入病毒以來最大的一宗罪，因為他們已經不是那種可以一起洗澡的小孩子了。沒錯，一切都已經不一樣了。她那突出得極為鮮明的鎖骨、從肩膀連往胸部的胸肌曲線，以及份量大得令人意想不到的一對純白——

「……你在回想對吧？」

突然聽到這聲低沉的說話聲，讓春雪整個人維持拜伏的姿勢跳起了一公分左右。

「我、我才沒有，我才沒有在想！」

「騙人，你耳朵都紅了。我話先說在前面，你要是敢用在什麼不正經的用途，我可要叫你鑽進那個……叫什麼來著的？無、『無限制中立空間』，待到記憶喪失為止，至少也要待個一百年。」

春雪又一次驚呼著跳了起來。

「我、我不會，我絕對不會用！」

——的確，只要在這裡叫春雪使用「無限超頻」指令，就這麼在旁監看一個小時不准他出來，在內部的時間就會經過足足四十天以上，儲存在腦內的影像肯定會大幅度劣化。

然而要是這段期間內被其他超頻連線者或是「公敵」追著跑，多半不只是會喪失記憶，還會弄得過勞死，春雪只好拚命猛搖頭。

「我、我會忘記，我會忘得乾乾淨淨！」

「……好吧，我以後再慢慢考慮要讓小春你怎麼贖罪，這件事我就暫時擱下了。」

就在她哼了一聲的同時，一個物體輕輕砸在春雪的頭上。春雪視線往上一瞄，就發現那是一個很大的布偶坐墊。

「不用再跪了啦，坐著吧。」

「遵……遵命。」

春雪點點頭，撿起了坐墊。他本來以為是大象，但這玩意兒鼻子比較短，還有六隻腳。

「這、這什麼玩意啊？」

「是水熊蟲，地球上生命力最強的生物……等等，我不是要說這個！你說你會溜進女用更衣室，是因為被人放了病毒，然後這病毒就是那個叫能美的學弟放的……是真的嗎？」

春雪趕忙在奇怪的生物坐墊上以跪坐姿勢坐好，連連點頭說道：

「錯、錯不了，我確定走進的是有男用淋浴間標誌的那一邊。就算我再怎麼冒失，總不會連粉紅色跟水藍色的標誌都看錯。」

「可是這病毒是什麼時候被人放的？你跟能美不是連話都沒講過嗎？」

「嗯……嗯。」

春雪點了點頭。

他確實完全不知道自己被施放病毒的途徑。想來應該是在從入學典禮到今天的這一個禮拜內，被他碰到了自己的神經連結裝置，但春雪怎麼想都不覺得自己曾經露出這樣的空檔。

只要能將病毒本體分離出來，也就可以知道滲透的日期時刻，但不管他怎麼檢查物理記憶體，就是查不出任何可疑的程式。查看神經連結裝置的運作記錄，就發現有痕跡顯示一個陌生的檔案在春雪闖進女更衣間之後立刻自動刪除。春雪完全不記得自己有做過這樣的操作，想來多半是病毒本身就有設定這樣的動作，在執行並完成目的——也就是覆寫過春雪的視覺之後，緊接著就會自我毀滅。

「可是啊……」

千百合略粗的眉毛緊緊揪在一起，歪著頭思索：

「有本事做到這種地步，為什麼不直接把小春你神經連結裝置的ＯＳ搞得亂七八糟，或是乾脆刪掉『BRAIN BURST』程式就好了？如果目的是要讓你不能『對戰』，這樣不是更保險嗎？」

「病毒再怎麼凶猛，也破壞不了系統檔案啦，頂多只能利用既有的功能來惡作劇。而且BRAIN BURST程式是只要成為超頻連線者，就可以重新下載，不然想要更換神經連結裝置機種的時候不就不能用了嗎？當然核心識別卡還是得插到新的神經連結裝置上啦……」

春雪反駁到這裡，忽然也跟著皺起眉頭：

「不，可是……妳說得沒錯，既然有辦法做到覆蓋視覺這種大招，就不會只能惡作劇，還可以使出更凶狠的手段……說得極端點，只要讓我把紅燈誤認成綠燈，再將針對路上開的車子所帶來的感官資訊全部遮蔽住，要殺了我應該也辦得到吧……？」

「殺、殺人……」

千百合忍不住大喊出聲，接著才想到母親應該還待在客廳，趕忙用手摀住嘴，這才重說了一次：

「殺人？你在說什麼鬼話啊！不、不就只是個遊戲嗎？」

對此春雪也只能帶著無力的微笑搖搖頭。

「BRAIN BURST不是普通的遊戲。像能美這樣想在現實世界中吃香喝辣而使用『加速』的傢伙，為了保持這樣的能力，都是不擇手段的。妳想想看，如果當時從淋浴間裡走出來的不是妳，而是其他女生，我現在人已經……」

「……待在警局裡了，是吧。」

千百合事到如今才嚇得背脊顫慄，喃喃說道：

「可是……你是說以後那個叫能美的學弟還會繼續設下這樣的圈套？不只是對小春……還會針對小拓、黑雪學姊，還有我……？」

「不，我不會讓他為所欲為。」

春雪以不習慣的堅定語氣說得斬釘截鐵，想要去除千百合的不安。

「既然已經知道他的手法，我也不會繼續觀望了，我明天就跟阿拓去找那小子談判。雖然我不喜歡這樣……不過如果有需要，就算得用強硬手段來跟他直連，我也要找出他可以不出現在對戰名單上的祕密。」

「……小春……」

但千百合卻更加擔心地咬著嘴唇，低下頭去。

「我……總覺得不喜歡這樣，我覺得這樣不對，明明只是遊戲……不管是小春、阿拓，還是能美，根本就一點也不開心啊。」

「才、才不會呢。」

春雪趕忙搖搖頭，同時卻也覺得她會這麼想也是無可厚非。

千百合由於擁有了「治癒型」這種極為稀有的虛擬角色，到現在還沒有經歷任何一次正常的「對戰」。從對戰空間的寬廣與精細，到對戰的興奮與勝利的快感，春雪都滿心想要快點讓她體會到，但這點卻得等到一週之後，也就是等黑雪公主回到東京之後才能進行。

「至、至少我就是遇到BRAIN BURST之後，才有辦法改變……從那以來我才敢用真心面對阿拓，而且也覺得自己的自卑感稍微減輕了點……」

春雪口吃地說到這裡，就看到千百合眨了眨眼，露出暗藏玄機的笑容：

「……這倒說得是。如果是以前的小春，要是看到我的裸體，大概得躲我躲上一個月，也不來跟我道歉。」

嗚。

春雪一句話也說不出來，同時腦內螢幕又不小心播放出那個畫面。他為了掩飾產生熱氣的臉色，只好再度下跪求情。

「抱歉，對不起，不好意思，真的很對不起！」

「就跟你說不用再道歉了！」

又一個坐墊飛來，命中了他的頭部。

接著千百合恢復了威嚇的語氣低聲宣告：

「還有我先跟你講清楚，你要是敢跟小拓講起淋浴間裡頭的事情，我真的會痛扁你一頓，而且我還會跟黑雪學姊告密。」

「咦。」

春雪當場全身僵硬。

因為儘管他確實絲毫不打算跟黑雪公主提起，但對於拓武則是打算等跟千百合謝罪過之後就去跟他報告。

「跟……跟阿拓也不能講？」

「那還用說，你在想什麼啊！」

春雪的腦門挨第三個坐墊打個正著之餘，他恍然大悟地心想原來這樣才是理所當然。然而這麼一來，又該怎麼跟拓武說明能美的攻擊呢？不，還是只講自己誤闖女更衣室，不要說出在裡頭撞見千百合的事情就好？

儘管覺得對好友兼搭檔保密讓他十分彆扭，但春雪還是深深吸一口氣，拋開了這個想法。現在不是繼續煩惱淋浴間事件的時候了。

那是能美的宣戰。對於今後展開的戰鬥，他們必須絞盡全副心力，而且只要情況允許，最好是能在黑雪公主從沖繩回來之前，就解決掉這個問題。春雪不能讓9級的她陷入這樣的危險當中。

春雪這麼說服自己，接著告別倉嶋家，回到高上兩層樓的自己家裡。

但是春雪錯了。他對狀況的認知錯得讓事情無可挽回。

還沒發現這一點，戰爭就已經開始，而且也已經結束了。

「遊戲結束了，有田學長……不，應該叫你Silver Crow。」

這就是初次見面時能美征二所說的第一句話。

7

梅鄉國中的校舍形成一個上邊朝北的工字形，正門存在於東方，北邊的專科教室棟與南邊的一般教室棟之間，有一棟縱向連接這兩棟校舍的運動棟，而三棟校舍所夾的兩個寬廣空間之中，靠東的一區稱做「前庭」，西邊的則稱為「中庭」。

中庭裡有著樹齡頗高的樟樹跟橡樹朝著四面八方生長枝葉，就連白天也顯得光線昏暗，而且又沒有公園椅或草地，所以學生幾乎都不會靠近這裡，也沒有設置公共攝影機。

能美叫春雪到中庭來的打字式郵件，是在星期一的第一堂課剛下課時寄到的。在這篇以小小字體寫成的簡短文章最後發現「請單獨赴約」這句話後，春雪立刻朝著坐在右前方的拓武背影看了一眼。

結果春雪到現在，都還遲遲找不到機會把昨天的淋浴間事件告訴拓武。

自己被人放了病毒而衝進女用更衣室，這個部分還比較沒關係，但要說明如何逃出險境，就非得提到撞見千百合的事不可。然而千百合本人又禁止他提起這件事，若要隱瞞這個部分，就無論如何都得說謊。

他對拓武不想有任何謊言。

但他也很能體會千百合不想再受傷害的心情。

被這兩個相互矛盾的想法夾在中間猶豫不決之際，就收到了罪魁禍首能美找他出去的信。春雪心想事非得已，只好等這次見面結束之後再跟拓武報告了。反正信裡也講明了要他一個人來，要是帶著拓武去，能美自然不會現身。

能美所指定的第二、三堂課之間長達二十分鐘的下課時間一到，春雪就起身衝到走廊上。接著跑下樓梯，從鞋箱裡拿回運動鞋，經過體育館旁的砂石路踏進中庭。

他對這個地方沒有什麼好的回憶。由於這裡處於公共攝影機拍得到的範圍之外，一年級時那群霸凌他的人就曾經叫他來這裡好幾次。被人又推又擠地跌坐在濕濕的樹葉上時，真的只有悲慘兩個字可以形容。

——可是這些全都過去了。現在的我已經跟那時候不一樣了。

春雪一邊在內心這麼自言自語，一邊朝著昏暗的樹林中一株特別大的水橡樹走去。

隨著輕輕的腳步聲，對面出現一個人影跟春雪對峙。

春雪本以為絕對是自己比較早來，所以從這一刻起，氣勢上已經小輸了對手一截，不由得右腳退開半步。

當兩人從正面對看，就發現能美征二的個子果然非常小。就算與身高略低於班級平均值的春雪相比，都還矮了十公分。不管是手腳、軀幹，還是戴著暗灰色神經連結裝置的脖子，都像個小孩一樣細，體重恐怕更是差了將近一倍。

臉孔也幼嫩得幾乎會讓人誤以為他是女生。明明已經先在拓武寄來的照片上記住了他的長相，但春雪仍然大感訝異，懷疑他是否真是對自己設下冷酷圈套的人。

能美搖著理成少爺頭的柔軟短髮輕輕一鞠躬，長著長睫毛的一對大眼睛與小小的嘴上露出微笑——

「遊戲結束了，有田學長……不，應該叫你Silver Crow。」

能美征二這麼說了。

「咦……你、你說什麼？」

春雪沒料到他會這麼說，只能反問回去。

能美臉上始終掛著笑容，聳了聳嬌小的肩膀，又說了一次：

「我是說，我們已經分出勝負了。贏的人是我，學長。」

「哪、哪有什麼贏不贏……」

春雪深深吸一口氣，整理好思緒，用力瞪了對方一眼：

「我們根本就還沒『對戰』吧，因為你用了某種手段，都不出現在對戰名單上。」

「已經不需要什麼對戰了吧，只要我手上有這個。」

能美拿出先前放在口袋裡的右手，輕快地操作幾下虛擬桌面。春雪視野中跟著閃爍著一個投影對話框，詢問他是否確定要接收檔案。

「請放心，裡頭沒有放什麼病毒。」

「……」

就算聽能美這麼說，春雪也不敢馬上相信。他先以充滿懷疑的眼神瞪了對方一眼，才小聲地問道：

「……你是怎麼在我的神經連結裝置裡放進視野遮蔽病毒的？」

「哦？學長已經發現這麼多啦？那我就揭曉謎底，當作給學長的獎賞了。答案就是照片啊，照片！黛學長不是有轉寄給你一張照片嗎？」

「照……照片？」

聽他這麼一說，春雪這才恍然大悟。他說的是拓武昨天寄來那張劍道社一年級新生的團體照。還記得自己在打開照片之前，有發現到資料量格外龐大。

「幫那張照片嵌入名牌的人就是我啊。畢竟神經連結裝置的看圖軟體跟擴增實境（註：Augmented Reality，縮寫為ＡＲ）資訊顯示軟體用的是同一種引擎，要把可以小幅度修改視野的程式一起嵌進去也就簡單得很哪。」

能美微笑著如此解說，但聽在對程式撰寫方面只稍有接觸的春雪耳裡，怎麼聽都不覺得那是只憑三腳貓的本事就能辦到的。

想來能美就跟黑雪公主還有「紅之王」一樣，是個外表與精神年齡不一致的老經驗超頻連線者，就算年紀比自己小，也千萬不能輕忽。

春雪一邊在內心這麼叮囑自己，一邊先執行了非內建的病毒檢查程式，才戰戰兢兢地收下能美傳來的檔案。

剎那間檔案便傳輸完畢，看來是一段簡短的影片。春雪在播放前也先檢查過，但以畫質與秒數而言，檔案大小並沒有不自然的地方，於是他緊繃著嘴唇，用手指敲向圖示。

一個方形的播放視窗咻一聲張開，占據了整個視野。

播放出來的影像雖然有些雜訊卻十分鮮明，是從高處拍攝一個看似學校走廊的地方。

這裡看起來是在地下，左右兩邊的牆上都沒有窗戶。走廊本身也不怎麼長，快到走廊盡頭牆壁的左邊，設有一處沒有門的出入口。

入口內側進去沒有多遠就分為左右兩邊，分岔處的牆上並排著兩個標誌，分別是水藍色的男生用標誌與粉紅色的女生用標誌。這是——

體育館地下的淋浴區入口。

就在認知到這點的同時，春雪腦中立即鮮明地預測到了影片中接下來所要播放的光景，同時手臂跟背脊也跟著汗毛直豎。

一秒鐘過後，一個身材圓滾滾的男生從視野右下方進入畫面。他的髮型蓬鬆而雜亂，配戴著鋁銀色的神經連結裝置。

這個男生走到位於畫面中央的淋浴區入口之後，先朝攝影機的方向回頭看了一眼，這張從正面拍到的圓滾滾臉孔怎麼看都是春雪。

影片中的春雪稍稍猶豫之後——

小跑步跑向了漆有女用標誌的右側通道。

「唉呀呀，學長你也真是的，害我不知道有多擔心呢！」

春雪只覺腦袋一片空白，影片結束之後仍然呆站在原地好一會兒，這時能美開朗的說話聲音傳進了他的耳裡。

「一般人看到裡頭四面八方都是粉紅色的時候，就應該會發現事情不對，拔腿就跑了好不好！可是學長你卻一直不出來，害我都不知道該怎麼辦才好了。」

能美這番話就已經讓人莫測高深，但更讓春雪不敢相信的還是這段影片的存在。只聽他擠出沙啞的聲音問道：

「你、你……這，你是怎麼……那個通道上應該沒有地方可以躲……」

結果能美似乎覺得非常好笑，嘻嘻笑了幾聲，接著搖搖頭說道：

「相信換作是別人，也會想抱怨這年頭的年輕人實在是很沒知識吧。學長你是不是以為這世上除了神經連結裝置以外，就再也沒有其他攜帶型的電子用品了？一直到大概十年前左右，這樣的東西都還有在賣的。」

他邊說著邊從口袋裡抓出來的物體，是個小得可以收進手掌的流線型裝置，前面還嵌著一個鏡頭。

「不過也難怪啦，畢竟現在說到數位相機，指的都是大口徑的單眼反光鏡式相機啊。不過就算是這種小相機，解析度也很夠了，不是嗎？畢竟不管是誰來看，都可以一眼就看出上面拍到的是有田學長。我就是事先把這玩意，放到走廊上的那台打掃用具推車上設定好才拍到的。」

春雪茫然地凝視著這玩具般的機械，半自動地問起：

「……你……你不惜這麼大費周章，也要把我從這間學校裡趕出去……？你無論如何都想逼得我退、退學是嗎？」

「不不不，這誤會可大了！」

能美原本就很圓的眼睛瞪得更加渾圓，彷彿覺得春雪的話太離譜似的搖搖頭說：

「逼學長退學，我又能得到什麼好處呢？而且要是逼得學長走投無路，乾脆在現實生活裡找我報仇，那可就太不划算了。我只是想在接下來的國中生活裡，請有田學長……」

能美征二說到這裡先停了一拍，接著才露出那副天真無邪——卻又蘊含著無盡狡詐與冷酷的笑容。

「……當一隻忠實又勤奮的狗，一隻會每天叼來點數供我花用的乖乖狗。」

「我不會讓你稱心如意。」

——這句話撼動了中庭裡令人呼吸困難的沉重空氣。

春雪背脊一顫，能美則臉上仍然掛著笑容，望向說話聲音傳來的方向。

從樹林中現身的，是如貓般雙眼閃閃發光的千百合。拓武沒有在她身旁，看樣子她是一個人跟蹤春雪，偷聽他們的談話。

千百合大剌剌踩著草地走近，站在極近距離跟能美對峙，以銳利的舌鋒撂話：

「是我從女更衣室裡面叫小春進去的。要是你公開這段影片，我就會說出這段證詞，理由是因為我絆了一跤扭到腳所以站不起來，怎麼樣？這樣一來，小春進女更衣室就是出於正當理由，當然也就不會退學或停學了。」

聽到這一點，春雪一時忘了自己所處的困境，啞口無言地瞪大了眼睛。

的確，這種說法的說服力很夠，而且真要說起來，如果目的是偷窺，光明正大從正面入侵也未免太有勇無謀了。

——然而。

千百合說完之後，能美的輕笑仍然沒有消失。

他好整以暇地收起小型相機，雙手緩緩互拍，彷彿在鼓掌似的說了：

「可以啊，倉嶋學姊，這理由相當不錯。以一個剛當上加速能力者的菜鳥來說，還挺不錯的不是嗎？」

「……你別再硬撐了，你拍到的影片已經沒有半點效力了。」

「嗯——這恐怕很難說吧。比方說……」

能美以裝模作樣的動作豎起了一根手指：

「……正好就在現在，有人從女更衣室的置物櫃裡發現了偷拍用的相機……妳覺得怎麼樣啊？等到鬧得整個學校沸沸揚揚，開始找起偷裝相機的嫌犯之後，要是有人把剛剛那段影片上傳到校內網路裡……倉嶋學姊，這樣妳還能袒護有田學長嗎？」

「……！」

春雪跟千百合同時倒抽一口氣。

「難道說……你，已經做得這麼……」

春雪乾澀的嗓音才把話說到一半。

眼前忽然閃爍起紅光，視野上方捲動著以驚悚的極粗明朝體記載的「緊急通知」文字。還來不及震驚，就聽得一陣鐘聲鏗鏗鏗地響徹整個聽覺。這陣鐘聲跟上課鐘不一樣，音色中帶有明顯的緊迫感，接著則是一陣由合成女性語音進行的廣播：

『這裡是梅鄉國中管理部，進行緊急通知。從現在起，以下區域禁止所有學生進入，留在該區域內的學生請立刻離開。重複……』

緊接著視野之中就顯示出了梅鄉國中的立體透視圖，中間的一部分上了鮮明的紅色。

也就是體育館的地上與地下部分，而女子更衣室當然也包括在裡頭。

畫面縮成小小的圖示，視野恢復正常之後，春雪仍然愕然地凝視著能美的臉孔。這個剛入學的一年級新生仍然不改臉上的笑容開朗地說道：

「看來相機終於被發現了呢。不過這也是因為我設定成會在這個時候響起快門聲，說來也理所當然啦。」

他說話的聲音被整棟南側校舍湧起的交頭接耳聲浪蓋過了幾成。

千百合踉蹌著退後一步，以幾乎聽不見的音量小聲說道：

「你……腦、腦袋有問題啊？事情鬧得這麼……這麼大……只不過為了遊戲……」

「我才想問妳呢，倉嶋學姊。妳真的以為BRAIN BURST『只不過是遊戲』嗎……？」

就在這一瞬間，春雪看到能美先前極為明朗的笑容劇烈變質。

他的嘴角挑得老高，瞇起的雙眼發出冷澈的寒光，一副嘲笑人的樣子，微微露出舌頭舔了舔下唇。

千百合全身一顫。

能美的右手有如蛇一般地伸了過去，隨手抓住了她胸前的藍色絲帶，就這麼用力將她給拉了過去。

「啊……！」

就在發出小小尖叫聲的千百合眼前，在雙方鼻尖幾乎都要碰在一起的距離，一個兼有稚氣與強悍的說話聲音嚴峻地發了出來：

「請妳再也不要對我說話無禮。妳也一樣只能乖乖聽我的話，只要妳還想救有田學長……不過話說回來，就憑等級1的倉嶋學姊，恐怕也賺不了多少點數……」

能美忽然間繞到千百合背後，左手用力繞在她胸口下方，下巴放到千百合的右肩，直接在她耳邊輕聲說道：

「……妳就別當獵犬，改當我的寵物吧。只要我參加『對戰』，妳就一定要來觀戰，對我膜拜。哼哼哼……就連『六王』也都沒有專屬的寵物呢。啊，請學姊放心，我沒有打算在現實世界裡對妳怎麼樣。雖然我只是說現在。」

每聽能美說一句話，春雪的太陽穴就猛然作痛。一時之間他沒有發現那奇妙的格格作響，是來自自己咬緊牙關的聲音。

「你……這小子。」

春雪低吼著想要踏出一步，這時。

「誰說你可以動了，臭狗……不對，我該叫你學長。」

一句污衊的話隨著冷笑一起出口。

「我一開始不就說過遊戲已經結束了嗎？學長你已經沒有選擇了。就請你給我乖乖坐在那邊不要動吧。」

能美說話的同時，從制服外套的口袋裡拿出一條細長的物體。春雪不用仔細看，也知道那是ＸＳＢ傳輸線，同時也知道他的目的。

能美從背後用左手用力抱過千百合的身體，將小小的接頭拉近千百合的脖子。

當春雪看到千百合瞪大的眼睛鋪上一層薄薄的淚水——

再看到她潔白的牙齒頻頻顫動。

春雪心中的最後一絲理智應聲崩斷。

「……臭小子！」

還沒意識到自己喊出聲，春雪已經一腳猛踹濕滑的地面，以生疏的動作握緊拳頭，猛然朝著能美撲去。

他沒有自覺到自己現在想做什麼。

企圖用血肉之軀的拳頭，也就是在現實世界之中以暴力逼對方就範，摧毀對方的尊嚴，讓他聽命於自己。春雪自己過去就曾經飽受這種暴力折磨，對這種行為理應深惡痛絕。但他心中已經沒有這樣的理智，有的只是一種衝動，想要將這個姓能美，個子遠比自己瘦小的少年給揍得不成人形。

看到春雪龐大的身軀衝了過來——

能美臉上的淺笑依然沒有消失。

他用力推開千百合，推得她滾倒在草地上。接著放低姿勢，微微開口。

這一瞬間，春雪看出了他想做什麼。

他想「加速」，而且不是正常的加速，是讓意識維持在身體上並加速十倍的「物理加速」。

察覺到這一點的同時，春雪出自本能，與能美同時喊出了這個他從來沒有用過的指令。

「「物理加速！」」

四周的所有聲響頻率都降為低沉的嗡嗡聲，陽光的色彩也跟著變暗。

接著空氣的密度增加了。

感覺簡直就像置身於無色透明的黏液中，連踏一步都要花上許多時間。春雪心想這樣根本不是加速，反而是減速了，但隨即又拋開了這個想法。這個指令是讓知覺留在現實世界，同時將意識加速到十倍。換言之，包括自己肉身在內的其他一切事物，速度都會降到十分之一。

離自己只有一公尺遠的能美，動作顯得拖泥帶水。他嘴角露出冷笑，揮起右拳。拳頭先舉到與肩同高，再緩緩轉為前進。平常春雪根本完全看不清楚的拳頭軌道，現在卻能夠明確預測出來。

春雪就在這黏膩沉重的空氣中，企圖讓身體往右倒，同時左拳開始從下往上揮。他打算在躲過能美這一拳的同時來個反擊，一拳打向他的腹部。

……這樣，真的好嗎？

這個念頭形成的泡泡，在心靈的水面上發出小小聲響跳了出來。

然而春雪決定強行將它壓回水底深處。

……只有這小子，只有能美是春雪無論如何都饒不了的。他不但威脅我，還威脅千百合，讓她擔心受怕，而且還——他剛剛是怎麼說的？說要她當寵物？

我饒不了他。絕對饒不了。

春雪看準自己的拳頭將要打向的能美右側腹，慎重地瞄準目標。

也因此讓他晚了一步發現。

他晚了一步發現能美的右直拳只微微一動就停住動作，改而打出左鉤拳。

——是假動作！

春雪趕忙右腳用力，企圖將身體倒往左側。

然而已經往右偏開的重心卻沒有這麼容易拉回來。

能美左拳一吋吋逼近春雪的臉孔，同時身體往外偏開，春雪鎖定的右側腹逐漸遠去。

春雪想要修正軌道，但卻徒勞無功，拳頭只微微擦過了能美的制服外套，緊接著他就感覺到能美的拳頭碰到了自己下巴的右側。

春雪心想他的這一拳怎麼一點都不痛，緊接著——

這一拳的威力貫穿了春雪脖子周圍堆得滿滿的脂肪，一路滲透到下顎的骨頭，重量與硬度毫不容情地傳達到了神經。春雪就在放慢到十分之一的速度下，嚐到了柔軟的身體組織遭到破壞，毛細血管接連破損的感覺。

春雪受到一陣慢慢爆炸似的滾燙與壓力推擠，開始往左側倒下。就在越來越傾斜的視野角落，看到能美這一拳直揮到底之後，更順勢轉動身體，抬起右腳。

能美以單格播放動作片似的完美動作使出後旋踢，春雪卻只能眼睜睜地看著。

筆直伸來的右腳腳跟，碰到了春雪的右側腹，踢得腳都陷了進去，而且踢進的深度深得駭人——

簡直就像被人用巨大棍棒一鳖一鳖刺進腹部般，春雪就這麼承受著這種超乎想像的痛楚長達數秒之久，同時身體輕飄飄地離了地。被不知不覺間湧出的眼淚濕得一片模糊的視野角落，可以看見千百合痛切扭曲的表情。

等到春雪以背部著地，又花了將近七秒鐘之久。

「物理加速」指令的體感有效時間是三十秒，而剩下的時間，春雪只能難看地滾倒在地，等著痛楚過去。

嗡嗡作響的周遭聲響頻率開始恢復，同時空氣的黏膩感也跟著消失。

「嗚……啊！」

知覺的加速一停止，春雪立刻劇烈呻吟，抱著被重重踢了一腳的腹部縮成一團。反覆空嘔了幾次後，他就看到能美的運動鞋踏開地上的草走近。

「唉唉唉，學長你也太不像樣了。在物理加速狀態下打架，關鍵是在預判能力跟假動作，這種事情稍微動動腦也該想到好不好？還是說學長你根本就沒有打過架？如果是這樣，那我根本不必動用指令嘛，這可白白浪費5點了。」

能美隨即在眼前站住，右腳放到春雪肩上，用力踹得他翻了半圈，變成趴下的姿勢。

「離下一堂課還有三分鐘啊……也好，應該來得及。我就答應你們的要求，先從有田學長奉陪起吧。」

「奉……陪……？」

春雪忍耐著總算漸漸平息的悶痛，呻吟著問道。

都做到這個地步，還有什麼奉陪不奉陪的。

回答這個疑問的不是言語，而是逼近過來的ＸＳＢ傳輸線接頭上反射出的光芒。

能美用左腳踐踏著春雪的背，彎下上半身，接著毫不猶豫地將接頭插上春雪的神經連結裝置並大喊：

「超頻連線！」

8

【HERE COMES A NEW CHALLENGER!!】

繼一陣耳熟的加速聲過後，視野中顯示的這串文字，讓春雪茫然凝視了好一會兒。

「對戰」？為什麼事到如今還要對戰？

先前能美不是一直以未知的手段阻隔對戰名單的搜尋，迴避與他人之間的對戰嗎？為什麼到了現在才站出來，而且還是主動挑戰？

春雪被一連串的事情搞得腦子裡一團亂，無法立刻看穿能美的意圖。他就只是瞪大雙眼，看著世界在一陣乾澀的震動聲響中，逐漸轉變為「對戰場地」。

學校中庭裡長得茂密的樹木一齊甩落新綠的嫩葉，化為全黑的枯樹。天空轉眼之間就暗了下來，沉入傍晚的深藍色之中。

聳立在三個不同方向的校舍就在眼中一步步化為只剩骨架的廢墟，灰色的地面更不斷冒出無數的棒狀與板狀物體。不，那不是棍棒，而是墓碑。長著青苔的十字架與墓碑，一路綿延到視野的盡頭。

就在場地產生完畢的同時，兩條ＨＰ計量表就從視野上方分往左右兩邊延伸，左側橫條下方浮現出春雪的對戰虛擬角色「Silver Crow」的名稱，而右側則是——

「Dusk Taker」。等級是5級。

這個名字他沒看過也沒聽過，但以無名小卒來說，等級卻挺高的。

想必能美這個人長久以來一直都在做著同樣的事情，也就是設下圈套陷害其他超頻連線者，掌握他們的把柄，威脅他們「上繳」超頻點數，藉此得以不用對戰就可以提升等級。

接著是一串寫著【FIGHT!!】的大字在牙關咬得格格作響的春雪眼前熊熊燃燒，最後爆開四散。

直到火焰消失，春雪才留意到自己就跟加速前一樣趴在地面上，而且也同樣有一隻腳踩在自己背上。

「……！」

春雪趕忙彈起身體，一個大跳拉開距離，雙手擺好架式的同時瞪了過去，結果他眼中所見的是——

一個模樣詭異的虛擬角色悄然站在那兒。

輪廓是標準的人形，個子算是比較小，跟Silver Crow沒有太大的差異；臉部也十分相像，整張臉形成沒有凹凸的護目鏡狀，只有鏡片下一對紅紫色的眼睛濕出銳利的光芒；身體跟雙腳也

像火柴棒一樣細。

他全身上下就只有雙手呈現出一種只能用奇怪兩字來形容的樣貌。

右手明顯屬於機械類，粗壯的手臂由齒輪與傳動軸所組成，手背上裝著一具剪線鉗似的凶惡刀具。

然而左手卻怎麼看都屬於生物類。整條手臂都浮起細小的環狀關節，完全就是生物的造型，手肘以下的部分更分成三條很長的觸手。

形狀完全沒有一體感，但全身的顏色則非常忠於「暮色(Dusk)」的名稱，呈現出泛黑的紫色。在色相環上的屬性多半是近戰跟遠戰兼具，但彩度相當低。

春雪一瞬間觀察完這些跡象，毫不鬆懈地擺好架勢，低聲說出了他好不容易得出的結論：

「……也就是說，你馬上就想從我身上吸走點數了？你是想叫我不要抵抗，乖乖被你打敗，『上繳』今天的點數給你是嗎？」

能美——Dusk Taker好一陣子沒有說話，將那暮色的護目鏡轉朝向春雪一直盯著他看。

過了一會兒，能美蠕動觸手狀的左手，發出帶有笑意的說話聲：

「學長，你一變成對戰虛擬角色，說話聲音也就跟著大了起來耶，也不想想現實世界中的你明明就還被我踩在地上。」

春雪也不理會他嘲笑的嘻嘻聲，立刻反唇相譏：

「我才想問你是不是太老神在在了點呢。我可是已經知道你在現實世界的長相跟本名，也知道你的虛擬角色名稱跟外觀。你不覺得這些情報就跟剛剛你在淋浴區前面偷拍到的影片一樣致命嗎？」

「所以學長的意思是說，要是我敢公開那段影片，就要讓我『身分在現實中曝光』，讓其他加速能力者攻擊我來作為報復了？」

「……我有理由手軟嗎？」

「呵呵呵，我好害怕呢。也好，我就承認學長手上確實也有一張牌吧。不過不管怎麼說，要收取點數，總是得經過『對戰』才行啊，所以呢……我打算請學長先將一樣東西交給我保管。」

能美這句帶著金屬質感音效的話，讓春雪一時間意會不過來。

「保……保管？」

「正是，我要收下學長最寶貴的東西。好了……難得來到對戰場地，我們就來打一場吧。雖然這是用直連方式對戰，少了觀眾總不免冷清了點。」

說完黑紫色的虛擬角色就舉起右手的鉗子，鏘一聲咬合在一起。

春雪已經完全搞不清楚能美的意圖了。

可是既然說要戰，就不能只是乖乖挨打。春雪毫無疑問也掌握到了能美的「現實身分」這張牌，只要他的身分被拿到加速世界中公開，肯定會被渴求點數的超頻連線者盯上，根本不敢出門行走，能美應該也希望避免這樣的情形。

既然如此，剩下的唯一方法就是在正常的對戰中一決勝負。相信能美就是打算像剛剛那場架一樣，展現壓倒性的實力來奪去春雪「寶貴的東西」，也就是奪去自己的尊嚴，讓自己臣服於他。

——然而。

「要是你以為在這個世界也可以輕鬆打贏……你就儘管試試看，能美征二——！」

春雪大喊一聲，握緊拳頭一口氣猛踹地面。

這次的場地是「墓園」，主要的特徵就是光線昏暗，不時還會從地面長出死人的手臂，抓住對戰者的腳。

等級是對方高了一級，但屬於對戰格鬥遊戲的「BRAIN BURST」跟網路RPG不一樣，等級差異並不構成決定性的決勝因素。

當然如果是等級1跟9來比，基本性能的差異確實會大到難以推翻，但如果只是4級跟5級的差別，可以說場地屬性跟相剋關係還重要得多。而在這個墓園場地上，春雪敢確定絕對是對自己有利。

「唔……喔喔！」

他一邊筆直飛奔，一邊用金屬製的拳頭與雙腳，就像打破保麗龍似地擊破行進軌道上的墓碑。破壞物件的加分讓藍色的必殺技計量表開始慢慢充填。

能美——Dusk Taker將衝來的Silver Crow看得清清楚楚，卻似乎不打算做出什麼因應行動，只老神在在地放低姿勢，擺出右手剪線鉗在前，左手觸手在後的架勢。

「嘿啊啊啊啊！」

Dusk Talker就跟參加劍道比賽的時候一樣，在一聲尖銳的喊聲中揮出左手，這時雙方的距離還有五公尺以上。

像鞭子一樣甩來的三條觸手應聲筆直伸長。

但春雪早已經料到這一招。觸手這種東西在大多數的遊戲裡頭都可以伸長，幾乎沒有任何例外。

反射著光芒攻來的銳利尖端速度確實相當快，但終究快不過槍彈。春雪脖子一擺，躲過一條瞄準頭部的觸手，剩下兩條則用手刀撥開，逼近Dusk Taker。

「嘿！」

對於在短促的喊聲中伸出的鉗子，春雪則放低姿勢閃過。

「……喝啊！」

春雪左腳猛力踩住前衝的力道，垂直使出的肘擊分毫不差地正中敵人下顎。隨著一聲劇烈衝撞聲，爆出的冷色調閃光特效照亮了地面，右側的ＨＰ計量表猛然減少一段。連段的第一招已然命中。

大幅度後仰的能美想站穩腳步，使得胸前空門大開，春雪立刻用右腳補上一記中段踢。

「嗚……！」

對方被打得呻吟之餘腳步踉蹌，春雪更不放過機會，以左鉤拳打得他騰空，之後右腳接上一記上段踢。Silver Crow的身體之瘦之輕，都遠非現實世界中的血肉之軀所能比擬，虛擬身體快如閃電，忠實遵循春雪意識所發那一動快似一動的指令訊號。

怎麼樣，知道……我的厲害了吧！

春雪以媲美功夫電影中吊鋼絲特技的動作使出華麗的三段踢，同時在內心這麼大喊。

——始終逃避「對戰」的你當然不會知道，如今級數相近的對手裡，已經沒有人能在短距離的格鬥戰之中贏過我了。為了得到這樣的速度，我費了多大的工夫……挨了多少發虛擬槍彈，痛得在廁所裡嘔吐，你一定都不知道。像你這種沉迷在現實世界中卑鄙的情報戰裡，以為這樣就已經完全掌握住「BRAIN BURST」的傢伙……

「沒有資格自稱超頻連線者！」

右直拳拖出雷射般的軌跡，打進了黑紫色的面罩，刻下放射狀的裂痕。

Dusk Taker被打得朝後飛起，重重撞在一塊墓碑上癱軟不動，體力計量表已經減少到幾乎只剩三成。

「……再一招就了結你！」

春雪強而有力地撂下這句話，這時才總算在肩胛骨上灌注力道。就在他將雙手收緊到脅下的同時，巨大的雙翼就發出唰一聲銳利的金屬聲響張了開來。

到剛剛為止的戰鬥，已經讓他的必殺技計量表完全集滿。只要能用從高空加速的俯衝下踢命中，想必可以輕而易舉地粉碎能美剩下的ＨＰ。四周只有一大片一望無際的墓碑群，找不到任何一處可以藏身的掩蔽物。

春雪腰一沉，正準備一口氣起飛之際——

癱在墓碑上的Dusk Taker左手毫無前兆地一動，三條觸手就像各不相干的生物一樣分三路飛了過來。

春雪側身躲過其中兩條，另一條卻纏上了右手手腕。但他不慌不忙，抓住觸手用力拉緊，接著就照原訂計畫往地面一踹。

約離地五十公分左右後，雙翼推力從垂直切換為水平，企圖拖走Dusk Taker。對方兩腿用力想要站住，卻被拖得在地上一寸寸滑動，劃出兩道深深的痕跡。

過去有很多敵人使用這種長鞭或鋼索類的武器，想要捉住Silver Crow，但他們幾乎都被強行吊到高空去，再不然就是被帶得在地面拖行。只要必殺技計量表還沒用完，Silver Crow的那對銀色雙翼幾乎就能產生無限的推力，甚至連戰鬥力凌駕在「王」之上的那個魔性超頻連線者「Chrome Disaster」都被比了下去。

「唔……喔喔！」

就在春雪大吼的同時，羽翼迸射出一陣白銀的極光。他毫不容情地心想乾脆就這麼把對方拖到墓碑陣裡，連人帶著ＨＰ一起削減到零——

下一瞬間。

Dusk Taker卻用右手的巨大鉗子，夾住了自己的左手手肘。

他更不讓春雪有時間驚愕，發出啪嗤一聲令人不快的聲響，毫不猶豫地切斷了自己的手臂。

觸手的張力瞬間消失，讓春雪一下子用力過猛，整個人往後翻滾著飛開，在地面彈跳了兩三次，粉碎了好幾塊墓碑之後才總算停住。

春雪茫然地注視著紅黑色的晚霞好一會兒，接著才趕忙想要跳起，但突然有著蒼白的骷髏手臂從周圍的地面穿出，抓住了春雪的手腳。這是「妨礙移動(Ensnare)」，是墓園場地的地形效果。

「該死！」

春雪咒罵一聲，想要揮開這些手，但地面上卻源源不絕地湧出更多隻手，死纏著他不放。

無可奈何之下，春雪只好仰臥著張開翅膀，準備朝正上方起飛。然而——

就在身體即將離地之際，一個影子以昆蟲似的動作撲了過來，半踢半踩地一腳踏向春雪右肩，將他再度按到地面上。

站在那兒的當然就是Dusk Taker，由於他剛剛自己切斷了左手，ＨＰ計量表已經剩下不到兩成，相較之下春雪則還保有九成以上，乍看之下似乎不可能反敗為勝，但奇妙的是這暮色的虛擬角色全身卻十分鬆弛，慢吞吞地彎下上半身，將他那沒有五官的面罩湊近春雪。

春雪心想等妨礙移動的特效一解除，我就馬上起飛跟你做個了斷。

他一邊這麼想，一邊低聲說道：

「……你就這麼喜歡把人踩在腳底下？」

「呵呵……學長你才喜歡被人踩在腳底下呢。」

能美以平板的語氣低聲說著，舉起已經少了半截的左手，看了看斷面。春雪跟著望去，就發現又有三條新的觸手尖端已經從斷面慢慢探出頭來，讓他產生了微微的生理厭惡感。

「……還可以再生喔？簡直像是蜥蜴的尾巴啊。」

「要說也應該說是章魚或是海葵吧。不對，記得上一個擁有它的人好像說是海星？」

「你……你說什麼？」

春雪意會不過來，順口反問回去——

能美則以冰冷的嗓音小聲對他說道：

「我不是說過要收下學長最寶貴的東西嗎？我的那句話呢……」

說著用剪線鉗的尖端夾住春雪的左手。

「就是──」

就在Dusk Taker那近得幾乎湊在一起的面罩正中央，一對紅紫色的眼睛中大放光芒，翻騰掃動。

「這個意思──『魔王徵收令（Demonic Commandia）』。」

……是必殺技！

但他喊出招式名稱的發聲卻沒有任何勢在必得或昂揚的感覺，反而顯得有些忿忿不平。簡直就像是排斥這種要發動必殺技就非得喊出招式名稱不可的規則。

從Dusk Taker整張臉上發射出來的污黑光柱，從正面命中春雪的鏡面面罩，往四面八方散射出去。

「嗚……！」

春雪咬緊牙關，準備承受衝擊。就算從極近距離中招，也不可能一招就顛覆這麼大的ＨＰ差異。春雪打算看準對方招式出完之際立刻反擊，於是仔細觀察時機──然而……

計量表沒有減少。

Silver Crow的體力計量表仍然散發出耀眼的綠色光芒，文風不動。既不痛，也不覺得滾燙。

但Dusk Taker的必殺技計量表卻從集滿的狀態下以驚人的速度不斷減少，散發出的黑紫色漩渦愈演愈烈，在春雪的臉上施加冰冷的壓力，但除此之外並沒有發生任何變化。

——不對。

春雪忽然感覺到有種東西從自己全身被吸了出去。這時他才發現，從敵方必殺技計量表扣到一半的那一瞬間起，光的流向就已經相反。光芒就像液體似的，從春雪的面罩中噴灑出去，被能美的臉部吞沒。

幾秒鐘過後，所有現象就這麼停止了。

對方的必殺技計量表已經消耗到零，相較之下，春雪的計量表又再度集滿。體力計量表上也沒有受到任何傷害，能美也同樣只剩兩成不到。

「……哦哦！」

春雪大吼一聲，想要一口氣跳起。剛剛那一招多半是遲效性的攻擊，那麼乖乖等效果發動實在沒有任何好處。只要順勢拖著Dusk Taker飛上高空，從上頭將他砸落到地面上，就可以分出勝負——

……

寂靜。

冰冷的空氣籠罩住整個場地的地面。

先前抓住他全身的死人手臂已經消失，Dusk Taker的左腳跟右手也只是輕輕固定住他的雙肩。然而……

就是飛不起來。

無論背上灌注了多少力道，無論怎麼集中意識，那對理應能讓Silver Crow的身體離地，將他解放到空中的金屬翼就是沒有回應。

春雪茫然地回過頭去，望向自己肩後。

不見了。

那一副永遠那麼可靠，兩兩成對散發出美麗光芒的二十片白銀翼，沒有留下半點痕跡，就這麼消失無蹤。

就在搞不清楚狀況而緩緩轉回頭來的春雪眼前，黑紫色虛擬角色無聲無息地站了起來。

他隨手放開按住春雪的手腳，往後退開幾步。

「……哼，哼哼。」

一種幼兒般的無邪與年長者的執著等量並存的笑聲從他口中傾洩而出。

「哼哼哼，相信學長你在面罩下一定吃驚得很吧？還是說你已經在用自己擅長的遊戲腦想過各種可能性，去想說剛剛那一招是怎麼回事……思考自己身上發生什麼事了？我不喜歡賣關子，所以我會馬上揭曉謎底。說穿了呢……」

能美學著幾分鐘前春雪做過的動作，雙手在胸前交叉，接著用力往脅下一收。

「就是這麼回事。」

咕嚕。

一道濕而沉的聲響響起，兩根彎曲的突起物從Dusk Taker的背上不斷往上延伸，而春雪只能眼睜睜地看著，連聲音都發不出來。

這些物體穿出一公尺左右後停住，開始震動、鳴響——

接著灑出黑而濁的黏液，往左右大幅度展開。

是一對翅膀。

這對由骨骼與皮膜所形成的翅膀，在血色的傍晚天空中，刻下了一種像蝙蝠又像惡魔的不祥輪廓。

雙翅啪的一聲，小型的虛擬角色就在思考已經完全停止的春雪眼前跳起，然而隨即又回到地面，紫色的面罩歪了歪頭。

「咦？這可挺難控制的……是因為除了運動指令系統外，還有用別的系統輸入訊號來控制嗎？」

振翅的啪啪聲劇烈響起，每次都讓虛擬角色的上升幅度有所增加。

「哦，這樣啊？看樣子要可以自由控制這玩意兒，還得花些時間練習呢。」

儘管左右搖擺晃動，但虛擬角色仍然確實離地，不斷往天空浮起。那不是跳躍，也不是用鋼索吊起。這是──這是……

「……這不是真的。」

春雪口中流露出龜裂的說話聲。

「不是真的，絕對不是真的。」

──一直到現在，都還沒有任何一個對戰虛擬角色實現過純粹的「飛行能力」。

──明明連她也說過，說只有我一個人，這整個世界裡就只有我會飛。那是我獨一無二的力量，是我的希望，我的……一切。

「不對，是真的，如假包換。」

Dusk Taker懸停在三公尺左右的高度，慢慢張開雙手。

「我唯一的必殺技『魔王徵收令』，可以奪走目標對戰虛擬角色身上的一種必殺技、強化外裝或是一種能力。像剛剛的觸手，就是很久以前從別人身上拿來的，只是不怎麼管用。學長你知道這代表什麼意思嗎？就是說……有效時間是無限的，當然可以儲存的數量還是有上限啦。」

──奪走別人的能力，持續時間為永恆。

這意思就是說，曾是Silver Crow存在證明的那對銀翼，已經被這黑紫色的虛擬角色奪走，再

也不會回來了……？

「你……你騙人！還給我……還給我！！！！」

春雪放聲大叫，彷彿是要抗拒心中忽然湧起那股深不可測的虛無感。

他跳了起來，跑了幾步之後猛力往上跳，伸出右手想要抓住能美的腳。

「唉呀。」

但對方的腳卻輕巧地往上一抬，讓Silver Crow抓了個空，接著掉在地面上撞出金屬聲響，難看地趴倒在地。四肢越來越冰冷，知覺也逐漸遠去。春雪想要再次站起，虛擬的身體卻不聽使喚。

「學長，學長！請你不要那麼沮喪好不好？」

一陣既像是揶揄，又像是安慰的說話聲，從遙遠的上空灑了下來：

「我不是說過我是幫學長保管重要的東西嗎？請學長儘管放心，我會還你的，只是得等到學長從梅鄉國中畢業的那一天囉。當然在那一天來臨之前，得請學長每個禮拜都繳納固定的點數給我享用就是了。說來這就像是兩年份的分期貸款，只要有一次遲繳……後果應該不用我來說明吧？」

說著還現寶似地大聲拍響已經化為異形的翅膀，細聲細氣地說下去：

「——學長你一定行的，只要有你剛剛那種近戰格鬥能力。畢竟學長你光靠普通招式，就差點逼我亮出底牌來了啊……就算不靠翅膀，也夠學長混口飯吃了，這點我可以保證！哼哼……哈哈哈哈哈……！」

春雪按捺不住全身的顫抖。

這不是現實，不可能會發生這種事。哪有什麼奪走別人能力，系統怎麼可能認可這種亂七八糟的必殺技。這……這實在——

「學長你覺得這樣很卑鄙，根本是作弊，是嗎？」

能美先用喉嚨嘻嘻笑了幾聲，接著說出了毫不留情的一句話：

「可是啊，以往跟學長對戰過的人，應該全都有過這樣的想法吧？他們一定覺得哪有人可以飛的，太亂來了，哪有這種事情。好了……那我就來收一收本週的點數吧，請學長就這麼留在原地不要動……不對，你應該也動不了了吧？」

啪一聲不祥的振翅聲響起，接著就感覺到他在自己身前不遠處落了地，然而春雪已經沒有剩下一絲戰意。

大型鉗子彷彿在進行工程似的，大剌剌夾住了他的左手。無論是金屬切斷聲、火花，還是竄過神經的疼痛，春雪都覺得好遠好遠，彷彿像是另一個世界發生的事情。

隨著「對戰」結束，回歸到現實世界，能美的腳也從春雪的背上移開。小個子的一年級生捲起從雙方神經連結裝置上拔起的傳輸線，開朗地說了：

「有田學長，辛苦你了。這樣一來，在現實世界跟加速世界裡，都已經分出誰高誰下了吧？最低層的學長，得聽站在遙遠高層的我使喚，也是無可奈何的囉……所以啦，不好意思，這兩年就要多勞煩學長了。」

說著回頭一瞥，看著被推倒在地上沒有起身的千百合說道：

「對戰打得這麼認真，害我都累了，倉嶋學姊的虛擬角色就留到下次再讓我見識見識吧。還請學姊一定要牢牢記住，別忘了妳要當我寵物的約定。還有……不用說妳也知道，這件事還請妳跟黛學長，還有你們的頭目保密，除非你們不想要我還這對翅膀了。畢竟要跟他們對決，我還得先做點準備啊。好了，那我失陪了。」

說完就深深一鞠躬。

能美征二踩著跟來時一樣若無其事的腳步，走出了中庭。

春雪的手還撐在地上，好不容易才用顫抖的手臂撐起身體，當場癱坐在地。

在這個世界裡被能美又打又踢，還過不到一分鐘，但他已經幾乎完全感覺不到身體的疼痛。雖然全身都是冷汗，卻只感覺得到彷彿全身變得空無一物的空虛與淒涼。牙關咬不到一起，連深呼吸都做不好。

千百合也一樣肩膀顫動，過了一會兒才挪著膝蓋移到春雪身前，讓沙啞的聲音流露出來：

「……小春……為什麼……為什麼，會弄成這樣……為什麼你就非得……被說得那麼難聽不可……」

明明是在玩遊戲，遊戲明明是用來讓人開心的。她瞪大的雙眼這麼訴說著。

春雪深深垂著頭，從喉嚨裡擠出了不成聲的道歉：

「對不起，小百，對不起，我不該把妳牽連到這種事情裡面來，害妳擔心受怕。可是，我已經……無能為力了。我的翅膀被那小子拿走了，我已經不能打了，我已經、已經什麼都沒有了。」

說著說著，眼眶中的水滴也越積越多，順著臉頰流了下來。

我——有田春雪／Silver Crow在每一方面，都輸給了能美征二／Dusk Taker。不管是現實世界當中的情報戰，還是用血肉之軀打架，甚至連加速世界之中的對戰都輸得一塌糊塗。而且——他還拿走了一切，什麼都沒留下。

淚水不停湧出的視野中，一對白皙的膝蓋靠了過來。

春雪一瞬間心想自己多半會被打，心想她多半會像往常那樣，在沒出息的我頭上敲一記，斥罵我一頓。

然而。

千百合卻用力擁住春雪的脖子，將額頭埋到春雪的肩膀上。

「我不要……我不要，我不要這樣……我們會完蛋的……好不容易，我們好不容易才努力恢復原來……好不容易……」

夾雜在悲痛話聲中的小小啜泣，遠比頭上被敲一記時的痛楚更深地刺進春雪心中。

9

對於當天到底是怎麼上完剩下的課、中午吃了什麼，又是走哪條路回家，春雪幾乎完全想不起來。

忽然間回過神來，他才發現自己連制服都沒脫，就躺在房間的床上，看著天花板發呆。

感覺就像一天之內的所有記憶都裹在一層半透明的緩衝材裡頭，無聲無息地滾落在一片伸手不見五指的黑暗之中，簡直像是在說那一切都是夢。

——沒錯，那些都是夢。怎麼可能會是現實呢？春雪沒有出聲，在心中這麼自言自語。

想也知道只要現在馬上加速，從名單裡隨便找個人來對戰，就能輕而易舉地揭曉事情到底是真是假。背上還有沒有翅膀這種事情，不用回頭看也知道。

但春雪就是沒有心去實際驗證。

他翻了個身，將毛毯從腳下拉到肩上，正打算就這麼睡著，不去做一貫的特訓時。

一陣輕巧的門鈴聲直接迴盪在聽覺之中。

春雪心想反正還不是寄給母親的東西，想要裝作沒聽到，但視野中卻不容分說地顯示出來賓的畫面。在視窗中看到臉色嚴峻的好友——拓武的身影，春雪猛然拉起毛毯蒙住了頭。

拓武在今天的午休時間跟放學後，都跑來問春雪到底發生了什麼事。相信只要看到春雪嘴邊的傷痕，還有千百合的模樣，有出過事的跡象實在是明白得不能再明白。

看樣子千百合只有回答他說：「你去問小春。」而春雪也只能回答：「沒事。」他總覺得不管有沒有說出事實，都會背叛拓武，還對自己找藉口說需要時間思考，就這麼一路跑回家裡來。

然而看樣子拓武並不打算打退堂鼓。再次響起的門鈴聲之中，散發著一種不管幾個小時都要等的頑強意志。

春雪深深嘆了口氣，半自暴自棄地舉起手來，按下了投影對話框之中的開鎖按鈕。

接著他從床上起來，慢吞吞地走到走廊上，正好跟開門走進玄關的拓武四目交會。春雪以視線示意上來。

兩人默默走進客廳，在餐桌旁面對面坐下。

沉默又維持了三分鐘左右。

「……如果你真的什麼都不肯說，我就不問發生什麼事了。」

早已看到春雪嘴邊傷痕的拓武，忽然間說了這麼一句話。

他摘下藍色鼻托的眼鏡，視線筆直望向春雪：

「可是只有這件事我一定要跟你問個清楚。小春……你到底把小千當成什麼？為什麼看到小千的表情那麼難過，不，是看到她在哭，你卻放著她不管？不管發生過什麼事，她都是我們的……朋友，不對，是我們的死黨，不是嗎？小春。」

春雪不敢看拓武的眼睛，讓視線往左下漂走。

……我才不想放著她不管。

春雪在心中這麼吶喊。

然而要解決這個連千百合都陷了進去的狀況，就得讓能美征二這個存在完全屈服。要是沒有逼他刪除拍到春雪潛入女更衣室的影片，並在加速世界裡打敗他奪回翅膀，春雪今後永遠只能對能美唯命是從。而且只要有春雪這個人質在，千百合也一樣只能乖乖聽話。

只要冷靜判斷，就會知道哪怕能美要他們保密，現在仍然應該說出一切。

但春雪卻無論如何，都不想對拓武說自己呆呆中了能美設下的視野覆蓋程式，衝進女更衣室，最後還拖累了千百合。

——真要說起來，那個程式可是施放在你傳給我的照片裡頭啊。要是你有留意到檔案大小的異常，就不會演變成這種狀況了。

春雪不去想自己也沒發現到異常，在內心發著牢騷。

這顯然屬於推卸責任的情緒，促使春雪說出了根本沒打算說的話。

肯跟我說？為什麼不告訴我實情？我……我這個人，就那麼，讓你不敢相信嗎？」

「阿……不……」

阿拓，不是這樣。

但春雪的喉嚨卻再也擠不出更多任何聲音了。

他說不出口。

一旦說出一切實情，拓武多半會直接找上能美對峙，如此一來他多半就會知道。知道春雪，也就是Silver Crow失去了翅膀，知道他再也不會飛了。

不，就連這點也應該吐露才對，只要自己還當他是搭檔，當他是好友。

但春雪卻說不出口。自己變得遠比等級還只有1的那時候還要脆弱，已經沒有資格擔任Cyan Pile的搭檔，這點他無論如何也不敢吐露。

拓武又等著春雪說話等了十秒以上，之後放鬆了肩膀的力道，用右手袖子擦了擦眼睛，就這麼轉過身去。

「……對不起，我不該打你的。」

身材修長的好友只留下這句話，就慢慢從客廳走了出去。開門聲響起，之後就只剩下一片寂靜。

不知道在冰冷的木質地板上躺了多久。

不知不覺間，面向南方的窗外已經完全換成了夜景。

春雪仍然停止一切思考，慢吞吞地站起，在自己房間裡隨便挑了些衣服換好，就走出了玄關。搭電梯下到一樓，快步走出了大廳。

大樓腹地被大群攜家帶眷前來隔壁購物中心的消費者擠得水洩不通，看到一個小朋友將遊戲零售店的袋子牢牢抱在胸口，臉上露出燦爛的表情，春雪才想起今天是某個著名ＲＰＧ系列最新作品的發售日。

……我也去買來玩玩看吧？

買好套裝軟體就立刻殺回家去，灌進神經連結裝置裡專心玩他一陣子。不過到了這年頭還裝進儲存媒體販賣，想必容量一定很驚人，裝置裡的記憶空間容量多半會不夠用吧。那也沒關係，只要刪掉其他遊戲就好了，只要刪掉那個大得不像話的程式……刪掉「BRAIN BURST」。

沒錯，就算不再玩下去又有什麼關係？反正遊戲這種東西總有一天會玩膩的。現在回想起來，就覺得也真虧自己可以沉迷在裡面長達半年之久。

只要離開加速世界，不再是超頻連線者，跟能美之間的利害關係也就會跟著消失，被他掌握在手上的證據影片也就會變得一文不值。相信這麼一來，他也就沒辦法繼續拿春雪當人質來威脅千百合了吧。

難道這不是現在他所能做的最佳選擇嗎？當然這樣一來就會沒辦法繼續幫助以升上10級為目標的學姊，但也不必再用已經不會飛的虛擬角色扯她後腿，讓她失望。

──只是恢復原狀而已。拿到過的東西又不見了，就只是這樣而已。

──我難道還剩下什麼理由不能離開嗎？

跟春雪擦身而過的一個小女孩，以一臉不可思議的表情抬頭看著他。

這時春雪才注意到自己走在人群之中，卻哭得整張臉都皺成一團。

他趕忙用連帽風衣的兩邊袖子用力擦拭臉頰，開始朝著公寓大樓的大門跑去。

為的是找人「對戰」，想辦法贏得勝利，去賺取點數來繳給能美。為的是乖乖聽話進貢點數，以期他有一天會將翅膀還給自己。

要是在杉並區對戰，萬一拓武有打開觀戰功能，就會將他叫到對戰場地之中觀戰，所以春雪決定換個區域，一路走到環七大道上。

在高圓寺陸橋路口的公車站牌前，對該搭內圈還是外圈路線的公車猶豫了一會兒，最後決定等通往澀谷的公車來。北方的中野區跟練馬區都是紅色軍團「日珥」的領土，他現在也不想見到這個地區的支配者Scarlet Rain。

當有著成排車輪，外型圓滾滾的電力公車停在站牌前，春雪就踩著階梯上去。在視野的角落，可以看到車資從剩餘的電子貨幣中確實扣除。

春雪讓身體擠進車中角落的一個空位上，看著流動的夜景，茫然地想著。

——現在的超頻連線者總數約有一千人，幾乎全都存在於東京之中。這個知識已經有人教過春雪。

但是累計總人數——也就是從「BRAIN BURST」程式在網路上出現到今天為止的七年半之中，總計有多少人得到，又有多少人失去了加速能力，他就不得而知了。

真不知道他們這些曾經是超頻連線者的人，現在到底有著什麼樣的感想？是懊惱得咬緊嘴唇，還是靜靜緬懷回憶——又或者是怨恨得全身顫抖呢？

春雪想著換做是自己又會怎樣。

如果我失去了所有點數，被迫強制反安裝，是否就能當作只是「遊戲結束」而釋懷呢？哪怕堪稱他存在證明的翅膀已經被搶走，到現在他還還死命抓著超頻連線者的身分不放。

不，自己絕對無法立刻忘懷，肯定會拚命掙扎，想要再一次得到BRAIN BURST。

而且——一定也有人還想得「更遠」。因為憤怒與失望到了極點，憤而想帶整個加速世界同歸於盡的人，絕不會一個都沒有。黑雪公主過去曾經說明過，說小孩子沒有物證就去告發，也沒有人會相信，但事情真的是這樣嗎？只要大眾傳媒跟警方多收到幾次這類密告，相信大人也不能視若無睹，總要開始調查吧？

到底「BRAIN BURST」為什麼能在長達七年以上的時間裡，一直保密得這麼完美呢……？而製造出這種狀況的程式設計者，到底又有著什麼樣的意圖呢……？

春雪半逃避地轉著這些念頭，公車已經從甲州街道（註：日本的國道20號）上左轉，開進了綠色軍團領土所在的澀谷區。

在所屬軍團支配的領土之中可以不接受挑戰的權利，在這時應該就已經解除。春雪──Silver Crow的名字應該已經出現在對戰名單之中，隨時有人來挑戰都不奇怪。

……是誰都無所謂啦。

春雪閉上眼睛，身體深深靠在椅背上，等待那一瞬間的來臨。Silver Crow已經成了個「不耐打的近戰型」，不管對上遠戰、近戰還是擾敵類的角色，都沒有任何優勢。

由於晚上八點是平日中「對戰」進行得最為如火如荼的時段，短短三十秒後，整個聽覺就被那雷鳴般的加速聲響所佔據。

被丟進黑暗之中的春雪變身成對戰虛擬角色，往下掉了一段短短的距離，接著牢牢踏上了地面。

他還是忍不住先朝背上看個清楚，金屬翼片確實已經消失無蹤。春雪先用力閉上眼睛一會兒，接著才仔細觀察四周。

夜晚的甲州街道本身沒有改變，但將道路填得密密麻麻的車流，包括春雪搭來的那輛公車在內，都已經消失無蹤。路面龜裂凹陷，四處都有成堆的斷垣殘壁。

春雪一邊想著這大概是「世紀末」場地，一邊避開佔領周圍廢棄大樓屋頂的觀眾視線，連對手的名字也不看就低下頭去，就這麼站在寬廣的道路正中央等待。告知敵人所在方向的導航游標指著東方不斷震動。

沒過多久，就有一陣低沉的驅動聲響，從遠方的黑暗中傳來。

以機械型外裝的虛擬角色來說，對方的接近速度相當快。這麼說來對方是以移動力取勝的類型了？那麼這個聲音多半就是舊式的內燃機引擎，沒有幾個超頻連線者會有這種玩意……

一想到這裡，春雪才總算抬起頭來。

圓形的車頭燈燈光猛然照向他的雙眼。一輛美式機車前後碟剎灑出紅色的火花，鍍鉻的車身零件上反射出周圍的火光，做出一個漂亮的甩尾轉向動作煞停。

「ＨＥＹ、ＨＥＹ、ＨＥ——Ｙ！」

後仰著坐在座位上，戴著骷髏面罩的機車騎士，伸直雙手食指朝春雪一指。

不用看右上方的名字，也知道對手肯定就是他熟得不能再熟的機車騎士「Ash Roller」。也就是說，無論場地種類還是對手，都跟半年前，春雪這輩子第一次加速對戰時一模一樣。

「Mega久不見啦ＹＯＵ！怎麼啦？這麼想念大爺我，還跑到Bitter Valley來見我ＹＯＯＯＯＵ？」

「……嗄？」

春雪一時愣住，連招呼都忘了打，當場先問了回去：

「什麼叫做Bi、Bitter Valley？」

「喂喂喂，拜託你聽懂好不好，Understand一下啊！當然是谷澀好不好谷澀！」

「……」

春雪又想了一秒鐘左右，才發現他指的大概是澀谷。

「……我說Ash兄啊，我想Bitter這個單字的意思是『苦』，不是『澀』……照你這種說法，澀谷就不是澀谷，會變成苦谷了。」

「……真的Really？」

「……真的Really。」

在Ash Roller的調調傳染下，春雪明明已經消沉得不能再消沉，卻還是忍不住吐槽，讓道路沿線大樓上的觀眾爆出了盛大的笑聲。Ash Roller抬頭往這些大樓上一看，雙手中指亂比一通：

「不要給我在那邊ＬＯＬ（註：Laugh Out Loud，指放聲大笑，為歐美網路上常用的縮寫）！等會兒我就去痛扁你們，給我乖乖等著吧！」

接著一張骷髏臉立刻轉回春雪身上，放低聲音說道：

「……那，澀的英文怎麼說？」

「呃、呃……是Rough，嗎？」

「哦？所以應該說Rough Valley是吧……等等，這種事情根本不重要！」

「明、明明是你自己問……」

「閉嘴Shut up！YOU不要以為我們的對決裡你打贏的場數比我多了那麼一點，就給我囂張起來啊！給我看看這玩意看得嚇破膽吧！」

說著，Ash Roller按下一個握把旁邊的按鈕，裝在前輪架兩旁的神祕筒狀物體之中，立刻應聲露出了深紅色的圓椎狀物體。春雪心想「怎麼可能」，但怎麼看都覺得不會是其他答案，只能茫然地喃喃問道：

「這……這玩意，是飛彈？」

「Yes I do！這可是Missile，還有導向功能咧，你這個飛天小子！」

「可、可是美式機車上面裝飛彈，造型上……還是該說美學上，會不會太那個……？」

「你說什麼！這明明就Mega酷到世紀末好不好！好啦，趕快飛上去！然後等著被大爺我打到哭吧！」

一直喊到這裡，Ash Roller這才總算發現Silver Crow身上異狀，伸長了脖子猛瞧。

「……等等，你幹嘛收起翅膀？對戰明明已經開始了，趕快給我亮出來。」

春雪輕輕搖搖頭，加快速度說道：

「出了點問題，今天我就在地面奉陪。」

「……嗯？也好，隨你高興……不過如果你是看不起我，我可真的會打得你哭爹喊娘啊？」

說著朝著顯示的剩餘時間瞥了一眼，先催了一下油門，才以高亢的聲音大喊：

「Let's Dance——！」

機車先是後輪猛冒白煙，再往右側展開衝刺，春雪就一直在旁看著。

這陣子對上Ash Roller時，戰況多半會演變成看春雪如何以俯衝攻擊命中可以自由在垂直牆面上行駛的機車。然而現在這個戰法當然已經用不出來了，唯一剩下的戰法，就是躲過對方的衝鋒，從背面一點一滴地造成對方損傷了。

機車在遠處做了個銳角轉向，筆直衝了過來。春雪放低姿勢，集中精神想要看清楚機車的行進軌道。

玩慣了遊戲，讓春雪一旦開始對戰，身心就反射性地動了起來，但他當然並沒有就此甩脫被Dusk Taker搶走翅膀的陰影，心裡還是一樣開了個大洞沒有補上。春雪感覺得到自己現在正在將手伸進這個大洞，想找找看裡面有沒有什麼東西。

「……嗚喔！」

他先等對方逼近得即將撞到，再大喊一聲往右跳開。前輪的胎面輕輕擦過他的腳。

——就是現在！

春雪順勢轉動身體，揮拳就要朝騎士打去。

然而。

「喝啊啊啊！」

一隻靴子在喊聲中從旁飛來，捕捉到了春雪的頭盔。被踢飛的同時，春雪看到了Ash Roller直立在座位上，踢腿後勢未收的身影。

緊接著他就坐回座位上繼續加速，在離了二十公尺左右的地方轉向，又在座位上站了起來。看樣子他是用右腳在控制油門。

「看到了沒有啊ＹＯＯＯＵ！這就是大爺我的新招式，Ｖ型雙汽缸拳！」

站起身的春雪大感佩服，姑且不論命名，技術本身確實了不起。

他就像站在衝浪板上似的，只用雙腳控制巨大的機車。不只是用車體衝撞，騎士本人也具備了攻擊力，藉此填補了衝撞被躲開之後會出現的破綻。

……看樣子是贏不了啦。

春雪在心中這麼自言自語。

如果演變成純粹的打擊戰，有機車衝力可以運用的Ash Roller是壓倒性地有利。就算雙方都中招，Silver Crow所受的損傷想必遠比對方要大。再硬撐下去也只是浪費時間。

春雪垂下雙手，呆立不動，機車的前輪從正面撞飛了他。

Silver Crow就像根木棍一樣直挺挺地飛上天空，重重撞上路面，又再翻了兩三圈，在一陣盛大的撞擊聲中衝進大堆斷垣殘壁，這才總算停住。

春雪難看地躺在地上，用昏昏沉沉的腦袋想著。

……洞裡果然什麼都沒有剩下了啊。被拔掉翅膀的我，已經什麼都不剩了。

今後也只能盡量找低等級，而且還要盡量挑適合自己對付的超頻連線者來對戰了。一場一場地累積稀少的點數，存起來繳給能美，而且兩年內都要一直繳，直到他把翅膀還給自己的那一天。

忽然間一陣轟隆隆的低沉引擎聲，就從頭部旁邊傳來。

春雪心想快點給我個痛快，靜待對方下手，但不管等了幾秒，又硬又熱的胎面就是沒有壓上來，反而是從高處傳來說話的聲音：

「So————bad啊。喂、Crow，你這小子幹嘛不飛？」

春雪微微昂起頭來，用眼角捕捉到了骷髏面罩，以觀眾聽不到的音量小聲回答：

「……是飛不起來。我沒有翅膀了，所以已經贏不了同等級的對手了，今天我只是想確定這一點而已……你可以就這樣結束這場對戰。」

又是只有V型雙汽缸引擎的低沉聲響響起。

隨後傳來的說話聲，有著以往在Ash Roller口中從來沒有顯露過的平靜。

「……結束對戰？你這話是什麼意思？」

「哪還有什麼意思……只要用你的輪胎碾過我幾次，對戰應該就會結束吧。」

「哼？那你的意思是說，你已經飛不起來，所以就贏不了，因此放棄了對決，躺在地上不抵抗？」

春雪也能理解自己擺出來的並不是對戰者應有的態度，但就算在這裡絞盡腦汁，出奇制勝地贏了一場，也沒有任何意義。今後還會有無數場的對戰要應付，能不能留下足夠的勝率，才是唯一重要的事情，而春雪已經確定這是不可能的了。所以——

「……我再站起來也只是白費力氣了。」

春雪躺著說出這句話，等著Ash Roller痛罵自己。

然而他等到的卻是一段壓抑得更加平靜——甚至可說是心平氣和的話。

「……我說啊，你還記不記得，以前你跟大爺我第一次『對戰』的時候……你抬起了我的機車車尾。」

「……」

春雪不可能會忘記。因為那是他第一次贏得勝利，是場值得紀念的戰鬥。然而春雪卻什麼也不說，連頭也不點，只等著他說下去。

「當時我可慌得很。整個後輪都被你抬起來了，所以不管我怎麼催油門，機車就是動也不動。可是如果我繼續賴在車上，也只會被你從後面用頭錘撞到爽，完全就是沒有解的局面了。可是啊……」

Ash Roller安全帽骷髏護片下的雙眼忽然精光暴現，發出了低沉而緊繃的聲音：

「那個時候，大爺我可有放棄比賽？有像現在的你這樣放棄，任對手宰割到輸嗎？」

——你沒有。

當時這位幾乎所有點數都灌注到了機車這件「強化外裝」上，騎士本人的戰鬥力可說是趨近於零的超頻連線者，選擇翻身下車，以血肉之軀找上有著金屬裝甲的Silver Crow展開了一場肉搏戰。

結果春雪單方面地痛毆對手，贏得了勝利。

然而直到打完ＨＰ計量表的最後一線為止，Ash Roller都沒有放棄。他滿口嚷著髒話，直到被ＫＯ的那一瞬間為止，都一直揮著拳頭。

「…………你沒有。」

春雪以細得幾乎連自己都聽不見的聲音否認。

同時他感覺到了已經不知道是今天第幾次流的眼淚，在自己頭盔下，從虛擬角色的雙眼奪眶而出。

「……可是、可是，我……我的翅膀已經不會回來了。你不會懂的，今後還可以一直跟這部機車一起應戰的你是不會懂的。」

又是一段漫長的沉默。

周圍大樓上的觀眾實在不耐煩，開始出聲喧嚷。但Ash Roller對這些聲音並不介意，搖搖頭小聲罵道：

「……Suck。Giga suck，不對，是Tera，你是個Tera suck混球。都升上4級了，卻還什麼都不懂……第三次『對戰』的時候，看到你突然給我飛起來，你知道我有多……不對，不只是我，所有超頻連線者知道出了個可以飛上這世界天空的傢伙時，都不知道有多驚訝，對你有多麼的……」

骷髏騎士沒有說完這句話，反倒將臉往前湊，以耳語般的音量問道：

「喂，你現在人在哪？」

「……咦？」

春雪對這個突如其來的問題意會不過來，眨了眨被眼淚濡濕的雙眼。

「我是問你，你是從哪裡沉潛的？」

——對戰中詢問對方肉體所在的位置，這種問題本來是不可能去問的。然而春雪完全沒有考慮到現實身分曝光的危險，被他的氣勢壓住，想也不想就回答：

「在……在甲州街道……我在搭公車。」

Ash Roller先短短地啐了一聲，又說了一大段莫名其妙的話：

「那等這場對戰結束，你就馬上回家。先去上個廁所，然後躲進棉被裡，鑽到『上層』來。」

「上……上層……！」

「白癡，你太大聲啦，這樣會被觀眾聽到好不好！上層當然是指『無限制中立空間』，不然還能夠指哪裡？鑽進去以後，你要給我再來環狀七號線跟井之頭大道的路口一次。至於時間……我看看，就挑九點整，連一分鐘都不准給我差。」

對啞口無言的春雪下完命令之後，Ash Roller就站了起來，用手指在空中比劃了幾下，請求平手(Draw Offer)視窗就在春雪眼前打開。

「好啦，快點答應啦。」

敵不過他的氣勢，春雪只好不明所以地按下了ＯＫ鈕。

「對戰」以意想不到的形式結束，回到跑在現實世界道路上的電力公車內之後，春雪立刻從全球網路上離線。

正好公車在一處站牌停下，春雪跌跌撞撞地下了車。左右張望了一會兒，再一路跑到最近的路口，過了馬路跑到甲州街道的另一側，跳上開往高圓寺的公車。

春雪跌進椅子上，氣喘吁吁之餘，開始思考Ash Roller的意圖。

——他是想徹底了結我嗎？他是為了讓沒出息的Silver Crow永遠退出加速世界，所以才叫我去無法即時登出的無限制中立空間，想把我的點數打到光？

不，怎麼可能，不會有這種事的。對方也得冒同樣的危險，而且沒有人可以保證春雪不會帶著大批同伴出現。可是這麼說來，他到底是有什麼目的——

「算了……無所謂啦。」

春雪嘟囔完這句話，就很乾脆地放棄了思考。想來Ash Roller是他在加速世界裡對戰過最多次的敵手，春雪對他本人絕對不算討厭，還覺得如果是被這樣的對手了結倒也不壞。

當春雪再次回到位於高圓寺陸橋路口的公車站牌，時刻已經過了八點半。春雪拚命跑回自己家裡，立刻照他所說先去上好廁所，喝了些烏龍茶，抓起一片昨天剩下的披薩塞進嘴裡，然後躺到床上去。

——搞不好這會是我最後一次「加速」？

如果真是這樣，我要再見帶我進這個世界的人——再見黑雪公主一面。就算沒辦法跟她說明原委，至少也想跟她講一兩句話。

儘管心中忽然有了這個念頭，但想到黑雪公主人在遙遠的沖繩，這時多半正為了領導一百二十名學生而忙得焦頭爛額，就不太敢呼叫她。儘管如此，在視野角落所顯示的時刻逐漸接近九點的期間，春雪都一直在等，想等等看她會不會主動跟自己聯絡，但來電圖示卻一次都沒有閃爍過。

當數位時刻的數字來到午後八點五十九分五十八秒，春雪用力閉上眼睛，深深吸一口氣，低聲說出了指令：

「……無限超頻。」

10

這個建構於正常對戰場地之上的永續世界——無限制中立空間，春雪還只是第二次來，更是第一次孤身一人沉潛進來。

淡黃色天空下，只見成排紅褐色巨石的光景，看來多半屬於「荒野」屬性。然而這個世界中存在著「變遷」系統，每經過一定時間，空間屬性就會切換。春雪打算趁腳下地面還算穩固時抵達會合地點，於是在乾燥的大地上拚命奔跑。

無論換上什麼樣的屬性，加速世界的地形本身都是以現實中的東京為依據。環狀七號線到了這裡，就成了兩旁有大群巨石包夾的寬廣乾谷。春雪避開山谷中央，專挑有岩石遮蔽的地方奔跑，同時毫不放鬆地留意左右。

無限空間裡有種由系統製造並控制的怪物棲息，叫做「公敵」。春雪目前還只目擊過一次大型的公敵，並沒有實際打過。這些怪物之中有些個體甚至比高等級的超頻連線者還要強悍，現在自己不能飛，要是受到這樣的強敵攻擊，想必三兩下就會被解決了。

所幸一路上春雪都只有看到一些像是牛或蛇的生物在遠方荒地上慢吞吞地移動，沒有被公敵盯上，順利抵達了接近杉並區與澀谷區交界線的代田橋附近。

為防萬一，春雪先躲在遠處的岩石後面窺探情形，看來不像有大批敵人埋伏。

——其實哪有什麼埋伏。

朝著兩條寬廣的乾谷交叉處一看，春雪立刻覺得全身虛脫。因為這一看之下，就見到一輛停在交叉點正中央的美式機車，以及一名戴著搶眼的骷髏安全帽，坐在機車上雙手抱胸，跩得不得了的機車騎士。

「Too——late！慢死啦！」

一看到春雪走近，Ash Roller就揮著右手大喊。

「對、對不起，因為我只能用跑的……」

「反正你一定是怕遇到公敵，因此偷偷摸摸地移動對吧？不用擔心，在這種幹道上只會出現超大型的傢伙啦。」

「這、這你要早點說啊！而且萬一遇到超大型的要怎麼辦？」

「那還用說，當然是哭著跑走啦。」

春雪在銀色面罩下嘆了口氣，搖搖頭換個話題：

「……那，你叫我來這種地方，是打算作什麼？想繼續剛剛的對戰嗎？」

「你白癡啊？就算打贏你賺到10點，下潛本身就已經用了10點，這樣Never不會有賺好不好？」

春雪也懶得吐槽說這樣講會變成雙重否定，只雙手一攤了事。

「那，你為什麼要找我來？」

「別問了，上來吧。」

聽他說得若無其事，春雪愣得下巴都掉了下來：

「……啥？」

「我叫你坐到後面來。安全帽……你應該用不著吧。」

說著嘻嘻一笑，用大拇指指著自己背後的後座。春雪覺得再去提防有沒有圈套實在太白癡，於是就以生疏的動作跨上後座。

「好，你要抓牢，大爺我的愛車加速起來可是很Violence的啊！」

英文單字才剛說完，Ash Roller已經全開油門，高舉前輪，春雪差點就從車尾摔了下去，急忙用雙手撐住身體。緊接著這輛全黑的機車就發出粗獷而宏亮的咆哮，朝著正東方——沿著井之頭大道往東京都心方面飛馳而去。

「嗚……哇！」

引擎的吼聲越來越高亢，每當春雪以為已經達到最高速時，就聽到皮靴用力踢向踏板，換上更高的檔位，繼續加快速度。紅褐色的路面拉成無數的流線，從前方逼近的岩石接二連三往後飛開。

「等……太……太危險……！」

春雪幾乎是用尖叫地要他減速，但得到的回答卻極為悠哉：

「嘎？你白癡啊？跟你飛在天上的時候比起來，明明就連一半也不到。」

「可……可是，機車，這樣！」

在現實世界中，春雪就連電動速克達機車都沒有騎過。當然如果是四輪的車輛，雙親離婚前家裡的自用車或計程車他倒是坐過幾次，只不過電動四輪車不會發出引擎聲，乘客當然也不會吹到風。

但這款舊型的機車雖然是虛擬世界中的多邊形物件，卻有著一種跟以能源運用效率及安全性為最優先的現代交通工具完全不同的特質。

春雪完全無法相信直到二十年前為止，這樣的玩意兒都還在現實世界的公路上亂飆。機車騎士們只戴著安全帽，連安全帶或安全氣囊都沒有，就直接坐在車上，讓血肉之軀完全暴露在車外。

「這……這玩意兒，可以跑到幾公里，啊！」

從春雪的位置看不到儀表板，只好用喊的這麼問，結果又聽到對方顯得十分悠哉的回答：

「這不是賽車用的車款，只催得到兩百左右。」

「兩……兩百……」

春雪在腦海中吶喊這一撞車會死人的啊啊啊啊啊，忽然間卻恍然大悟。

這輛機車就是這樣的交通工具。

這種機械除了跑出速度以外，完全沒有考量到其他需要。從毫不吝惜地讓寶貴的石化燃料在引擎內爆炸來推動的引擎、複雜的換檔機構、到像是放棄設計似的粗獷輪胎，設計與組裝上都只追求一個目的，那就是要跑得更快。

說起來就是一種將對速度的嚮往做了最純粹體現的存在。

這種沒有翅膀的人所打造出來的機械只追求快，快還要更快，彷彿是要對抗只能在地上爬的宿命一般。

春雪忘記了恐懼，抬頭睜大眼睛仰望淡黃色的天空。

結果就在遙不可及的高空中，看到了一小群翼龍般的公敵成群飛翔。

——我。

對於系統賦予自己的翅膀，對於這種能力的意義，我一點都不了解。

我一直只把翅膀當成對戰用的工具，當成求勝用的優勢。然而那對銀色的翅膀既不是升級獲得的必殺技，也不是用點數購買的強化外裝，而是由我的心所創造出來的Silver Crow的本質。

它本來應該是一種救贖、一種嚮往，更是一種希望。

就是因為我忘了這一點……因為我只把它當成工具看待……一定是因為這樣，才會那麼簡單地被人搶走。我竟然……竟然到了現在——

才發現這麼重要的事。

春雪拚命吞下哭聲，不想讓坐在身前的Ash Roller發現。

時速兩百公里的速度再也不可怕了。不但不可怕，甚至還覺得就在自己下面拚命咆哮的引擎是個極為堅強，極為可靠的存在。

機車從井之頭大道往南繞開都心地帶，再度朝東方前進。

差不多進了港區時，春雪才總算問出了一開始就該問的問題：

「請問一下……我們到底要去哪裡？」

「你自己不就看得到了？就是那個。」

春雪沿著Ash Roller抬起安全帽用下巴所指的方向看去，在成排粗獷巨石連往的遠方，有個淡淡的細長輪廓。

那多半是一座地勢險峻的岩山，不，那已經是座「塔」了。它劃出一道與地面完全垂直的線條，延伸到遙遠的空中。

春雪一時想不起現實世界裡頭對應的地點有沒有這樣的建築物，於是在腦海中描繪東京南部的地圖，花了幾秒鐘才終於找到答案。

「咦……那、那該不會是，『前東京鐵塔』……？」

「Very yes！」

春雪也不理會得到的回答文法有多怪，翻出了腦海中模糊的知識。

過去位於港區芝公園，負責對首都圈一帶發送電視訊號的東京鐵塔，將職責讓給建設在墨田區押上的「東京通天樹」，已經是距今至少三十年的事情了。

之後前東京鐵塔仍然繼續經營展望台許久，但由於高度只有三百三十三公尺，東京各處接連蓋起了遠超過這個高度的高樓，觀光景點的作用終於也在二〇三〇年代初期結束。現在連電梯都沒動，被當成禁止進入的歷史遺產來保存。

隨著尖塔逐漸接近，就發現在這個無限制中立空間裡，前東京鐵塔成了一塊純粹的岩石，內部的構造似乎沒有重現出來。也就是說，它就只是一座獨自矗立在荒野之中，高達三百公尺的石柱而已。

「那、那種地方，會有什麼東西啊？」

春雪茫然地這麼問，就看到Ash Roller難得支支吾吾起來。

「嗯，還好啦，這個，怎麼說，我想帶你去見一個人。」

「人……？」

——不是「傢伙」、「混球」或「ＳＯＢ（註：son of bitch的縮寫）」？

「呃，啊，說穿了，就是大爺我的『上輩』啦。」

「什、什麼！」

這個答案讓春雪打從心底驚訝，忍不住喊了出來：

「是A、Ash兄你的『上輩』……？這也就是說……這人比你更、更誇張？例如說滿臉鬍子、戴著墨鏡、繫著真皮腰帶、身上有刺青，還挺著啤酒肚？」

「你這小子把大爺我當什麼了！」

Ash Roller喊了幾句，整個背卻忽然一顫：

「……我先跟你講清楚，要是你敢當面對我師父講這種話，下場可不是只有後悔而已。我師父已經從第一線『對戰』退下來很久，所以你大概不知道……聽說在很久很久以前，還曾經被人取過什麼『鐵腕』啦、『ＩＣＢＭ（註：洲際彈道飛彈）』之類的綽號，讓人聽到就怕的咧。」

或許是因為恐懼，讓Ash Roller說到後來連語尾都變得很怪，春雪聽完不禁喃喃複頌道：

「Ｉ、ＩＣＢＭ……？」

「就是說的咧。啊啊，對了，記得還有一個綽號……叫做『伊卡路斯』。」

「……這、這綽號聽起來倒不是那麼嚇人。」

「也是啦，聽說這個綽號是退隱江湖以後才取的。我師父啊……在你這小子出現以前，可是整個加速世界裡最接近天空的超頻連線者咧。」

幾乎就在春雪心中一凜的同時，機車也拖出飛揚的塵土停了下來。

眼前乾燥的紅褐色地面上，矗立著一座垂直到幾乎可以擺上三角尺的石柱。

這一根石柱的直徑大約有二十公尺，幾乎完全呈現圓形，接近一看就發現果然找不到任何階梯或入口之類的部分。或許是因為前東京鐵塔在現實世界中已經禁止民眾進入，才會以這樣的形式重現。

接著春雪就開始四處張望，想要找出這位ＩＣＢＭ又稱伊卡路斯的人物所在，但目光卻只停在遠方緩緩移動的石龜狀輪廓上。春雪心中覺得離譜，但還是問起：

「呃……是那位嗎？」

「你白癡啊？那是公敵。大爺我是在等風停下來。」

「等、等風停？」

聽他這麼一說，春雪才注意到剛剛機車猛飆的時候沒有發現，但屬於「荒野」地形效果的強風確實一直在吹。不過現在又不是在對戰，到底為什麼要等風……

就在此刻，毫無間斷的風聲忽然停了下來。

「好，要上了！Hold me tight！」

春雪先是搞不清楚Ash Roller突然鬼叫些什麼，接著才聽懂他說這話的意思。

油門全開的機車猛然抬起前輪，春雪反射性地用雙手緊緊纏在Ash Roller腰上。引擎發出高亢的吼聲，後輪捲得塵土飛揚。當前輪沉重地撞上垂直的岩壁時，春雪甚至沒有空驚訝。

「哇……哇哇哇哇？」

春雪在心中大喊「這實在太亂來啦啊啊啊啊」，腦子裡鮮明地預測出機車將會一邊後仰，一邊朝著反方向摔下。

然而輪胎與壁面之間卻像有一種神祕的引力在作用，讓機車穩穩地沿著垂直的石柱往上跑。春雪又整整恍惚了五秒鐘左右，才總算恍然大悟。

這是Ash Roller所擁有的「牆面行駛」能力。仔細想想就發現，自己在對戰中早已經多次見識過這名機車手自由自在奔馳在大樓牆上的情形，然而春雪萬萬沒有想到他完全不用助跑，就能沿著牆面往上跑這麼久。換個角度來看，Ash Roller等於是無意中將自己的能力上限洩漏給屬於敵對軍團的春雪知道。

但春雪還是猜不出他真正的意圖，就只是屏氣凝神地注視尖塔頂端。

看樣子爬牆終究沒辦法跑得跟在地面上一樣快，機車維持在低檔，以強勁的力量不斷往上跑。眼睛朝下一瞥，就發現地面已經遠得看不清楚，連顏色都顯得不一樣了。

用自己的翅膀飛行時，這樣的高度多半根本不當回事，但現在卻覺得下腹部附近有種糾成一團的感覺，讓春雪趕忙拉回視線。好不容易慢慢看到尖塔上方，似乎是個水平的平台，邊緣在黃色的天空中劃出一道美麗的弧線。

再十秒左右就要抵達頂端時，左方忽然有道空氣形成的高牆發出轟隆巨響壓來。

「Shit！這風Shit！」

Ash Roller咒罵著將把手一歪，讓機車的軌道往左偏去，緊接著吹來的勁風就毫不容情地打在機車的側面。

「Fly high！」

「嘎啊啊啊啊啊啊啊！」

就在彷彿乘著風垂直飛起的機車上，春雪跟Ash Roller以捷泳般的姿勢全力滑動空氣。或許是這些努力奏了效，機車的後輪一吋吋往前偏開，達到拋物線的頂點之後開始落下，重重落在從塔頂邊緣算起只有五公分左右的地方。

「我、我我我我再也不坐了！我這輩子再也不坐沒有四個以上輪胎的車了！」

春雪從座位上翻落，雙手雙腳牢牢按在堅硬的岩石上嚷嚷。至於Ash Roller，則仍然跨坐在機車上，不以為然地連連搖動右手食指：

「ＹＯＵ還真是搞不清楚狀況，機車就是會摔車才有意思啊。」

「剛剛那樣根本不是摔車這種小事好不好！」

春雪氣喘吁吁地這麼喊完，又猛力搖了搖頭，才總算開始環顧四周。

相當於現實世界中前東京鐵塔的石柱頂端，是一個直徑跟下半部完全相同，約有二十公尺左右的圓形平台。

但模樣卻跟下界完全不一樣。

春雪腦海中浮現了空中庭園這個詞。圓形平台幾乎整片都是看起來就顯得很柔軟的草地，反射出綠色的光芒。正中央有一池小小的泉水，波光粼粼的水面極其透明。

泉水正中央又浮著一座小小的島嶼——而春雪就在島上看到了一個意料不到的東西。

那是團橢圓形的藍光，它有如海市蜃樓般搖曳不定並緩緩旋轉。是「登出點（Portal）」，唯一可以主動讓人從這個無限制中立空間回到現實世界的手段。

「為什麼這種地方會有登出點？」春雪十分驚訝，但凡是較大的車站或觀光景點這類可以當作地標的建築物，原本就幾乎都會配置登出點，那麼前東京鐵塔之中會有或許也並不稀奇，可是登出點像這樣設在塔頂，不就只剩下像Ash Roller這樣可以攀登垂直牆面，或是像過去的Silver Crow那樣可以飛行的人才能使用嗎？

春雪歪著頭拉回視線，就發現另外還有一個出他意料之外的東西存在於庭園的另一邊。是住家。

一棟有如玩具般小巧可愛的住家，靜悄悄地蓋在無數花草之中。牆壁漆成純白色，尖聳的屋頂則是深綠色。搭配爬在牆上的綠色藤蔓，形成一幅幾乎會讓人誤以為身在圖畫書中的美麗光景。

春雪愣愣地看了一會兒，住家的門就發出輕巧的咿呀聲打開。

門才剛打開，一旁的Ash Roller立刻跳下機車，換成立正不動的姿勢。

照這樣看來，從裡頭出來的人物，多半就是Ash Roller的「上輩」了吧。想來多半是個全身肌肉，穿著皮褲，一副飆車族打扮的傢伙。雖然跟住家的形象多少有些不搭調，但春雪已經做好心理準備，就算有催得引擎巨響的哈雷機車從門後衝出，他也不會吃驚。

然而到頭來春雪還是大吃一驚。

從裡頭發出唧唧聲滾動出來的，確實是兩個車輪沒錯，但這兩個車輪橫向並列，並非直排。鋼圈內的輻條是採極細的銀絲所製，輪面也不是橡皮輪胎，而是寬度只有一公分左右的銀輪。架在這種車輪上的，則是一張同樣以銀絲編織而成的小椅子。

這是一張輪椅。上頭既沒有引擎，也沒有排氣管，是一種跟美式機車處於相反極端的代步工具。

而坐在上頭的人物，外表也跟春雪的想像差了一萬光年之遠。

這肯定是對戰虛擬角色。放在膝蓋上的雙手帶有光滑而堅硬的泛青色光澤，低垂的臉頰部分也有著銳利的面罩狀物體。

臉部只看得到這麼多，是因為這個虛擬角色戴著寬邊帽。不是千百合的『Lime Bell』頭上那種巫婆戴的尖帽，而是純白的草帽型，而身上也同樣穿著純白的連身洋裝。

……咦，是女的？

這時微風吹得帽子下的長髮輕舞飛揚，彷彿是在肯定春雪心中的驚呼並沒有猜錯。一頭筆直留到腰際的秀髮，有著幾乎會把人吸進去似的透明淺藍色——不，應該說是萬里無雲的秋季天空顏色。

車輪再次發出聲響，輪椅緩緩開始前進。然而虛擬角色的雙手卻仍然放在膝蓋上沒有動，看樣子這副輪椅有配備某種自走機關。

輪椅沿著一條繞著泉水鋪在草地上的紅磚道順暢地行駛過來，在離春雪他們大約有兩公尺遠的地方停下。她輕輕拉起帽子，露出了虛擬角色的真面目。她那與世紀末機車騎士Ash Roller怎麼看都不像「上下輩」的容貌，讓春雪看得呆了，怔怔地凝視良久。

那是張女性型對戰虛擬角色十分常見的臉孔，就只是面罩上嵌著鏡頭眼，然而這張連鼻子跟嘴巴都不存在的臉孔，卻讓春雪覺得比以往見過的任何一張同類臉孔都要來得美。這個虛擬角色以一對發出淡淡橘紅色光芒，在暗淡藍色肌膚襯托下十分好看的棗形眼睛筆直望向春雪，接著又看了看Ash Roller。

「好久不見囉，Ash。知道你還沒有忘記我，讓我好高興呢。」

「師、師父，好久不見了。我我我，我怎麼可能會忘記您呢？」

遺憾的是春雪也已經沒有心思去對行最敬禮的Ash Roller吐槽說：「怎麼不說『Mega久不見』啦？」因為天空色的虛擬角色又再度將視線定在了春雪身上。

「……你就是Silver Crow？」

被她用微風般平靜的嗓音這麼一喊，春雪也立刻跟著低下頭去。因為他心中有種強烈的感覺，覺得非這麼做不可。

「我、我是，初次見面，妳好，我是Silver Crow。」

「初次見面，你好，我的名字是『Sky Raker』，很高興見到你，鴉先生。」

春雪感覺到對方的視線往自己的肩膀附近瞥了一眼，身體登時一縮。從對方的口氣聽來，這個人物已經知道Silver Crow的存在，然而讓這個名號響徹加速世界的銀翼——也就是飛行能力，卻已經消失無蹤了。

春雪深深低下頭去，躲避Sky Raker那溫和卻又彷彿能看穿別人腦子裡想些什麼的視線。

但聽到經過短暫沉默後Ash Roller所說的話，春雪不禁忘記羞恥，大吃一驚。

「呃……那師父……我先失陪了。」

「啥……你說啥！」

戴著骷髏安全帽的騎士要回到機車上，春雪立刻跑去逼問：

「你、你要回去？……那那那我要怎麼辦才好！」

「這種事大爺我哪會知道？」

「什麼你哪會知道，明明就是你帶我來的！」

「那是因為你一直在那邊鑽牛角尖哭哭啼啼扭扭捏捏啊。而且要是放著你不管，大爺我裝在愛車上的飛彈就沒有機會亮相啊……」

Ash Roller彷彿想要弄掉根本沒沾上的泥土般，一直用靴底往石板上用力磨蹭，沉吟了一會兒後，忽然間改了聲調說道：

「……我說Crow啊，我是不知道你為什麼會失去翅膀，不過我知道你心裡一定在想，想說不會飛就打不贏，打了也是白打。可是啊……加速世界裡有多少超頻連線者想飛也飛不了，這你可曾想過嗎？」

春雪小聲吸一口氣，反射性地將視線轉往鞋底，但Ash Roller的話卻像一把刀，尖銳地劈了進來：

「當然『對戰』打久了，總是會有很多狀況，沒有力氣的情形可能也是有的。可是啊，你的翅膀應該不是那種弄丟了就可以馬上放棄的玩意吧？要是你繼續這樣有氣無力地對戰下去，最後就這麼平白消失，那麼那些一直抬頭看著你飛的傢伙又……我們又……」

Ash Roller說不下去，猛力朝地面一踹。

春雪仍然低著頭，在心中自言自語。

——我當然也不想放棄。可是，既然翅膀……既然飛行能力已經從系統中消失，那我又能做些什麼？

接著他抬起像鉛塊一樣重的頭，從哽住的喉嚨裡勉強擠出聲音回答：

「……的確，我在剛剛那場『對戰』的態度很不好。可是……那跟現在的狀況，又有什麼關係？」

「呃，這……這個嘛……也就是說……」

Ash Roller的「上輩」——Sky Raker先前一直沒有說話，這時卻忽然從他背後發出了平靜的聲音：

「鴉先生。Ash他啊，是這麼想的。他是覺得我也許有辦法幫助你拿回翅膀。」

「咦？」

春雪瞪大了眼睛，連嘴也張得圓圓的。

「拿……拿回我的翅膀……？說要幫助我……這……可是，Ash兄他是綠色軍團的……」

「對啦對啦！不行嗎！」

Ash Roller一屁股往機車座位上坐下，大聲嚷嚷：

「你給我聽清楚，不要會錯意了！這是一份人情！不對，是計謀！是打算要讓你的好感度參數衝破表，讓你背叛黑色軍團的祕密計畫，你這小子懂不懂啊！哇哈，大爺我真是Megacoooooooool！」

骷髏騎士右手豎起中指亂揮一通，Sky Raker平靜的聲音立刻飛了過去：

「Ash，你這樣很下流。」

「是！對不起，師父！那那那徒兒我就先失陪了！」

說著引擎猛力一催，美式機車朝著草地正中央的泉水狂奔，在岸邊高高一跳，衝進了發出藍色光輝的登出點──

就這麼消失無蹤。

春雪發了一陣前所未有的愣，之後才勉力擠出聲音嘟囔：

「……還祕密作戰咧……都講出來了還有什麼搞頭……」

結果Sky Raker倒是嘻嘻一笑說了：

「他只是腦袋、嘴巴跟長相差了點，除此之外倒還不錯。」

──除此之外還剩下什麼東西啊？

春雪忍不住想了幾秒鐘，之後決定暫時先把Ash Roller的事情推到意識之外，朝著佇立在泉水邊的銀色輪椅走近幾步。

春雪想問的一大堆事情在胸口翻騰，儘管猶豫著不知道該從哪個問題問起，但還是戰戰兢兢地開了口：

「我……我是……聽Ash兄他說的，說妳曾經是『加速世界裡最接近天空的人』……」

結果Sky Raker的微笑變得有些透明，點頭答道：

「Ash Roller所說的那些想飛也飛不了的超頻連線者之中，最有代表性的應該就是我了。不……或許應該說我當時飛不了吧，因為到頭來我的手還是沒能碰到天空。」

聽到這個早有料到幾分的答案，春雪反射性地用力閉上眼睛。

——那麼眼前這個人不但不必幫助我，反而有資格愛怎麼責備我都行。

儘管在內心這麼自言自語，但春雪還是沒有辦法阻止自己死命地撲向眼前這隱約可見的一線希望。

他眨眼抬起頭，以沙啞到了極點的聲音說出下一個問題：

「那麼……他說的是真的嗎……？妳有辦法讓我的翅膀恢復原狀……」

這個問題就沒有立刻得到回答了。

身材玲瓏有致的虛擬角色輕輕攏起一頭有著金屬光澤的天空色頭髮，注視春雪好一會兒，之後很乾脆地說了：

「應該沒辦法吧。」

「咦……」

「如果會有東西從對戰虛擬角色身上消失，其中一定有理由。在這個地方，還有在我身上，都沒有方法可以除去這個理由。」

「……」

渺茫的一線希望轉眼間就被斬斷，讓春雪差點就失望地垂下頭去。但就在視線即將移開之際，Sky Raker卻隨手拉起了身上所穿的白色洋裝裙襬，讓他不禁瞪大了眼睛。

「你看。」

裙下有的——不，應該說裙下欠缺的，是虛擬角色膝蓋以下的部分。

劃出柔韌曲線的苗條大腿，接在一個圓形的膝關節部位上，但本來應該繼續往下延伸的腳脛部分卻不存在。

也許在看到這個虛擬角色坐著輪椅時，就該想到她的腳有些問題，但到底是基於什麼樣的理由，才會讓虛擬角色的雙腳憑空消失呢？

的確，戰鬥中有著各式各樣的理由，可以造成身體部位缺損。春雪自己也曾經在激戰之中，經歷過多次失去手腳的情形。然而缺損在對戰結束後就會立刻消除，到了下一個戰場上，理應可以恢復全新的模樣。

春雪一口氣喘不過來，也移不開目光，由不得他不去思考。

難道說，Sky Raker她也一樣……？也是被能美，也就是Dusk Taker，或是被擁有同類能力的超頻連線者，永恆地奪去了雙腳……？

但她接下來說出的話卻否定了這個猜測：

「是我自己選擇切掉的。」

「咦……！」

「是我決定自己再也不需要雙腳，所以請人砍斷的，儘管明知這種舉動是莫大的傲慢、偏執，不，應該說是瘋狂。之後不管我下潛到加速世界幾次，雙腳都再也沒有回來。這也就表示……那股瘋狂的餘燼到現在仍在我心中燃燒。只要這種瘋狂沒有消失，我的腳也就永遠都會是這個樣子。」

Sky Raker以一對曙光色的眼睛凝視呆站在原地的春雪，靜靜地斷定：

「你的翅膀也是一樣。除非重新面對失去的理由並且加以克服，否則絕對不會回來。」

理由。

也就是能美／Dusk Taker的必殺技「魔王徵收令(Demonic Commandia)」。

不對，不是這樣，理由是在於落敗本身。除非在各方面都讓能美征二屈服，克服深深刻在春雪心中的落敗傷痛，否則就再也找不回翅膀。事情就是這樣。

但這已經不可能達成了。原因很簡單，因為春雪已經喪失了堪稱唯一長處的飛行能力，而搶去了它的能美如今卻已經能夠自由自在地飛翔，怎麼找都找不出勝算。

春雪不知不覺間膝蓋一軟，跪在草地上——

Sky Raker則丟出一句令他意想不到的話：

「不管你在這個庭園裡怎麼做，翅膀多半都不會回來，然而，我可沒有說你飛不起來喔，鴉先生。」

接下來的部分我們就坐著談吧。

這句話說完，自走型的輪椅就開始發出唧唧聲響移動，六神無主的春雪只好跟上。

圓形的空中庭園裡，東南西北四個端點各設有一張白色的無椅背長椅。Sky Raker來到北邊的長椅旁，讓輪椅面向外圍停下，所以春雪也就戰戰兢兢地坐到了她身旁。一抬起頭來，眼前鬼斧神工的光景就讓他看得倒吸一口氣。

三百公尺下換上「荒野」屬性的整個東京都心，都可以盡收眼底。

永田町的政府官廳街一帶，成了由紅色砂岩砌成的巨大遺跡，巨石間則有著由拱形石堆支撐的首都高速公路。

更遠處還有一座格外鮮明的紅色宮殿大展威容。那是現實世界之中的皇居。無論換上什麼樣的屬性，這座巨城始終存在，只是時而富麗堂皇，時而妖氣森森。正當春雪茫然想著不知裡面住的是誰，Sky Raker忽然打破了沉默：

「我一直很希望可以見你一面，鴉先生。」

「咦……啊，妳、妳客氣了……」

春雪吞吞吐吐地縮起肩膀。看到他這個模樣，天空色的虛擬角色先散發出幾分笑意，接著靜靜地說下去：

「當我從Ash口中聽到加速世界開天闢地至今七年以來，終於出現了『飛行型虛擬角色』時，我大吃一驚，同時也產生了興趣。我一直在想到底是什麼樣的靈魂……懷抱什麼傷痛的心靈，才會體現出足以切斷這個世界巨大重力的力量。」

「不，這個……對、對不起，我、我的傷痛根本沒什麼了不起的。」

春雪的身體縮得更小，頻頻搖頭。

「只是現實中胖了點，被人霸凌，長年來一直畏畏縮縮而已……而且最近我也覺得把這種情形說成傷痛，實在太厚臉皮了一點。」

儘管困惑著為什麼自己會對第一次見面的對象說起這些事，而且嚴格說來這位超頻連線者還比較接近敵方陣營，但這些話就是不可思議地接連迸出。

聽到他這麼說，Sky Raker再次微微一笑，輕輕搖了搖頭：

「安裝好的BRAIN BURST程式從安裝者的意識之中讀取出來，作為對戰虛擬角色根源的『精神創傷』，指的絕對不是憤怒或憎恨的強度。」

「咦……可、可是，所謂的傷痛，不就是負面的感情嗎？」

「話是這麼說沒錯，但並不是只有這樣。以巨大的負面情緒，例如說以激忿填膺的憤怒作為根源而誕生的對戰虛擬角色，就會將這種力量體現為純粹的破壞力，沒有任何例外，像曾經在加速世界中散播巨大災禍的『Chrome Disaster』就是很好的例子。」

聽到這個名字，春雪倒抽了口氣。

他親眼見證到災禍之鎧Chrome Disaster那駭人的攻擊力，看得連骨髓都為之戰慄，還只是短短幾個月前的事情，而他也確實認為那件強化外裝上頭依附著一股莫大的憤怒意念。

「……以怨念為根源的虛擬角色，則會獲得有如詛咒一般的間接攻擊能力；從絕望中誕生的虛擬角色則有很多都是自傷殺敵的自爆類。不過並非所有的虛擬角色蘊含的都是破壞性的力量，這點你應該也很清楚吧？」

「……嗯。」

聽她這麼一說，就覺得一點也不錯。春雪的翅膀不是直接攻擊能力，Ash Roller的機車也一樣。可是這麼說來，所謂「精神創傷」到底是——

「所謂的傷痛，就是一種欠缺，是因為欠缺寶貴的事物而在心中開出的空洞。」

Sky Raker的這番話彷彿看穿了春雪心中的念頭。

「當一個人心中懷抱著空洞，他選擇的是憤怒、是怨恨，還是絕望——又或者是再次朝著高處伸出手去，這就決定了虛擬角色的樣貌。」

「伸出……手？」

「沒錯，也就是『希望』。所謂精神創傷，其實換個角度來看也就是一種渴望。」

斬釘截鐵地說到這裡，Sky Raker抬起頭來，從白色的帽子下筆直望向春雪的眼睛：

「Silver Crow，你心中應該比過去出現過的任何一個超頻連線者，都更加渴望天空。就是這種追求天空的強烈意念，產生了飛行能力，產生了你的翅膀。你聽清楚了……不是因為有翅膀才會飛，正好相反，是因為你能飛，所以才會展現出翅膀。」

「因為……能飛……」

春雪以沙啞的聲音喃喃自語，在心中反覆說了好幾次，想要理解這句話的含意——之後銀色面罩下的表情開始扭曲，猛力搖著頭說：

「這……這實在是太離譜了。如果只靠意志力就飛得起來……難道妳想說那對翅膀只不過是裝飾……」

「說得極端點就是這樣。因為某種現象，你的翅膀這個物件，以及系統上的『飛行能力』遭到剝奪，然而作為飛行能力根源的意志是不可能被剝奪的。原因很簡單，因為不管是什麼樣的虛擬角色所擁有的必殺技，都辦不到這一點。」

「妳騙人……怎麼可能會有這種事！」

春雪猛力抓住自己的兩個膝蓋，頭深深垂了下去。

「就算我心中有著想要飛上天空的意志，那頂多只是……契機而已。是BRAIN BURST讀出了我的這種意志，創造出了那對翅膀跟飛行能力。那麼在這個世界裡，那種能力自身才是本質才對！除非……除非拿回翅膀，不然我再也……」

春雪以呻吟般的語氣這麼說，雙手上灌注的力道強得幾乎讓手指發出哀嚎。

接下來好一會兒，周遭就只聽得見從地上三百公尺高處吹過的風聲。從近在眼前的庭園綠地伸向天空的無名花朵隨風搖曳，花瓣無聲無息地吹散開來。

「……所以你的意思是說……」

哪怕夾雜在春雪遷怒似的喊聲之中，Sky Raker乘風送來的說話聲仍舊同樣平靜，而且甚至帶了幾絲以此取樂似的聲調：

「你是說在這個加速世界裡，意志力是沒有意義的？你是說一切的現象，都只取決於經過系統規定、運算出來的數值？」

「……難道不是嗎？我們是處在虛擬實境遊戲之中啊，除了數據資料以外還能有什麼？」

「這張輪椅。」

聽到這句沒來由的話，春雪忍不住抬起頭。

「你仔細看看，這不是什麼強化外裝，就跟它的外觀一樣，是由椅子跟車輪組合起來的物件。可是你剛剛應該有看到這張輪椅獨自行駛吧？」

春雪搞不清楚這個問題的用意，不免覺得困惑，但仍然回答：

「是……是啊。這輪椅一定有內藏什麼推進裝置對吧？像是馬達之類的。」

——當然會有。因為剛剛輪椅就自己動了，想來她手中一定有個小小的遙控器……

春雪帶著這樣的念頭伸長脖子，凝視細緻的銀色車輪。

接著就因為莫大的震驚而瞪大雙眼。

沒有。無論是細細的輪軸、軸架還是鋼圈上，都看不到任何馬達類的零件。春雪心想那多半是噴射式裝置，可是朝背面一看，也找不到半個噴嘴存在。

「可、可是，剛剛，它明明，自己動了。」

在喃喃自語的春雪面前，Sky Raker輕飄飄地張開原本交疊在一起的纖細雙手，她的手中根本連遙控器的影子都看不到。

虛擬角色就這樣停在這個姿勢，而載著她的輪椅——

車輪發出唧唧聲慢慢後退。

「……真、真的假的？」

唧唧作響後退的輪椅，忽然在草地上滴溜溜地轉圈。接著更像個冰盤上的花式滑冰選手，以優美的動作前後左右滑動。這段短短幾秒鐘的舞蹈結束後，輪椅就停在與先前分毫不差的位置上，一動也不動。

「怎麼樣？」

「還……還有什麼怎麼樣？」

春雪雙肩不停顫動，眼睛瞪得不能再大。

——沒有道理會動。這個由「BRAIN BURST」程式所創造出來的世界，追求的是種堪稱另一個現實世界的真實性。就拿Ash Roller的機車來說，油箱裡就有裝著汽油，驅動輪也是靠著跟引擎連接的鍊子才轉動。所以過去春雪在對戰中抬起後輪的時候，那輛機車才會就此不能動彈。然而如果是在其他的遊戲裡，才不會管車子是採用什麼樣的方式驅動，肯定都會只靠前輪繼續衝刺。

所以這張輪椅沒發出任何驅動聲或噴射火光就自己移動的情形，應該是——

「不可能……不應該會這樣。一定是有什麼……到底是什麼力量在推動這張輪椅？」

春雪喘著大氣問出口。

對此，有著天空色頭髮的對戰虛擬角色則在小小面罩上露出優美的微笑，答道：

「是意志。」

「咦……！」

「我只有用意志力在控制。」

這次春雪真的驚愕得幾乎魂飛天外，他就像壞掉的聲音檔一樣，連連口吃地大喊：

「可、可是、可是、可是……這種事情，簡直、簡直……簡直就像念動力不是嗎！也、也就是說……這是一種叫做『念動力』之類的能力……是這種的……？」

對此Sky Raker則轉為苦笑，大動作搖了搖頭：

「呵呵呵，不是這樣。凡是在這個世界……無論是通常對戰場地，還是無限制中立空間，凡是在加速世界裡對戰的超頻連線者，都具備同樣的能力。」

「咦……咦咦！」

「請你想一想，你翅膀還在的時候，就可以自由自在地在空中飛翔，對吧？」

「是、是的……」

「可是你之前到底是怎麼去控制翅膀的？現實中的你明明就沒有翅膀。」

這個先前想都沒想過的問題讓春雪連連眨眼，忍不住動了動雙肩，戰戰兢兢地回答：

「這、這是……靠肩胛骨這邊的動作……」

「要是真的這樣，你在飛行中應該根本沒辦法正常揮拳吧。請你回想起來……你根本沒有意識到這件事，都是只靠意志力在控制飛行軌道。我有說錯嗎？」

「……」

春雪啞口無言之餘，心中也覺得她說的有道理。Silver Crow的確沒有亂揮雙手，也不用靠助跑起跳，就可以在原地筆直起飛。而且還能在空中停止飛行，改為懸停。要問到自己在做這些飛行動作時，有沒有做出其他身體上的動作來控制——答案是否定的。

但他終究沒辦法輕易地全盤接受Sky Raker的說明，頻頻搖頭想要反駁：

「意志……的力量。可是、可是這樣，意志這種東西，到底是要怎麼讀取出來？神經連結裝置裡應該沒有這種……功……」

說到這裡，春雪卻聽見耳裡迴盪著黑雪公主過去跟他說過的話。

——神經連結裝置還能夠存取大腦之中知覺與運動領域以外的部分。

然而這句話指的應該是先前話題中談到的「精神創傷」部分才對。如果是這樣，春雪倒還能理解，因為這可以解釋為傷痛屬於記憶，然而「意志力」這種曖昧不明的東西，到底要怎樣才能數據化呢？

「那我們不說意志，說成『摹想力』，會不會比較好懂？」

聽到Sky Raker這麼說，春雪猛然抬起頭來。

「摹想……？」

「對，也可以說是想像力。你在飛行的時候，對於接下來要怎麼加速、轉向跟減速，心中應該都有鮮明的想像。神經連結裝置就是讀取了你的這種想像，去控制你的虛擬角色。你聽好……想像力才是我們超頻連線者所蘊含的真正力量！我就是鮮明地實體化（Incarnate）心中的想像，藉此來控制這張輪椅。要能控制到這種地步，確實花了相當長的時間……但並不是不可能，絕對不是。」

右邊的車輪又應聲微微轉動，讓Sky Raker面向春雪。

她接下來所說的話帶著幾分莊嚴肅穆，聽起來簡直像是高深莫測的神諭。

「在正常的虛擬角色控制體系『運動指令系統』背後，隱藏著『想像控制體系』，發現這個體系存在的超頻連線者，對這種力量是這麼稱呼的。這是發自內心的意念——也就是心念。」

隔了一拍之後。

「他們稱之為『心念系統（Incarnate System）』。」

「心……念？」

無論是在加速世界還是現實世界，這個字眼他都沒有聽過。

但春雪卻能從這個字眼的音韻之中，感受到一種實在的力量，不禁在口中反覆唸誦。

他並非已經完全懂得Sky Raker話中的含意。就算神經連結裝置跟上個世代的ＶＲ器材有著根本上的差異，就算BRAIN BURST是一種充滿未知數的超級程式，但「將沉潛者的想像轉變為數據」這樣的程序，真不知道到底要透過什麼樣的機制才有辦法實現。

但這張銀製的雅致輪椅上並不存在任何推進裝置，卻又已經在他眼前自由自在地舞動於草地上，唯有這才是千真萬確的事實。

——我就接受吧。

春雪用力閉上眼睛，在心中這麼自言自語。

雖然這種說法似乎有點倒因為果，但春雪就是覺得若說意志——也就是「相信」，能夠在這個世界中具備實在的力量，那麼只要相信Sky Raker所說的話，對自己而言她所說的內容肯定會變成真相。

「也就是說……就是說。」

一股火熱的事物哽住喉嚨，讓春雪好不容易才說出接下來的部分：

「只要能夠運用妳說的這種『心念系統』，我就算沒有翅膀，也能再次飛上天空……妳、妳是這個意思嗎？」

春雪以幾乎要陷進對方臉頰似的目光凝視著Sky Raker，熱切地渴望她的回答。

然而過了幾秒鐘後靜靜說出的話語，卻讓人搞不清楚答案是肯定還是否定：

「……我剛剛有用心念的力量轉動車輪給你看，但是車輪這種東西其實不必大費周章地絞盡想像力，只要動動手就可以輕易轉動。你聽好了……用心念代替正常控制體系可以做到的作

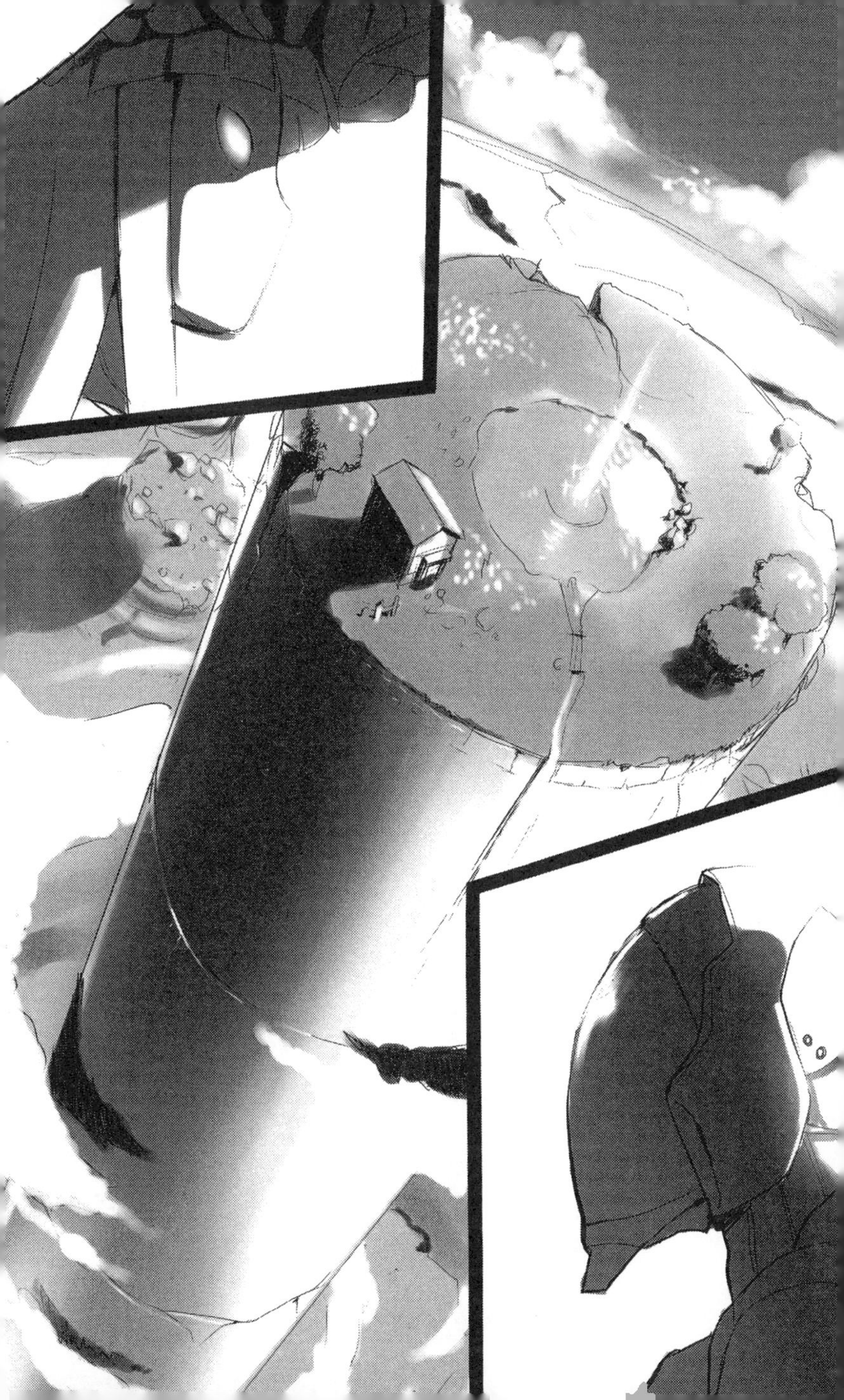

業，跟以心念體現正常情形下不可能發生的現象，這兩者之間有著莫大的鴻溝……不，甚至可以說是大峽谷。如果要打個比方，就像在現實世界中要用槍彈擊中槍彈，物理上有可能，但卻很難實踐，非常困難。」

Sky Raker將視線從啞口無言的春雪身上移開，輕輕抬頭仰望天空。

接著以一種聽似靜謐，但其中蘊含的情緒卻又沛然莫之能禦的嗓音，開始獨白：

「我就沒能做到。我捨棄雙腳、捨棄朋友，捨棄了所有想得到的東西，仍然沒能斬斷這個世界的虛擬重力……剛剛我不是說過嗎？想飛也飛不了的超頻連線者就是我……」

「嗯……嗯嗯……」

春雪整個人深深受到吸引地點點頭，接著就看到天空色的虛擬角色輕輕將修長的右手舉向正上方，對他點頭回應：

「我有接近，但終究碰不到……我的這個虛擬角色從一開始就擁有一項強化外裝，那是種能夠離開地面，接近天空的力量。但那種東西實在稱不上是飛行，只是透過短暫的推力跳躍到區區一百公尺左右的高度，之後就只能乖乖往下掉。」

「……」

春雪無話可答，只能屏氣凝神聽下去。

很久以前，他曾經試過Silver Crow的飛行能力可以上升到多高。通常對戰場地上的東南西北四個方向，都會有「戰區（Area）」界線上的半透明障壁圍繞，但當時他就有了個疑問，想知道天空有沒有這樣的障壁。

結果直到耗掉整條集滿的必殺技計量表為止，春雪的手指都沒有碰到障壁。他記得當時的高度，已經超過遠方新宿都廳大樓的三倍。近年經過改建的都廳大樓極為雄偉，高達五百公尺。這也就是說，春雪輕而易舉地飛上了一千五百公尺高，而且那純粹只是為了滿足好奇心而做的事情。

——我對於系統賦予自己力量的意義，根本連想都沒有想過。

春雪陷入了跟剛剛坐在Ash Roller機車上時同樣的後悔中，只能將身體縮得不能再縮，繼續傾聽Sky Raker的話。

「……不知不覺間，我已經沉迷在一種只想飛得更高、更遠的慾望之中。所有的升級點數都用在強化跳躍能力上頭，又為了得到更多點數，一天到頭都在戰鬥。就連少數的幾個朋友跟『上輩』都受不了我，從我身邊離開，只有一個人例外，只有當時的軍團長能夠懂得我的想法，還出力幫助我。而我也想要幫助她，跟她並肩作戰了好久好久……可是，當我升上8級，再把點數灌進去，卻只讓我領悟到『跳躍』終究成不了『飛行』……我的慾望就成了一種偏執……不，是成了一種瘋狂。」

「瘋……狂。」

Sky Raker一瞬間朝著以沙啞嗓音自言自語的春雪看了一眼，露出極淡的笑容，接著深深點了點頭說道：

「我……為了將虛擬角色本身的重量減輕到極限，同時也為了強化透過心念系統而得到的飛翔能力，下定決心捨棄我最大攻擊力所在的雙腳。我請既是我的朋友，又是軍團長的她，用劍斬斷我的雙腳。她有阻止我，但是當時的我已經連她的心意都沒辦法去體會了……我對她說了重話，但她只是露出悲傷的表情，最後實現了我的願望。」

Sky Raker以右手輕輕撫摸膝蓋，平靜地說完整件事：

「我消耗了所有的升級點數，鍛鍊心念，更為了逼得自己沒辦法步行，連雙腳都拋棄了，最後我所能抵達的極限高度是三百五十公尺，相當於剛開始的三點五倍，但還是上不了天空。就在勉強可以上到的這座前東京鐵塔頂端，我才總算恍然大悟，領悟到作為我虛擬角色根源的精神創傷與希望，力量不夠讓我飛上天空。『Raker』指的是『展望者』，一瞬間處在拋物線的頂端，一眼看盡整片天空……這就是系統賦予我的能力所可以達到的絕對極限。察覺到這一點的時候，我已經失去了所有值得珍惜的事物。」

Sky Raker用只看得見陰影的嘴微微一笑，對春雪問道：

「Silver Crow，你怎麼想？聽了我這個愚笨的人身上發生的故事，你還想繼續修練用『心念系統』飛行的方法嗎？明知有九成九不可能也要試？」

「……」

春雪低下頭去，用力咬緊嘴唇。

——我不可能辦得到。就連這個強得升上8級的超頻連線者都辦不到，愛哭又沒出息，充滿輸家精神的我又怎麼辦得到？

——就算放著不管，我的翅膀也不是永遠不會回來，只要忍耐兩年，就可以請能美歸還。若是拓武跟黑雪公主問起翅膀不見的理由，就隨口敷衍過去或是小小說些謊言，偷偷繳納點數給能美繳滿兩年就好。先前被荒谷霸凌的時候，自己不也是這樣撐過了半年之久嗎？千百合那邊也不用擔心，只要拚命去拜託，在對戰場地上被能美當寵物這種事情，她應該會願意忍耐。這樣就好。只要縮起手腳，低頭只往下看，撐完這段日子就好。

「……我。」

辦不到。

春雪想要這麼回答，想要婉拒這件事，起身轉向身後，從登出點回到現實世界。

「……我……」

但內心深處卻有個念頭頑強抵抗，不讓他說下去，簡直就像Silver Crow這個虛擬角色本身拒絕做出這樣的發言；這個細得像鐵絲的手腳上安著一個巨大頭部，活像是個火柴棒人的虛擬角色，就像在對春雪訴說著哪怕已經失去翅膀，仍然有著需要去珍惜的事物。

春雪顫抖的胸腔吸滿冰冷的空氣，憋著不吐出來。

之後才深深低下頭去說了：

「我還有事情非做不可……求求妳，請妳教我……教我運用『心念系統』。」

Sky Raker再次露出淡淡的微笑，頭微微往旁一偏：

「會花很長、很長的時間喔。」

「沒有關係。」

「多半會遠比你現在想像的還要長。如果情形不順利，甚至有可能長得越過超頻連線者的『不歸點（Point of no return）』。」

春雪莫名地立刻聽懂了這句話的含意。

春雪所認識的兩個王——黑之王Black Lotus以及紅之王Scarlet Rain，她們的言行舉止之中有些部分跟現實中的模樣差距極大，理由就是她們都曾經在這無限制中立空間裡度過極為漫長的時間，導致實際年齡跟精神年齡之間產生了鴻溝。

這是否表示自己必須做出這個選擇的時刻已經來臨了呢？儘管春雪覺得戰慄，仍然深吸一口氣，點頭說道：

「我明白……請妳教我，Sky Raker小姐。」

「也好。」

加速世界的隱士轉動輪椅，朝天空看了一眼。

「……目前現實世界的時間剛過晚上九點對吧，你在外頭還可以沉潛多久？」

「呃……明天要上學，不過再持續三、四個小時都不要緊。如果有需要，就算要沉潛到早上……」

以前黑雪公主曾經警告過他，說要是在這個世界裡度過太久的時間，沉潛前在現實世界中的記憶就會淡去，但春雪卻覺得現在不需要擔心這個問題。無論在裡頭過了多久，他都忘不了翅膀被能美征二搶走的事情。只有這件事他絕對忘不了。

「好。」

Sky Raker雙手手指交握，轉身面對春雪說：

「那……我們今天就先休息吧。」

「什、什麼！」

「今天一整天發生的事讓你心煩意亂，這樣根本沒辦法修行心念。反正這個世界也快要晚上了，你就先熟睡一晚，明天早上再開始吧，畢竟我們多得是時間。」

「熟、熟睡……？」

春雪登時啞口無言，但還是問了出來：

「可、可是，在完全沉潛狀態下睡著，神經連結裝置不是會觀察到腦波的改變而自動登出嗎？」

「加速中不用擔心這一點。這陣子不是有個還在讀高中的當紅漫畫家，作品剛被改編成動畫嗎？」

儘管這句唐突的台詞讓春雪聽得瞪大了眼睛，但仍然微微點頭說道：

「是……是啊。我超迷他的……」

「他是個高等級的超頻連線者。就是因為睡眠全都在這個世界解決，才有可能辦到兼顧上學跟週刊連載漫畫這種不可能的任務。」

咦咦，她說那個天才暢銷漫畫家是超頻連線者？等等，先前好像也聽過類似的事情。

輕微的似曾相識感讓春雪腦袋一片昏沉，但還是跟在開始輕巧移動的輪椅後面。

他在Sky Raker帶領下，進入那棟有著白色牆壁與綠色屋頂的住家，發現裡頭遠比想像中來得寬廣。

不過話說回來，裡頭就只有一個房間，設有小小的廚房、擺著餐桌跟床，僅此而已。

Sky Raker駕馭輪椅靠向放在廚房的烹飪用火爐，伸手幫上面一個發出聲響的鍋子掀去蓋子，一陣香氣立刻擴散到整個房間。

她就在春雪茫然呆望的視線下，熟練地將裡頭狀似濃湯的料理盛進木製的深碗，雙手捧著碗將輪椅轉向餐桌，再把同樣木製的湯匙一起排好，同時對春雪說道：

「別老是站著，怎麼不坐下來？」

「啊……好、好的。」

春雪搖搖晃晃地在一張椅背很高的椅子上坐下，低頭看了看眼前冒著熱氣的白色濃湯，內心喃喃說道。

不、可是，該怎麼說呢，這裡……

「這是在對戰格鬥遊戲裡，吧……」

不小心說出聲來，就聽到Sky Raker一副理所當然的表情點點頭：

「對啊，有什麼問題嗎？」

「可是，怎麼說，在格鬥遊戲裡吃飯……」

「唉呀，在對戰格鬥遊戲黎明期的某個2D作品裡，就可以看到背景裡頭有觀眾在吃拉麵呢。」

「話、話是這麼說沒錯啦！」

猛然想要伸手在頭上亂抓一通的同時，春雪卻也發現自己的肚子餓得很了。在現實世界中明明才剛吃過披薩，這種空腹感到底是哪來的？

而這個形而上的疑問，也在Sky Raker一聲「請用」之下立刻煙消雲散，春雪迅速抓起了木湯匙。

接著又再次不知所措。

「啊、可、可是，我、沒有嘴。」

Silver Crow的臉上蓋著一面鏡子般的銀色面罩，眼睛、鼻子跟嘴巴都不存在。然而Sky Raker卻揮揮手要他快吃，春雪只好戰戰兢兢地舀起濃湯，送到嘴邊。沒想到這麼一送——

立刻就聽到一陣嗡嗡輕響，面罩下方的部分微微往上滑開。他在大吃一驚之下用左手摸摸看，就發現裡面確實摸得到一張嘴。春雪已經搞不清楚東南西北，只喃喃說了聲：「那我開動了。」就張嘴含住了湯匙。

——濃湯非常美味。

一種比任何一家廠商的VR味覺重現引擎都來得更加自然而且精細的滋味，在口中擴散開來，讓春雪接連舀起馬鈴薯、小洋蔥跟雞肉等各式各樣的料來吃。吃得正過癮時，坐在對面以優雅的動作用著木湯匙的Sky Raker就笑嘻嘻地說了：

「很高興看到你這麼愛吃，鴉先生。請你吃的時候要嘗清楚滋味，讓這些味道可以在你記憶裡撐久一點。」

「……嗯？」

間不容緩地吃得碗底朝天，春雪才總算開始思考剛剛那句話的含意。可是還來不及反問，Sky Raker就把盤子扔到廚房的架上，讓他也只能低頭說聲謝謝招待。

不知不覺間，朝南窗外的天色都已經黑了。遠方可以看見一片想來多半是台場一帶的燈光，反射在黑色的海面上頻頻搖曳。

也不知道是住家原有的功能還是用「心念」在控制，只聽得Sky Raker彈響手指，接著所有窗簾就應聲放了下來。輪椅唧唧作響地移到小小的床邊，失去雙腳的虛擬角色用一隻右手當作支點，身體輕飄飄地翻到床上。

「那麼雖然時間還早了點，不過我們就先睡了吧。」

咦！

睡覺？

床只有一張，虛擬角色卻有兩個。這也就表示——表示什麼情形？

春雪這個一瞬間產生的超高速思緒，被隨手扔來的枕頭一刀兩斷。春雪抱住枕頭，一邊痛罵自己說嗯當然是這樣我在胡思亂想什麼東西啊笨蛋笨蛋，一邊讓銀色的虛擬身體躺到地板上。反正全身都披著硬梆梆的金屬裝甲，管他底下是床還是地板，都不會有多少差別。

Sky Raker將帽子掛到牆上的掛勾上，脫下整件連身洋裝，在床上躺平之後又彈響一次手指。天花板的油燈跟燒柴的火爐都立刻熄滅，讓整棟住家籠罩在淡青色的黑暗中。

「晚安了，鴉先生。」

——不愧是那個Ash Roller的上輩，這個人也不是小角色啊。

春雪佩服之餘回答：

「晚、晚安……」

同時並在內心大喊「這種狀況睡得著才有鬼！」然而——

連他自己都沒想到，才剛在餐桌旁的地板躺下，兩眼一閉，腦海中立刻開始籠罩在一層薄薄的白色霧靄之中。看來Sky Raker說得沒錯，今天發生了那麼多事，自己在精神上似乎已經十分疲倦了。

當然這並不表示春雪忘記了能美帶給他的屈辱與絕望，但他卻覺得現在就只有在這個家裡，他可以遠離那些黑色的事物。當然這或許只是因為肚子裡裝著相當於一碗美味濃湯的幸福感，這種很唯物而且貪吃的理由。

接近暴力的沉重想逼迫眼皮就範，春雪跟這種睡意對抗了好一會兒後，以很小的聲音喃喃說道：

「對了，Sky Raker小姐，我可以問妳幾件事嗎？」

「請說。」

聽到她的回答，春雪朝床上瞥了一眼，朝著劃出優美曲線的輪廓問道：

「呃……Ash Roller兄他已經學會『心念系統』了嗎？」

「還沒有正式學過。不過我有先給過他一些提示，看樣子他已經有動腦筋去運用了。」

聽到這個回答，春雪心裡就有了底。先前春雪一直覺得他直挺挺站在機車上操縱機車的那些新招再怎麼說也太亂來了，但現在想想就覺得多半是採用了想像控制的技術。春雪先在地板上微微點頭，接著問出下一個問題：

「既然妳是他的『上輩』，那妳現在也是參加綠之王的軍團……？」

這次的回答則有先經過短短的停頓。

「……不是。無論過去還是將來，我都只屬於一個軍團。」

「那麼……這個軍團就是……」

春雪忍不住抬起頭來，下定決心問出了他真正想問的問題：

「妳所屬的軍團……該不會就是『黑暗星雲』？而幫妳砍下雙腳的人，也就是……」

「『Black Lotus』，她比誰都更強悍、更有志氣，也更善良，是我唯一的朋友。」

聽到這個聲音極小卻像歌唱般優美的回答，春雪微微點了點頭：

「我就覺得……一定是這樣。妳……跟她有點……」

「那已經是往事了。」

這句短短的話語從床上灑下，彷彿是要打斷春雪的話頭。

「已經是很久、很久以前的往事了。好了……你該睡了，鴉先生。明天可是要早起的。」

接著就傳來翻身的聲音，彷彿在拒絕繼續談下去。

——我還想多問一下她以前的事情。

儘管心中有著這樣的想法，但春雪的眼皮也開始面對沉重的負擔。

春雪委身於溫暖的黑暗，往深邃的睡眠深淵中不斷下沉。

下一瞬間，腦袋猛力在地板上一撞，讓他心不甘情不願地睜開眼。

春雪坐起身，心中嘀咕著是誰在自己睡得正熟時抽走枕頭，結果就在拉開的窗簾彼端，看到天空染成了漂亮的橘色與紫色，不禁瞪大了眼睛。

「咦……已經早上了……！」

「就是啊。早安，Silver Crow。」

臉往聲音傳來的方向一轉，就看到Sky Raker正在將疑似從春雪腦袋底下抽走的枕頭放回床上，一身白色帽子跟連身洋裝都已經穿戴好。

「早、早安……請問現在幾點了？」

一邊打著招呼一邊發問，天空色的虛擬角色就默默指了指廚房的方向。裝在牆上的壁櫃上放著一個小小的黃銅色時鐘，指針顯示現在是上午五點。考慮到昨天是天黑沒多久就躺了下來，這一覺已經足足睡了十個小時，但春雪卻覺得連作夢的時間都沒有。

然而腦袋裡確實像用冷水沖洗過似的十分清爽，醒來的過程幾乎可以說暢快得有些莫名其妙，而現實世界中還只過了三十秒。

「……原來如此，在這邊睡覺也許還真是一種挺不錯的點數用法啊……」

春雪忍不住喃喃沉吟，Sky Raker立刻微微一笑說道：

「只是得冒著睡覺時被人做掉的風險就是了。」

「……咦！」

「現在才按住脖子也太遲了吧，我叫了你五次，你就是不醒。」

——所以她才會用出抽人枕頭這種強硬的招數啊？春雪想通之餘，忍不住縮起肩膀：

「對、對不起，下次我會乖乖起床的。」

但對此Sky Raker則只回以一種意味深長的笑容，控制輪椅往門外前進。

無限制中立空間的早晨，閃耀著一種跟傍晚時又不太一樣的美。屬性仍然是「荒野」，但紅褐色的岩山在朝陽的照耀下，簡直就像巨大的紅寶石原石般閃耀。

輪椅移到被露水濡濕的草地上，在昨天他們坐下來談話的北側長椅旁停了下來。春雪也走到她身旁，但這次是站著等候Sky Raker發話。

這位從前是「黑暗星雲」成員，如今則在加速世界中成了個隱士的8級超頻連線者深吸一口氣，以稍為嚴厲的語氣說道：

「Silver Crow，那我們就從現在開始進行『心念』的修練。」

「好……好的，請多多指教！」

春雪用力地深深一鞠躬。

學會只靠想像來控制虛擬角色的「心念系統」，是自己所剩的唯一希望。管他要花上幾天、幾個禮拜，都一定要學會。

春雪心中燃燒著烈火般的決心，腦中還播放著類似香港功夫電影修行場面的背景音樂，等著她下達第一個指示。

——然而。

「……說是修練，其實心念的要訣只要一句話就能說完。只要領會這句話，任誰都能運用自如。」

「……妳、妳說什麼？」

聽到這句Sky Raker說得再自然不過的台詞，春雪不禁膝蓋一軟。

「……只、只要一句話……？懂了這個就可以出師了？」

「沒有錯。」

「請妳告訴我。」

春雪當然這麼說。

「好啊，不過這得等你下次見得到我，我才會告訴你。」

聽到這樣的回答，春雪趕忙踏上一步：

「不……不行，在妳告訴我以前，我都不會回到現實世界。」

「我說的不是等下次見面，而是等你下次見得到我，對吧？也就是說……」

她說到這裡就先住了口，朝春雪招了招手，春雪於是又往前走近一步。

有著流線外型的虛擬角色甩動天空色的頭髮，右手輕輕放上春雪的背部——

「就是這麼回事。」

接著往旁用力一推。

「咦……啊……哇哇……」

春雪踉蹌地在草地上走了兩步。

第三步只踏到了空氣。

「……咦。」

「祝你順利，鴉先生。」

Sky Raker滿臉微笑的模樣，一下子就往上方遠去。嚴格說來其實是春雪的身體從高達三百公尺的塔頂，往空中翻了下去。

「咦……等……哇……」

他趕忙胡亂揮動雙手，但當然沒有任何效果。Silver Crow就這麼受到虛擬重力的牽引，進入筆直的自由落體軌道——

「哇……啊……啊————」

春雪死了。

11

一個小時後，他復活了。

無限制中立空間裡的死亡，實在是非常奇妙。周圍的景色轉為黑白，自己的身體變得像煙霧一樣通透，雖然可以輕飄飄地移動，但就是無法離開死亡位置半徑十公尺。

視野中央有著一組小小的數字在進行倒數，當這個數字從60:00:00倒數到零，空間的顏色跟虛擬角色的實體也就恢復正常。

春雪低頭看了看地上被自己撞出的凹洞，先發了句牢騷：

「……她是黑雪公主學姊的朋友，這點百分之百錯不了啊……」

接著雙手叉腰，抬頭仰望屹立在眼前的垂直石壁——前東京鐵塔。

「……所謂下次能夠見到她，也就是……就是說……」

……應該就是要我爬到塔頂去吧？

春雪連連搖頭，深深嘆了口氣。俗話說獅子會把小獅子推下山崖，不過那個故事應該是被推下去的一方要能活下來，才能算是佳話吧。

但春雪的虛擬角色跟獅子不一樣，有著靈活的雙手可以運用。而且他的身體輕到極限，出力實實在在可以打穿岩石。

「……我就爬給妳看。」

春雪像是說給自己聽似地低語，接著用力握緊雙手。

儘管是長達三百公尺的垂直石壁，表面總不會像玻璃那麼滑溜。上頭會有無數可以抓、可以踩的凹陷，而且應該也可以自行在上面挖出一些小洞。

春雪為了堅定踏出第一步的決心，先放低了姿勢，右手舉到腰際擺好架式。

「喝啊！」

大喊一聲擊出的正拳，深深嵌進了紅褐色的岩石，打出了一個直徑約有二十公分的凹洞。

春雪右腳踩上這個凹洞，將身體往上一抬，緊接著他就以左手抓住了一處高度正好合用的龜裂。

他掃視左右，先在腦海中描繪出途徑，接著靠一隻左手拉著整個身體上去。這次則是用左腳腳尖，穩穩踏上事先找好的突出部分。

其實春雪並不是第一次在虛擬空間裡攀岩。在需要扛著步槍在叢林或山岳地帶跑來跑去的射擊遊戲裡，像這樣攀爬懸崖，給敵軍來個出乎意料之外的痛擊，一直是非常合理的策略。春雪為了採用這樣的戰術，甚至曾經到圖書館借用攀岩的虛擬實境訓練軟體。

徒手攀岩的要領，就在於必須紮實地在心中擬定好最佳路線，再來就是身體不要跟岩石貼得太緊。

春雪仔細觀察視野所及的範圍，腦中詳細描繪出四肢各要放在哪裡來行進，以穩定的速度不斷攀登石壁。

這時染紅了東方天空的太陽也彷彿要跟春雪賽跑似的，位置開始一寸寸上升。不知不覺間朝霞的色彩已經消失，天空轉變為詭譎的黃色。

春雪已經完全算不清楚自己抓過了幾個落手處。塔頂融入天空中，從這裡根本看不見，如果往下看去，應該就會看到地面已經離得老遠。然而他一次都沒有往腳下看，一張臉始終朝著天空，心無旁騖地攻略懸崖。儘管他自己幾乎沒有意識到這點，但這種對於任何「遊戲」都能發揮出來的專注力，正是有田春雪這個人幾乎可說是唯一，同時也是他最出色的能力。

他極度敏銳的神經，捕捉到了遠方透過空氣傳來的些微震動，這是荒野屬性特徵之一——勁風即將吹起的預兆。春雪雙手立刻插進岩石的龜裂中牢牢抓住，整個身體緊貼在石壁上。

幾秒鐘後，大氣發出低沉的吼聲，一陣彷彿巨人呼吸般的強風，就像特意要吹落春雪似地襲來。然而春雪也沒覺得有多可怕，冷靜地等待強風過去。Silver Crow極細的身體原本就沒有什麼突出的部分，不容易受到空氣阻力影響，所以春雪相信這種程度的風吹不開他，而事實也正是如此。

當壞心眼的巨人終於死心，春雪才輕舒一口氣，再度開始攀登。

當太陽來到正上方，微微開始往西傾斜之際。

那看似沒有盡頭的石壁前方，已經在空中劃出一道鮮明的弧線。那裡是圓柱的頂端，也就是有Sky Raker等候的塔頂。

距離應該還有一百公尺以上，但照現在的前進速度來看，天黑前應該就可以爬到。現在回想起來，Sky Raker說要他「記清楚濃湯的味道」，還有聽到春雪說明天會早起時所露出的微笑，想必都是算準了春雪一天之內爬不上這座前東京鐵塔而發。

——我偏要今天就爬到塔頂給妳看！

春雪下定了決心，但仍然毫不鬆懈，以穩健的動作逐步攻略石壁。過了中午以後勁風轉了方向，吹襲的頻率變得更高了，但春雪全都以緊貼牆面的方式撐過。

當天空的顏色逐漸變濃，從天亮就開始的攀登行動眼看就要滿九個小時，春雪終於開始覺得疲勞，咬緊牙關硬撐。此時他的鼻子卻聞到了淡淡的花香，耳朵跟眼睛更分別捕捉到了淙淙的泉水聲與淡青色登出口的光芒。

就快到了。只差二十、不，只差十五公尺了。

如果第一次就爬上去，就連Sky Raker應該也難免會嚇一跳吧。春雪越想越起勁，加快了手腳的動作。

——就在這時。

一陣先前都沒有感覺到的尖銳共鳴聲撼動了空氣。這陣彷彿有無限多個大鐘從遠方一齊敲響的聲音，讓春雪抬起頭來，朝東方的地平線看了一眼。

接著他低聲驚呼：

「啊……不妙……」

映入眼簾的是一陣從天而降，緩緩撫過大地的極光。

那是「變遷」，一種會造成整個無限制中立空間屬性改變的超巨大現象。

春雪立刻轉回頭去，開始以先前兩倍的速度在石壁上攀爬。途中不時手腳打滑，讓他冷汗直冒，但總算驚險地用手指鉤住斷面撐住身體。他也不等心跳恢復正常，就再次撲向下一個落手處。

極光彷彿在催趕春雪似的，以驚人的速度從東方逼近，鐘聲也變得越來越大。地表上凡是被七彩光幕撫過之處，荒野的紅褐色都應聲消散，轉變為全新的模樣。沒錯，整個世界都在刷新。「變遷」結束之後，被打倒的公敵也會重新分佈到地圖上，被破壞的場地也會得到修復。這個高塔的周圍沒有公敵存在，但問題在於後者。一旦被極光掃過，春雪銳利的手在石壁上穿出的孔洞多半也將——

「唔……喔……！」

春雪大喊一聲，幾乎用爬的想要衝完最後一段距離。

但還是差了五公尺。

無數的鐘聲壓迫耳膜，七彩光輝填滿視野。霎時，春雪的雙手雙腳就在一股不容抗拒的斥力運作下，從石壁上彈開。

「該死……唔喔……」

他的手腳在空中亂抓一通，想要重新攀到牆上，但努力卻徒勞無功。

「哇……啊……啊——」

春雪又死了。

等到一小時後，他終於復活，整個世界已經籠罩在夕陽的光景之中，而且不再是紅褐色的荒野了。

地面是嵌合得整整齊齊的石板路面，眼前的前東京鐵塔則已經轉變成由多片發出藍黑色光輝的金屬板所拼成的鋼鐵高塔。這是「魔都」場地。

「……」

春雪鏗一聲在堅硬的石板上坐下，深深嘆了口氣。如果是在玩正常的遊戲，他早就回到自己房間裡猛搥枕頭洩憤，但現在卻沒辦法登出，而且他也沒有力氣去發洩了。

不過這第一次挑戰，就幾乎已經爬完全程。聽Sky Raker的口氣，顯然認為這次修行將會花上好幾週，甚至更久。想到這裡，他就覺得或許剛剛已經做得很好了。春雪用力握緊雙拳，心想下次絕對要爬上去給她看。

他是很想現在就開始攀爬，但想想就覺得晚上實在太勉強了。春雪決定等到明天天將亮時就立刻重新挑戰，於是在周圍找了間合適的建築物躲進去，挑個看起來比較安全的房間角落躺了下去。

長達九個小時一直集中精神的反作用力，化為突如其來的強烈睡意，讓春雪甚至來不及覺得飢餓，就已經落入了夢鄉。

然而到了沉潛進無限制中立空間以來的第三天早上。

春雪卻驚訝得瞪大了眼睛。

昨天他疏忽之下沒有發現，現在才注意到魔都屬性下的前東京鐵塔，就跟先前對付Chrome Disaster的陽光城一樣，完全只由光滑而堅硬的鋼板所構成。上頭既沒有窗戶，也沒有鐵梯，牆壁甚至找不到一處可以用手指抓住的凹陷。也就是說，整座高塔完全沒有任何落手處可以用來攀爬。

「……那乾脆自己開洞就是了。」

自言自語地說到這裡，他便用手指頭敲敲鋼材試硬度。

春雪像昨天那樣，握緊拳頭用力打在牆面上。

接著就在一陣哀嚎聲中跳了起來。

「好痛……痛死——啦！」

增幅到相當於低階場地兩倍的劇痛，讓春雪抱著右手連連蹦跳，同時往剛剛打過的地方一看，藍黑色的牆上連個凹洞都沒有打出來。會是無法破壞的物件嗎——想來應該不是，但要在上頭開洞，多半得用熱線或電鑽才行得通，而Silver Crow當然沒有裝備這類武器。

「……意思是要我等到下一次『變遷』就對了……」

春雪咬著牙咒罵，但他根本不知道那陣極光下次來是幾天以後的事情，而且也不知道下次的屬性下是不是就有辦法破壞。突如其來的挫折感讓他膝蓋一軟，跪了下去。

這時突然有個東西撞到了他的頭。

「唔哇？」

大吃一驚的春雪往後跳開，見到地上掉著一個白色的包裹。接著往上看了一眼，只見鋼鐵色的尖塔朝著灰色的天空無限延伸，看不到一個人影。

但對於這個包裹是Sky Raker親手丟下來的這點，春雪卻毫不懷疑。他在覺得有點不敢領教之餘還是撿了起來，解開繩結，看到裡頭裝著一個大尺寸的圓麵包跟一張小紙片。

緊接著春雪就感受到一陣強烈的虛擬空腹感，幾乎等不及面罩下半部發出嗡嗡聲滑開，就大口咬起了麵包。這種麵包裡什麼料都沒包，但仍然有著淡淡的溫熱與香氣，讓春雪覺得美味得不得了，只顧一口又一口地猛吃。

轉眼間吃掉半個麵包，春雪這才總算翻過紙片，看完上頭以流利筆跡寫下的文章。

——【心念的修行已經開始了。想一想你昨天為什麼沒有被風吹走。】

「……啥？」

只看字面意思，春雪完全領會不到其中的含意。

春雪已經猜到這次攀岩是實際開始修行「心念系統」之前的一種基礎訓練，功夫電影裡的師父傳授拳法之前，不也會連續好幾天都只叫弟子專心爬樓梯或做做打雜之類的事嗎？

而且「為什麼沒有被風吹走」這句話也讓人完全搞不懂。這種事情還用問嗎？當然是因為自己緊緊抓在石壁上，而且Silver Crow的身體受到的空氣阻力很小，所以只要緊緊貼在牆上，風就會從背上吹過。

「啊……」

春雪忽然驚呼一聲，因為他覺得自己好像正逐漸接近一個很重要的概念，無意識地咬著剩下的麵包繼續思考。

所謂的心念，也就是一種用想像力來控制虛擬角色或物件的手段。

春雪昨天貼在石壁上等著強風過去的時候，絲毫沒有想過自己被吹走的情形。他相信再強的勁風也吹不開Silver Crow那極細而且光滑的身體，而這個想法就成了事實。

該不會說那次——那個時候，「心念系統」就已經發揮了作用？是因為自己心中鮮明地想像著強風吹不開自己的光景，才減少了實際受到的空氣壓力？

那麼同樣的方法，是不是可以用來對付這道鋼鐵牆壁呢？

春雪將剩下的最後一口麵包丟進嘴裡，咻一聲關上面罩，仔細看著自己的右手。

五根手指細得不能再細，尖銳得不能再尖銳，而銀色的裝甲更是閃耀出看起來就十分堅硬的光輝。

——不是拳頭，要用貫手（註：空手道中以手突刺的技法）。

春雪自然地有了這個想法，五指併攏伸直，接著固定手腕，就發現手肘以下的部分看起來簡直像是一柄劍。

接著沉腰斜身，瞪向眼前的牆壁。

這些反射出藍黑色光芒的鋼板看起來極為堅固，但終究只是關卡的背景，沒有任何意念，就只是存在於整個空間之中。也就是說，它的實體只不過是一串寫在BRAIN BURST伺服器之中的程式碼。

連在這種東西上打個洞都辦不到，還有什麼資格說自己是對戰者？如果是她，如果是黑之王Black Lotus，肯定根本就不會把這樣的牆壁放在眼裡，切起來就像切奶油一樣輕鬆。

春雪將手指併攏的右手舉在腰間，先做一次深呼吸，再深深吸一口氣——

「……喝！」

手臂在喊聲中筆直往前刺去。

隨著鏘的一聲尖銳聲響，指尖撞出了泛青色的火花。手指上的每一個關節、手腕以及手肘，都竄過一陣令他眼冒金星的劇痛。視野左上方的ＨＰ計量表有了微量的減少。

春雪忍不住呻吟一聲，當場膝蓋跪到地上，但抬起頭來一看，就看到自己想要的跡象確實存在。光滑的牆壁上，已經刻出了一道長一公分，深約一公釐的銳利缺口。

——行得通！他才剛有了這個念頭，馬上又覺得還不夠。

想像力還不夠。就是因為還把手指當成手指，把手臂當成手臂，才會覺得疼痛。要把手臂當成劍，當成跟她一樣，可以貫穿、斬斷任何物體的利劍。

春雪站起身來，再次伸直手指。這次他先想了想，將大拇指收到掌心，讓從手肘到中指指尖的部分，形成一道彷彿從一開始就是這麼設計似的銳利線條。

他的右手不再舉在腰際，而是舉到更高一些的肩膀附近，往後收緊。左手大幅度往前伸出，讓身體打橫。這是他先前看過的Black Lotus必殺技「死亡穿刺」的架勢。

「……喝！」

這次的聲音比先前略微高亢且清澈，儘管又再度受到一陣電光般的疼痛，讓春雪咬緊牙關，但牆上所穿出的缺口，卻比先前稍微增加了一些。

結果這一天就在一心一意用手穿刺牆壁當中過去了。

過程中，他逐漸感覺不到疼痛，等到天快黑的時候，手指已經可以埋進三公釐左右，但這樣的水準終究還沒辦法靠打出來的洞口來攀爬。然而春雪卻也不怎麼急，甚至對全身沉重的疲勞感到滿足，回到了昨天過夜的地方。

自己正在做的事情，會不會只是在逃避呢？

躺下休息之餘，心中也不是沒有這樣的想法，畢竟事實上他就是用「加速」拉長了時間，將千百合、拓武以及能美的問題都延到日後再解決。不過現在有事情可以讓自己專心去做，確實讓他十分高興，同時也有種得救的感覺。春雪閉上眼睛，再次酣睡如泥。

第四天早晨。春雪站在跟昨天同樣的位置，看著發出青光的鋼鐵牆上所刻下的無數傷痕，重新整理思緒。

自己想像的大方向應該是對的。他在指尖上想像堅硬與銳利，在推出手指的手臂上，則是想像著力量，但同時也覺得似乎少了一樣東西。

沉吟了一會兒，頭部又被包裹打個正著。春雪迅速撿起包裹，先朝天空喊了句：「我要開動了」之後，才開始咬起裡頭的麵包。

今天也有附上一張便條，春雪興奮又期待地打開一看——

【鴉同學，加油♡】

上面就只寫著這句話，儘管被最後的符號逗得心煩意亂，但還是有點洩氣。他本來期待會跟昨天一樣有提示可以參考，但除了這句話之外什麼都沒寫。

這也就是說，該知道的事情我全都已經知道了，對吧？

春雪想著想著，很快地吃完麵包，又開始拚命運轉腦袋。

心念。發自心的意念。想像力。Sky Raker的話在耳邊迴響。

——你聽好……想像力才是我們超頻連線者所蘊含的真正力量！

等……一下。記得以前……很久以前，學姊也曾經用過同樣的語氣說話。

——春雪，你聽好了，你的速度很快，你可以變得比任何人都快，變得比我還快——也比其他諸王更快。速度才是超頻連線者最重要的能力。

他不可能忘記。那是黑雪公主準備使出最終指令：「物理完全加速」救春雪一命之際，做好了不惜喪命的心理準備而告訴他的一番話。

當時的黑雪公主當然應該已經知道BRAIN BURST之中隱藏的「心念系統」。然而她是以「速度」而非「想像力」來描述這種最強的能力。也就是說——

這兩者其實是一樣的。

黑雪公主所用的「速度」這個詞，並不是單指對戰虛擬角色在場地上的速度，而是指與神經連結裝置連線的大腦——也就是意識——輸出訊號的速度，是指這個世界跟自己之間的反應速度。這也就是說，速度可以讓自己更加貼近世界的本質。

「透過想像……來操作……」

春雪喃喃說著，輕輕舉起右手擺出架勢。

要想像的不是力量，而是速度。動作要快到極限，要趨近世界到極限，與世界同化。

「……呼。」

春雪輕喊一聲，在右手加上光的想像後揮出。

儘管有些模糊，但確實有道白色的軌跡在空中流過。鏘的一聲聲響，音色美得有如在演奏樂器。

看到自己的手指在鋼鐵牆壁中埋進五公釐以上，春雪用力握了握左手。

接下來的三天，春雪一直在這裡進行同樣的訓練。

隨著日出起床，大口吃著從塔頂丟下來的圓麵包。儘管附上的便條紙上不是每次都有加上心號，但紙上鼓勵的話語仍然支持著春雪面對牆壁，一心一意地反覆使出左右貫手。

春雪約十四年的人生裡，從來沒有這麼長一段時間都集中精神在做同一件事。

不，或許應該說現實世界裡原本就不可能有這樣的時間存在。血肉之軀會頻繁地飢餓，而且很快就會累，平常還得上學。正因為是在這個時間加速到一千倍的無限制中立空間，透過不會疲勞的對戰虛擬角色，才可能進行這樣的行為。

指尖發出的光芒，以及穿刺牆壁的深度，在可以知覺到的範圍內都看不出有什麼長進。春雪心中明白，知道自己追尋的境地是只有不斷累積眼睛看不到的微小成果才能抵達的。就跟過去自己在梅鄉國中校內網路一直挑戰高分記錄的虛擬壁球遊戲一樣。除了專注與累積之外，沒有任何捷徑存在。

沒錯……相信不管是在鋼鐵高塔頂上等著自己的Sky Raker，還是已經站上加速世界頂點的「紅之王」仁子與「黑之王」黑雪公主，過去都曾經走過這條路。

儘管自己現在連這些遙遙領先自己的前輩身影都看不到。

但我總有一天……一定會抵達那個境界。

第六天日落，春雪看著五指終於在厚實鋼板上直插到底的右手，在內心深處堅定地下了這樣的決心。

練到身體緊貼牆壁還能打得一樣深，又再花了他半天。

來到這個世界後過了一週。

這天正午，春雪瞪著在厚實烏雲後方發出微弱光芒的太陽，先想了一會兒，終於決定開始第二次的攀爬。儘管離太陽下山只剩五、六個小時，但他已經不必像當初在爬「荒野」場地時那樣尋找岩石突出的部分，也不會因為可攀爬的路線中斷而被迫回頭。只要一路直線往上爬，就有可能在天黑前爬上塔頂。

「……好！」

春雪拍了拍頭盔兩邊鼓舞自己，先使出了第一次穿刺。

鏘一聲，清澈音色開始迴盪的同時，手刀也帶出一條白色的軌跡，深深穿進牆壁之中。

春雪以牢牢穿刺在牆上的右手為支點，用力撐起身體，接著再用左手刺在稍高一些的位置。

速度。光的速度。心中只想著這一點。

不知不覺間，春雪已經不再想起「速度」這個詞，腦中只存在著化為白光刺出的劍尖。

穿刺，撐起身體。專注。再刺。

由於穿刺時手指必須盡可能保持水平，一次動作能爭取到的上升距離頂多只有三十公分左右。以這樣的步調要爬完三百三十三公尺，單純換算下來就得穿刺牆壁一千一百一十次才行。

但春雪心無旁騖，只是一心一意地反覆同樣的動作。他不看頭頂，也不看地面，忘了過去也忘了未來，只剩眼前的牆壁跟自己的手指才是他的整個世界。

穿刺。穿刺。刺。刺。

貫手刺出時已經會發出有如雷射般耀眼的光芒。手刀陷進牆壁的深度也不斷增加，拔出時固然費力，但春雪也沒有意識到這些，只顧著專心穿刺、攀爬。

春雪的專注已經超出先前以自製的躲子彈遊戲特訓時的程度，達到了異常的深度。視覺與聽覺資訊失去意義，鋼鐵的牆壁也隨即消失，只剩雙手交互發出閃光，在一陣無邊無際的黑暗中閃爍——

……不對。

看得到有東西。

在黑暗的遠方，在很遠、很遠的地方，有著一團像水面一樣搖曳的藍光。

是登出點？遠方有人在。儘管只看得到黃金光輝下的輪廓，但確實——有人在……

春雪以雙手擊破這層具有密度的黑暗，想要往那兒過去。他覺得有人在呼喚他。

「你……是誰……？」

伴隨著深沉回音的說話聲在黑暗中迴盪，希望得到一些回答，或說是訊號——

就在這時，微微的震動傳上身體，讓春雪驚覺地睜開眼睛。

眼前同樣是一道藍黑色的鋼鐵牆壁，天空已經染成深紅色，日落時分已經近了。

然而東方卻送來了一道跟陽光不同的光芒。春雪轉頭看去，就發現七彩的曙光正從天灑落，還聽得到一陣叮叮作響的鐘聲。是「變遷」。

但這次春雪並不著急。

他保持原來的速度，以穩定的步調不斷動著雙手。不用抬頭也可以感覺到塔頂的邊緣已經來到頭頂上不遠處。極光彷彿有意要將春雪從牆上甩落，以猛烈的速度逼近。世界重新建構的霹哩啪啦聲填滿了整個世界。

穿刺，撐起。穿刺，撐起。

就在下一刺的同時，視野籠罩在一片七彩光輝之中。

Silver Crow瘦小的身體被看不見的巨人手指一彈，一瞬間就被吹到空中。已經近在眼前的塔頂逐漸遠去，虛擬的重力舔著嘴唇將手伸向春雪——

然而。

「……喝。」

春雪輕喊一聲，從空中朝著離自己有兩公尺遠的牆壁發出了最後的一擊。

咻的一聲輕響，純白的光劍越伸越長，深深貫穿了本來應該刺不到的牆壁。

就在感受到紮實手感的同時，春雪就以這裡為支點，猛力撐著身體往上跳起。整個人翻滾著在滿是極光的天空中飛翔，最後沙的一聲——

落在已經一個星期沒有踏入的空中庭園草地上。

「歡迎回來，鴉先生。」

單膝跪地的春雪頭上，傳來了一個柔和的說話聲。

春雪拚命抗拒突然湧來的強烈虛脫感，抬起頭看。

坐在銀色輪椅上的天空色虛擬角色，面帶微笑地低頭看著春雪。

「你回來的速度比我意料中快得多了，真不愧是她選上的『下輩』。」

聽到這句讚美，春雪卻回以不相干的自言自語：

「……應該碰不到的。」

就只有自己使出的最後一次突刺，莫名地在他腦海中烙印下了太過鮮明的痕跡。

「那段距離憑我短短的手臂應該是絕對碰不到的……可是我相信碰得到……不，是我知道碰得到。如果說……如果說那就是『心念』的力量……」

這時雙眼的焦點才總算對在Sky Raker身上，接著說下去：

「那根本不是『操作力』這麼簡單的東西。是在更……在更深的層級……與這個世界相連……說來……說來就像是……」

春雪拚命搜尋自己為數不多的詞彙，想要說出自己想說的事情。

「簡直是『改寫事實』……」

「對，你說得沒錯。」

Sky Raker撤下臉上的笑意，雙手用力握在一起，以嚴肅的嗓音說：

「『現象的覆寫（Overwrite）』，這句話就是心念的唯一要旨。可是這句話用說的你也不會懂，只能透過體驗去領會。」

「Over……write。」

聽到春雪以沙啞的聲音複誦，Sky Raker靜靜地點點頭：

「心念系統，也就是BRAIN BURST程式中所包含的想像控制體系，本來終究只是輔助。只是種用來輔助運動指令控制體系，藉以彌補虛擬角色動作不完美之處的系統。然而，當意識發出訊號的速度實在太快，發出的想像堅定得超出程式限制，就會化為具體的現象，讓不應該轉動的車輪轉動，讓手臂碰到本來碰不到的距離。就是這種堅定不移的意志，也就是心念，覆蓋過了原本應該發生的現象。」

這番話讓理應已經學會「心念系統」入門階段概念的春雪再次產生了莫大的感嘆。

從他開始玩這個遊戲，也就是BRAIN BURST以來，已經過了半年。沒錯，本來這終究只不過是一款遊戲。然而在他過去所玩過的無數作品之中，可曾有任何一款作品會要求玩家的想像力……也就是要求「心意」要堅定？

輪椅發出唧唧聲前進，在感慨得縮在地上的春雪眼前停下。

春雪戰戰兢兢地抓住朝自己伸出的右手，接著就被一股強得令他意外的力道拉起，儘管他的腳步顯得有些不穩，但還是勉力站起。

Sky Raker放開手，再度滿面笑容，說出了令春雪意想不到的話：

「……這樣一來，我已經沒有什麼可以教你的了。」

「咦……」

春雪倒吸一口氣，反射性地連連搖頭。

「可、可是，我還……還只是好不容易才爬上牆壁而已啊！離飛還遠得很……我還有好多事要請妳教我……」

「鴉先生，我不是說過，我終究沒能碰到天空嗎？」

平靜地說到這裡，天空色的虛擬角色也緩緩搖了搖頭：

「如果換做是你，也許有一天可以練到只憑心念就飛上天空，但要練到那個地步，相信應該會花上非常漫長的時間。就算一直留在這個世界裡鍛鍊，我想……恐怕也得花上十年。」

「十……」

春雪啞口無言，用力咬緊牙關——說道：

「沒……沒關係。只要能再次飛上天空……我……」

「不可以。」

話說到一半就被嚴峻的語氣打斷。

「如果只是一年半載，也許還回得去。可是如果在這個世界裡待上十年，你就再也回不到現實之中了。」

「咦……」

「到時候你就會覺得現實世界裡的事情根本不重要，會乾脆退學，忘掉朋友，關在房間裡，覺得只要有這個世界就夠了。無限制中立空間裡就有不少這樣的超頻連線者四處徘徊。他們已經不再去對戰或修練，就只為了逃避現實世界而把自己關在這裡……Silver Crow，你玩這個遊戲，玩BRAIN BURST是為了什麼？」

突然被問到這個問題，春雪儘管有些困惑，但隨即像是深深被吸引住似地答道：

「是……是為了變強。我是為了變強，好跟她一起升上10級……為了把這個遊戲破關，為了知道接下來會發生什麼事，我才……」

「既然這樣，你就不可以繼續留在這裡。要是不趕快回去，不用多久你就會開始害怕這個世界結束，會變得只求加速世界能夠永續維持下去。要是不想失去現在的這份心情……你就要回去，回到現實裡去。」

「可、可是……我……我……」

春雪猛烈地連連搖頭，大聲吶喊：

「我想要飛！不……我非得……非得再次飛起來不可。」

他雙膝一軟，眼看就要跪倒在草地上，身體卻被兩隻伸出來的手撐住。

春雪就這樣被擁在Sky Raker懷裡，驚訝得全身僵硬。他耳畔聽見了一個小小的聲音：

「不用擔心，我會把我的翅膀送給你。」

「咦……」

「現在的你，應該有辦法將我的強化外裝『疾風推進器』運用自如……你應該可以飛上我過去到不了的高度。」

白色洋裝底下那令人無法相信會是虛擬身體的豐滿觸感，讓春雪幾乎昏了過去，他勉力整理思緒，以顫抖的聲音問道：

「……為、為什麼……為什麼、妳、肯幫我這麼多？問、問這個是太晚了點……不過妳是Ash Roller的『上輩』，我跟他是……」

「是朋友，不是嗎？」

聽到她立刻接上的這句話，春雪再次一口氣喘不過來。

「他每次跟你對戰，都會很高興地跑來告訴我，跟我說他是怎麼贏，或者是怎麼輸的。能有這樣的對手非常幸福，哪怕奉為盟主的軍團長不同也不例外。所以，就算是為了他，你也非得再次飛上天空不可。」

「…………」

一陣非常非常漫長的沉默過後，春雪好不容易擠出了一句話。

「……非常謝謝妳。」

儘管知道已經太晚，但春雪仍然重新體認到上次跟Ash Roller對戰時，自己的態度是多麼讓他失望——不，應該說讓他多麼傷心。許許多多的情緒在胸中翻騰，讓春雪找不到適當的話語來表達，所以只能一次又一次地反覆說著簡短的字眼。

「一定……我一定、一定。」

「嗯，你一定能夠克服這堵高牆。好了……你該離開這個庭園了，鴉先生。下次我們就在現實世界見了。」

「咦……咦！」

這句意想不到的話讓春雪抬起頭來，一對位於極近距離的橘色眼睛對他溫和地微笑：

「那還用說嗎？要轉讓強化外裝，就一定要透過『商店』，再不然就得在現實世界中直連。那玩意一旦拿去賣，就會定出天文數字，憑你的超頻點數實在買不起。」

「……這、這麼貴重的東西要給我……」

「沒有關係，因為它也一定想要再次飛翔……至於地點跟時間，我想想……就挑現實時間的早上七點，在新宿車站西口前的……」

Sky Raker指定的漢堡店春雪也知道在哪兒，所以儘管他對事態發展之快顯得有些茫然，仍然連連點頭。如果定在這個時間，要去上學也還完全來得及。

「很好。那麼……嗯……？」

Sky Raker放開緊緊抱住春雪的雙手，想要扶起他，卻又微微歪了歪頭。她的手指在Silver Crow那已經失去翅膀的背部正中央多次來回摸索。

春雪忍著發癢的感覺，也跟著歪了歪頭：

「請、請問……有什麼不對嗎……？」

「沒有……什麼事都沒有。好了，你去吧。」

這次Sky Raker真的扶起春雪，在輪椅上面帶微笑地對他點點頭。

春雪不知道如何表達滿心的感謝，只好儘可能地深深鞠躬，以顫抖的嗓音說：

「……非常謝謝妳，Sky Raker小姐。還有……濃湯跟麵包都很好吃。」

說完就趁面罩下盈眶的熱淚被發現之前，猛然轉過身去，將無限制中立空間已經轉變成全新面貌的夕陽光景牢牢刻在記憶之中，然後筆直跳向在正中央搖動的藍色登出點。

春雪在自己現實世界中的床上醒來之後，就這麼繼續躺了好一會兒。

過了一會兒，他瞥了時鐘一眼，時間才晚上九點十分。儘管如此，他仍然切身感受到自己已經有很長很長一段時間沒有回家，在沉潛前不久才剛吃的披薩滋味，也已經完全從記憶中消失。

只是短短十分鐘——只在另一個世界過了一週，就讓他有了這麼明顯的隔絕感，真不知道要是待上個一年半載，又會變成什麼情形。春雪用力繃緊嘴角，右臉頰就忽然傳來一陣抽痛。

只有這股痛楚的理由，他不可能會忘記。

那是他對拓武說了重話，因此被打出來的傷。

「……得好好跟他道歉才行啊……」

春雪用指尖摸過臉頰，喃喃自語。為了讓他們再次成為獨一無二的搭檔，自己非得奪回被搶走的東西不可。奪回自己的尊嚴——以及翅膀。

春雪脫下神經連結裝置，調好設在天花板上的鬧鐘時間，就閉上了眼睛。

眼睛這麼一閉，在另一個世界攀爬高塔的疲勞感立刻一口氣湧來，讓他就這麼落入了深沉的睡夢深淵。

12

所幸母親似乎沒有發現春雪的上學時刻比平常早了一個小時。

四月十六日星期二，早上六點三十分，春雪對寢室的母親說聲要去上學，請她將每天慣例的五百圓儲值到神經連結裝置之中，才走出了家門。

春無三日晴這句話說得不錯，春雪就在烏雲密佈的天空下，一路走到離家很近的ＪＲ高圓寺車站，坐上中央線的電車。儘管被不習慣的人潮擠得頭昏眼花，但他仍然順利在新宿下車。從西口出站時，已經是六點五十五分了。

他一路小跑步移動到約定碰頭的速食店前，這才忽然發現一件事。

——我們到底要怎麼相認？

用神經連結裝置連上全球網路的話，是可以讓頭上冒出寫著「鴉」之類的名牌來供對方相認，但這裡可是藍之王所支配的新宿區正中央，一旦被人發現自己在對戰名單上，肯定會接二連三地有人挑戰。

而春雪本人的外表跟對戰虛擬角色之間沒有任何共通點，甚至應該說一切都正好相反。而且真要說起來，為什麼自己會那麼乾脆地答應要直接在現實中見面，讓對方知道Silver Crow裡面的人其實長得這麼胖呢？

以前唯一一次參加遊戲網聚時的悲慘記憶也跟著甦醒，讓春雪迅速縮起身子。

春雪心想，還是趁她發現之前回去吧。至於強化外裝的轉讓，就想辦法請她經過加速世界的商店……

「早安，鴉先生。」

「咿！」

隨著柔和的說話聲，有人從背後拍了拍春雪的肩膀，嚇得他整個人跳了起來。

他邊像烏龜似地努力想將頭跟手腳縮進軀幹之中，邊認真考慮是否要回答「妳認錯人了」。他想了零點三秒左右，才驚險地拋開這個念頭，靜靜地回過頭去。

站在人行道上的，是一名穿著制服的陌生女性，看來像是高中生——但春雪立刻直覺地猜測這個人就是Sky Raker本人。

她稍長的髮型非常好看，而且軀幹前方上半部跟虛擬角色一樣極為豐滿，這個似乎有些抵觸性騷擾防治條例的理由固然也是春雪認得出她的原因之一，但最主要的理由還是在於整個人散發出來的氣息。那是一種平靜、溫和，卻又絕非尋常人物的感覺，是一種跟黑雪公主還有紅之王仁子共通的氣氛。現實世界中的她並沒有坐輪椅，但春雪仍然帶著確信鞠躬：

「……早、早安……」

含糊地打完招呼，就卑躬屈膝地看著對方那長得十分和風的眼角問道：

「請、請問……妳為什麼，知道是我……？」

「是靠心念的力量。」

「咦……咦！」

「我是開玩笑的。會從這麼早就一個人站在速食店前的國中生可不多啊。」

Sky Raker嘻嘻一笑，碰著春雪的肩膀將他轉向店門口。春雪任憑她指揮，走過了自動門。

「鴉先生，你吃過早餐了嗎？」

「啊，我、我吃過了。」

「那就只喝個飲料如何？」

經過這段簡短的對話，春雪還來不及客氣，就讓她請了一杯中杯的烏龍茶。兩人在角落的桌子旁面對面坐下。

春雪腦子裡還不死心地轉著「不知道她看到現實中的我會怎麼想」，同時決定還是先低頭道謝再說：

「這個……這、這次，真的，很……承蒙妳照顧了……而且還有勞妳跑這麼遠，真的非常謝謝妳。」

「我的學校在澀谷，所以也沒那麼遠。」

Sky Raker微微一笑，從放在旁邊椅子上的書包裡，拿出了一條綁好的XSB傳輸線。從水手服的領口，露出了跟她在加速世界中所用的輪椅十分相似的白銀色神經連結裝置，她先將一頭插上自己的裝置，再用雙手緊緊握住另一頭。

她的舉止之中沒有猶豫，但臉頰上卻驚鴻一瞥地露出了惜別的表情。當春雪心中竄過一陣銳利的刺痛時，銀色的接頭已經悄悄遞到眼前。

春雪意識到同一間店裡幾名學生與上班族的視線，集中到了自己的脖子上。如果是深夜也還罷了，一大早就穿著制服直連，說來確實是相當驚人的行為。

如果是在平常，在這種地方，而且還是跟高中女生直連，春雪免不了會心悸盜汗外加臉紅，但現在例外，因為這不是害羞的時候。這件強化外裝不是從商店買來，而是從一開始就有的起始裝備，更一路跟著她升上8級、培養至今，這樣的東西會有多令人愛惜，如今失去翅膀的春雪體會得再深切不過。甚至光是認為自己能夠體會這種心情，都已經太厚臉皮了。

然而春雪也直覺地了解到，這時在形式上客氣，只會構成對她的侮辱。原因很簡單，因為她會採取這樣的行動，多半是基於身為Sky Raker這個超頻連線者的信念。

春雪先深深低頭致謝，接著雙手接過接頭，用力插到了自己的神經連結裝置上。

Sky Raker豐潤的嘴唇微微動起，轉變為唸出超頻連線四個字的嘴形。

透過直連對戰來轉讓強化外裝，以及講解使用方法，這些都在一八〇〇秒的計數之內全部完成。

回到現實世界時才七點十五分。春雪感受著直連傳輸線拔掉後仍然留存的些許溫熱與心動，大口大口地喝完了烏龍茶。Sky Raker也在飲盡咖啡後，以眼角對春雪微笑，站了起來。

獲得全新力量固然令春雪亢奮，但能否好好發揮這項刁鑽的裝備，也讓春雪覺得不安。他懷抱著這樣的心情，跟在這名女性的左後方一路走到車站。

他發現這個聲響，是在一處很長的行人穿越道上走到大約一半的時候。

Sky Raker穿著灰色緊身襪與黑褐色帆船鞋的腳，每次往前伸展並踢向地面時，就能聽得到一陣微弱但又明確的馬達驅動聲嗡嗡作響。春雪從沉思中被拉回現實，皺起眉頭仔細聽了好幾秒，這才恍然大悟。

是義足。

Sky Raker的雙腳是由電子控制的人工義足。透過跟神經連結裝置連線，接收來自大腦的運動指令，再驅動內部的致動器與減震筒，讓使用者可以行走甚至奔跑，不至於在日常生活中有所不便，但仍然有著明確的極限存在。

春雪在過完行人穿越道的地方停步，深深垂下頭去，用力握緊了雙手。

Sky Raker渴望天空的理由，想要翅膀的理由，想來跟她的這雙義足多少有些關連。那麼她的動機想必深切得令春雪完全無法想像，深得幾乎令人發狂。

——可是，她卻……

——卻幫助連獲得翅膀的理由都不曾去了解，因而失去翅膀的我……還鼓勵我……將自己的翅膀讓給我。我的動機明明就不是什麼大不了的事情，就只是想從每一件事都讓我心煩的地面上逃開，明明就只是這樣而已。

春雪眼角發熱，鼻尖微酸，但心中仍然不斷告誡自己「不可以在這裡哭」，拚命地忍耐。Sky Raker的志氣，比起春雪所知道的任何一位超頻連線者——甚至比起黑之王Black Lotus都毫不遜色。自以為了解這樣的她，流下廉價的眼淚，是絕對不能容許的。

正當他低下頭用力揑著右臉，想要收起即將滿溢而出的情緒時，就看到帆船鞋的鞋尖磕一聲踩進了視野。

「……你人真好。」

聽到這句慈愛的話，春雪連連搖頭：

「沒……沒有。不是……妳想的那樣。」

說話聲音在發抖，而且語尾還多了奇妙的喉音，讓春雪更加用力揑緊臉頰。

一隻白皙的手臂伸出來抓住了他的手，用力拉了過去。

「鴉先生，你聽好了，我幫你絕對不是因為可憐你，而我也知道你不是在可憐我。你的眼淚，證明了加速世界中存在著屬於你的真實。」

「真……真實……？」

Sky Raker輕輕點頭，臉湊到雙方的鼻子幾乎都要碰在一起的距離。儘管被走向車站的通勤行人猛盯著看，但她卻顯得絲毫沒有放在心上，以微小卻又堅毅的嗓音說道：

「只把『BRAIN BURST』當成加速思考的工具，用以在現實世界中取巧的人，絕對不會像你這樣哭泣。因為對他們來說，『對戰』只是賺取點數的手段，而『加速世界』則只是用來欺騙、謀害他人的獵場。然而我們都知道這不是全部，我相信這個世界裡也有真正的緣分，有著友情與愛情，也有不變的情誼。不是嗎？」

「……對……對。」

春雪終於忍耐不住，淚珠不斷地落下，深深點了點頭。

Sky Raker以右手指尖拭去春雪臉頰上的淚，以情緒還有些許激盪的嗓音說下去：

「過去我曾經因為自己的愚蠢而失去友情……失去了羈絆。她之所以會奮不顧身地跟其他諸王開戰，有部分理由就出在我身上，讓我深深覺得後悔。可是，我不希望你也犯下同樣的過錯，我希望你能為了真正該去保護的事物而戰。」

「……」

春雪用力閉起眼睛，心中堅定地想著。

——我就連翅膀被搶走的現在，都是如此地幸運，這點千萬不可以忘記。唯有此事，這次一定要深深烙印在心中。我認識了很多人，培養出了情誼……Ash Roller、Sky Raker、Scarlet Rain，當然還包括拓武跟千百合，還有……黑雪公主。真正該去保護的事物。

「……好的！」

儘管帶著點鼻音，但春雪仍以堅定的嗓音回答，用力擦了擦臉後抬起頭說道：

「非常謝謝妳。我……我一定會再次、再次靠自己的力量飛上天空。到時候，我一定會把妳的翅膀……奉還給妳。」

「好。加油喔，鴉先生。」

春雪站起身來，對微笑的Sky Raker一鞠躬之後就要跑開，接著他又停下腳步，回過頭小聲地說道：

「我想……我想，妳應該沒有失去什麼情誼。我想她，一定，到現在都還在等……等妳回去。」

聽到春雪這麼說，Sky Raker兩眼猛然睜大，接著連連眨了幾次眼睛。

過了一會兒，她臉上露出一種淡淡的，但卻很清晰的微笑；春雪也生硬地笑了笑，終於從熙熙攘攘的人潮中，朝著中央線的月台跑去。

13

直到鐵面無私的遲到倒數計時即將開始的短短幾秒鐘前，春雪才進了梅鄉國中的校門。

他將神經連結裝置連上校內網路，確定驚險地躲過處罰之後，才總算鬆口氣，擦了擦額頭的汗水。

前庭裡已經幾乎看不到學生，而春雪還得在五分鐘內趕到教室，不然真的會被視為遲到。他沒有心情先將腳尖塞進室內鞋，一路跑上樓梯，往教室的後門撲了過去，就看到已經先坐在座位上的兩個兒時玩伴立刻回過頭來。

千百合的眼神中有著無助，拓武的眼神中則有著沉痛。春雪依序回望兩人的臉，用力咬了咬嘴唇，快步走到自己的座位上。

千百合是擔心被逼上絕路的春雪，拓武則多半是對什麼都不說的春雪失望。然而要釜底抽薪地解決這種狀況，無論如何都得由春雪在對戰中打得能美／Dusk Taker就範不可。

能美現階段握有「春雪的現實身分」、「更衣室前的影片」以及「飛行能力」這三張牌，相較之下，春雪則只知道「能美的現實身分」。

可是仔細一想，「超頻連線者的現實身分」這種資訊實在太致命，無論另外準備多少張牌，都沒有辦法抵銷。就像已經到了這個時代，美俄卻仍然派在外海的那些陰魂不散的核子飛彈潛艇一樣，只要一艘就能夠發揮強大的嚇阻力。若是春雪真的在加速世界中公開能美的大頭照、本名、住址，以及對戰虛擬角色的名稱，能美的超頻連線者人生就會跟完蛋沒有兩樣，肯定會遭到不惜在現實中出手的激進集團攻擊，擄走他來榨乾所有點數。春雪就曾經聽說過不少這樣的實際案例。

所以能美千方百計拍到的「影片」由於威力太強，到頭來仍是一張不能動用的牌。因為一旦對學校當局提供那段影片，肯定會讓春雪的學生生活步上毀滅的下場，但如此一來能美也得面臨自己的「現實身分」遭到自暴自棄的春雪公布的危險，相信這點他也很清楚。

說穿了，能美為了逼春雪「乖乖叼著點數來」，真正能夠毫不猶豫打出的牌，也就只有「飛行能力」而已。然而點數的轉移必然得要經過對戰，所以就算翅膀被搶走，只要能打贏Dusk Taker，要抵抗甚至扭轉局勢都是有可能的。

當然，這個決定也就意味著他要跟一直到昨天為止，都還在Silver Crow背上發出燦爛光輝的銀翼訣別。

但春雪決定這樣也無妨。這並不是因為Sky Raker給了他新的飛行手段，而是因為他終於發現，就是因為對翅膀這種外觀物件有著執著與依賴，才會把自己擠在一個狹小的框架之中。

——我要打倒擁有我翅膀的Dusk Taker。

——而且將來有一天，我要不靠物件能力或強化外裝，只靠心念的力量飛上天空。

春雪緊握雙手，對自己這麼宣言。

緊接著教室前門打開，級任老師菅野走進教室。他身上散發出一種緊繃到了極點的氣氛，讓交頭接耳聲越來越大的教室裡忽然變得鴉雀無聲。

全班同學才剛鞠完躬，菅野就大聲說了：

「所有人起立！」

正要坐下的學生一臉困惑地重新站好，這位年輕的日本史老師就氣得短髮下的額頭冒出血管，繼續下達命令：

「所有人頭低下去，閉上眼睛。」

眾人更為訝異，但在菅野的凶樣震懾下，看樣子所有人都乖乖聽話了，春雪儘管歪了歪嘴角，但也同樣乖乖照做。

「……很好，你們就這樣聽我說。我想大家都已經知道，昨天上午，溫水游泳池的女子更衣室裡發現被人裝設了小型攝影機，所幸學生剛進去裡面就立刻發現，因此沒有造成具體傷害，但這件事是絕對不容原諒的。老師很傷心，而老師的生氣更勝過傷心十倍，氣的是這間梅鄉國中裡竟然會有學生做出這麼卑鄙無恥的事情。」

接著是砰一聲擊打教桌的聲響。

「……考慮到這次沒有人實際受害，今天早上的會議裡決定本次事件只做校內處分。所以，你們聽好了……如果犯人就在我們二年C班裡，請你抬起頭來，看著老師。只要主動自首，處分就會減輕。怎麼樣……有人要自首嗎？」

——他是認真的嗎？

春雪啞口無言。哪怕低著頭閉上眼睛，只要在虛擬桌面上一點，就可以輕易將神經連結裝置的攝影機畫面顯示在眼瞼上，相信現在也真的有學生已經在這麼做了。而且真要說起來，都先說自己在生氣，罵人卑鄙，甚至提到處分，卻還要人出來自首，神經也未免太粗了。

春雪當然沒有抬頭，而其他學生也是一樣。菅野仍然不死心地讓所有人站了一分鐘以上，才以低沉的嗓音說了：

「……你們不會後悔吧？這可是最後的機會了，老師下次可就沒這麼好說話了。」

老師你的口氣，簡直像是已經確定犯人就在這個班上似的呢。

拓武之類的模範生很可能實際說出這樣的話來——如果是黑雪公主，想必一定會——讓春雪冷汗直流，但所幸他聽到的話只有「好，坐下，睜開眼睛。」四十張椅子發出聲響，又恢復寂靜之後，老師又說了：

「自首的話就要趁今天，趁處分還沒加重之前。」

春雪總覺得菅野說著說著，眼睛卻一直盯著自己看，不禁皺起了眉頭，接著立刻想到是怎麼回事。前天星期日春雪有來學校，這點應該有留在校內網路的記錄檔內。明明沒有參加社團，卻在假日跑來學校，這大概就是菅野懷疑自己的理由吧，但他也不能只憑這種程度的根據就把人叫到學生指導室去。

春雪擺出一副不知情的臉移開視線，結果跟旁邊望著自己的千百合四目相對。在青梅竹馬眼中看到的深沉害怕與驚恐，讓春雪一口氣登時喘不過來。千百合當上超頻連線者還沒有多久，她並不知道現實身分已經曝光的能美要實際動用那段影片，得冒多大的風險。

春雪很想寫郵件告訴她「不用擔心」，但菅野的視線硬是一直釘在自己身上，他只好放棄寫郵件，改對千百合簡短有力地使個眼色。這名青梅竹馬似乎也感覺到了什麼，嘴角微微一動之後，轉頭面向前方，但臉上的蒼白遲遲沒有消失。

上午的幾堂課，春雪都以平常兩倍的認真聽完，還抄了很多筆記。這是因為一旦稍有鬆懈，意識就會晃啊晃地被吸到對能美的復仇戰之中。

然而對於至今仍以神祕手法阻隔對戰名單搜尋功能的能美，春雪仍然沒有辦法主動挑戰。下一次再戰的機會，多半就是能美要向春雪「徵收」下週的點數時了。反正自己也得花時間訓練如何使用Sky Raker那件脫韁野馬似的強化外裝，這麼一想反而覺得一個禮拜的時間很短。

認真聽講就會神奇地發現上課時間過得很快，轉眼間午休時間的鐘聲就已響起。春雪本想至少要跟千百合或拓武講上幾句話，而看了看他們兩人的模樣，但千百合似乎要跟幾個女生一起吃便當，而拓武看也沒看春雪就走出了教室。

春雪輕呼了口氣，打算先去追拓武看看，但才剛要起身，視野正中央就閃爍著一個小小的呼叫圖示。這不是郵件或語音交談，而是要求以全感覺模式交談的沉潛呼叫。

春雪心想到底會是誰，一看到寄件人的名字，整個人立刻重重墜落在椅子上。一瞬間什麼都忘在腦後，閉上眼睛喃喃唸出指令：

「直、直、直接連線。」

神經連結裝置接收到他這個念得太急而有些口吃的指令，將春雪的五感從現實世界中切斷。教室的風景被塗成一片黑暗，緊接著就是一陣下墜的感覺。只要繼續等待，就會落到梅鄉國中校內網路的虛擬實境空間，但春雪卻在落地之前，就先將手伸向浮在眼前的網路入口。

虛擬的身體被吸進入口，拋了出去——

接著就在強烈的陽光與藍得令人難以置信的天空下，落在一望無際的白色沙灘正中央。

粉紅豬模樣的虛擬角色呆呆佇立了好一會兒，接著朝稍遠處可以看見的岸邊搖搖晃晃地走上幾步，才發現到這裡並不是由多邊形構成的虛擬實境空間，因為他沒有踏上沙子的感覺。也就是說，這只是將透過攝影機錄下來的現實世界光學影片，平面投影在春雪的視覺之中。證據就是在他往左右轉頭時，風景並不會跟上，只會營造出不自然的遠近感而扭曲，正後方更是一片全黑。

傳過來的資訊明明只有視覺跟聽覺，春雪卻不可思議地覺得自己感受到南國那乾燥而火熱的風，忍不住深呼吸一口氣。緊接著……

「嗨……好久不見……好像也沒有很久。我們有三天沒見了，春雪。」

那已經聽慣，但怎麼聽也不會膩的嗓音響起，一個人影從視野右側輕飄飄地出現。

一頂大大的草帽，配上一件白色連帽薄夾克。那漆黑的長髮彷彿上頭有陽光溜過般，顯得光澤動人。

雙手背在身後，臉上露出幾分靦腆表情的黑雪公主，以稍快的語調說下去：

「畫面會不會頓？我是透過學生會室的伺服器跟你那邊的校內網路連線，所以頻寬可能不太夠。」

「不……不會，一點都不會，沒問題，而且也沒有雜訊。那……那個，午、午安，黑雪公主學姊。」

春雪恭恭敬敬地低下虛擬角色的頭，接著再次對眼前的身影看得著迷。

由於是光學影片，自然沒有立體感，但出現在眼前的卻是黑雪公主最真實的模樣，沒有經過多邊形重組。她特地準備了攝影機，履行跟春雪的約定，將沖繩的風景傳回來給他。

「好、好漂亮。沙灘也是……還、還有，學姊也是。」

春雪以極小音量在最後補上這句話，就看到黑雪公主嘴角半是苦笑地綻出笑容，自己也跟著轉過頭去面向翡翠色的碧海。

「這是邊野古海灘，本來到剛剛為止都還有你最喜歡的軍用機飛過。」

「這……這樣啊，我也好想看看。」

嘴上是這麼說，但春雪的視線卻釘在從夾克衣角延伸出來，什麼都沒穿的潔白雙腿上。看到黑雪公主再次回頭，他趕忙移開視線，像在掩飾似地說：

「天、天天、天氣這麼好真是太好了！天空真的好藍，簡直就像『沙漠』場地！」

照理說對方正在看著攝影機鏡頭，理應沒有辦法分辨春雪的雙眼是朝哪裡對焦，但黑雪公主似乎以她特有的直覺察覺到了異樣，微微噘起嘴，雙手用力往下拉扯衣角。

——就在這一瞬間。

「公主妳也真是的，包那麼緊是打算包多久啊？」

隨著這句話響起，一個新的人影就從左側進入畫面之中。這個留著一頭輕柔秀髮的女生，是春雪也認識的學生會幹部。她一身粉紅色的連身泳裝，就已經讓春雪看得喉頭當場哽住，而繞到黑雪公主身後的她更忽然做出不得了的舉動。

她以驚人的快手拉下黑雪公主的連帽夾克拉鍊，接著將整件風衣從她的雙手上拉走。

「哇，等等，妳做什麼！」

「上午是哪裡的哪位大人物拖著我挑泳裝挑了半天啊？」

女學生嘻嘻笑著，朝鏡頭揮了揮手說道：

「有田學弟，你就慢慢欣賞吧。」

接著她迅速往右側跑出畫面，之後就只剩下草帽下一張臉漲得通紅，雙手緊緊交握在胸前的黑雪公主。

從解除的裝甲下露出的泳裝果然是黑色，而且還是面積相當小的兩件式，雪白的肌膚幾乎有九成都露了出來。再看到陽光照在那儘管半徑比較低調，線條卻極為優美的兩團隆起物上方，春雪立刻感覺到自己的脈搏急速上升，心想「怎麼可以在這種時候因為被神經連結裝置偵測到異常而登出！」趕忙連做了好幾次深呼吸。

過了一會兒，黑雪公主抬眼看著春雪說：

「……也、也是，這個，怎麼說呢，難得來到沖繩。」

「就、就、就是說啊，都都都來到沖繩了。」

春雪滿心想要按下視野角落的錄影按鈕，但全感覺沉潛連線下一旦開始錄影，對方也一定會知道。無可奈何之下，春雪只好使盡渾身解數將流進腦中的即時影像刻進記憶之中，同時拚命動著嘴：

「呃，那個，呃，這個……學、學姊……這、這樣穿非常好看。」

「……謝、謝謝。」

黑雪公主微微一笑，雙手再次放到身後，放膽讓春雪凝視嬌軀。眼看他就要真的昏倒，卻有個跡象將他拉了回來——

有如瓷器一般柔滑的下腹部左側皮膚上，有著一道很淡很淡的細微橫向傷痕。

「…………！」

春雪瞪大了眼睛好一會兒，接著才用力咬緊嘴唇，彷彿嫌現在產生的虛擬疼痛不夠似的，使勁去咬。

這個傷口肯定是半年前被人惡意開車衝撞之際，她為了救春雪一命而受到垂死重傷時所留下的傷口。現代再生醫學十分發達，絕大多數手術痕跡都可以消除，這是否表示技術的進步還是有極限？還是說，她所受的傷就是這麼深？

對於春雪這次沉默的理由，黑雪公主似乎也敏感地看了出來，先緩緩眨了眨眼，之後露出跟先前有著不同意義的溫和微笑。

她舉起左手指尖，輕輕撫過了傷痕。

「……平常是幾乎看不到的，只是站在這麼強的陽光下，就有點明顯了。」

聽到她平靜的聲音，春雪無言以對。只見黑雪公主抬起頭來，目光筆直望向鏡頭——望向春雪的眼睛，稍稍加強語氣說道：

「你不需要放在心上，因為這是我唯一的動章。這是我這輩子第一次不是為了廝殺，而是為了保護別人所受的傷痛，而現在這份傷痛更是我的支柱。」

「…………學姊。」

春雪好不容易才擠出這兩個字，握緊了虛擬角色的雙手。

──我絕對、絕對，再也不會傷害妳。

內心深處，春雪再次低語這個已經覆誦過無數次的誓言，但同時也無法控制自己不察覺到那一抹罪惡感。

此刻，如果春雪說出自己所處的困境，黑雪公主多半會罵說為什麼不立刻告訴她，又會再受到傷害。而且她多半會設法編造出一些理由，立刻從沖繩趕回來，竭盡所能拯救春雪。

然而正因為這樣，春雪才說不出口。為了將來能當個足以保護黑雪公主免於受到任何危害的騎士，現在非得靠自己的拳頭抗戰不可。

「……學姊。」

春雪又喊了她一次，以儘可能果斷的語氣說道：

「我也……我也會變強。雖然現在還得靠妳保護我……但是總有一天，我一定會變得更強，強得可以支持學姊。」

「……嗯。不過之前我也說過，你慢慢來就好了。要是太早失去保護你的樂趣，那也太無聊了點。」

黑雪公主的微笑變得帶有幾分惡作劇的色彩，往前踏上一步，讓手從春雪的虛擬角色所在的位置輕輕滑過。

「差不多要集合了，我再找時間跟你聯絡。等到星期天我就會回去，在那之前你可得先想好要什麼紀念品。」

聽到這句話的一瞬間，春雪腦子裡已經將「沖繩旅行的紀念品」跟「領土戰爭的獎賞」混為一談，結果說出口的是——

「啊，那，我要三三三、三十公分、直、直接……」

「啥？你說什麼？直徑三十公分的……開口笑？喂喂，沖繩再怎麼猛，我想應該也沒有人在賣這麼大的啊……不過我還是會去找找看啦……」

挨到黑雪公主射出簡直寫明了「沒想到你這麼貪吃」的視線，春雪趕忙連連搖頭，但說來可悲，黑雪公主卻看不到這個動作。

「不……我是說，這個——有看到在賣的話再順便幫我買就好……請學姊旅行玩得開心點……」

「嗯，謝謝。那我們下次再聊了。」

說著黑雪公主就伸手要去關掉攝影機，卻又忽然想起什麼似地停下了動作。春雪才正沮喪地低頭，就看到黑雪公主純白的苗條雙腿映入眼簾，只好一邊努力移開視線，一邊問道：

「學、學姊怎麼了嗎？」

「對了，拓武有寄一封很神祕的郵件給我，是關於上次我們談到的那個劍道社裡有可能是超頻連線者的一年級新生……」

「咦！」

春雪倒吸一口氣，急得咳了幾聲說下去：

「郵件……是怎樣的郵件！」

「嗯，這個嘛……他是姓能美嗎？拓武問我有沒有辦法查閱這個一年級新生入學考的各科目得分，所以我就回信說我會查一下學生檔案資料庫看看，倒是你有聽拓武說起什麼嗎？」

聽到黑雪公主悄聲告知這些事，春雪張大了嘴。

「入……入學考？為什麼事到如今，還要去查那種資料呢……沒有，阿拓他什麼都沒跟我說……」

「這樣啊……啊，我得走了，那我們就先關掉吧，改天見囉。」

黑雪公主右手輕輕一揮，來自沖繩的連線就此切斷，讓春雪獨自留在漆黑的平面之中。他一時之間連黑雪公主的超高解析度泳裝畫面都拋在腦後，想要推敲出拓武在打什麼主意，但實在沒有頭緒。

拓武會不會是想從外圍補齊各種資料？可是自己已經只剩下跟能美「對戰」這條路可以走了……春雪心裡想著，唸出了登出指令。

一回到現實世界之中的教室，才發現午休時間已經只剩十分鐘。春雪打算去販賣部買個麵包，慌忙站了起來，同時朝拓武的座位上一瞥，發現他還沒有回來。接著朝千百合看了一眼，就發現她難得地正在進行全感覺沉潛，春雪朝她低垂的苗條頸子上所掛的神經連結裝置看了好一會兒，才走出了教室。

——接下來一個星期，這個狀況多半都不會改變。

這是春雪的預測。春雪認為既然能美的口氣顯得暫時不會對拓武跟黑雪公主出手，就算自己想行動也沒有機會。

然而春雪卻錯估了從小就認識的好友，錯估了他那曾將黑之王Black Lotus逼得無路可退的智謀與行動力。而他被迫體認到這個事實，則是在來自黑雪公主的通訊結束後不久——就在星期二第五堂課的體育課即將結束之際。

相較於在體育館練習創意舞蹈的女生，男生則被要求測跑三千公尺，不免令人覺得有些差別待遇，而春雪則氣喘吁吁地繞著運動場的跑道跑。

視野正中央可以看到一串無情的數位數字正在計時，甚至連根本不想知道的剩餘距離、預測抵達終點時間、平均圈速跟心跳都顯示出來，看著心形符號上面又脹又縮的跳動，不禁讓他擔心自己的心臟會不會真的就這麼脹破。

這時大部分學生都已經抵達終點，只剩春雪等幾名極端的文派人馬還在跑，運動社團的人似乎力氣多得沒地方使，甚至有些得意忘形的傢伙，還在跑道圈內的場地上學著春雪腳步沉重的動作陪他跑，讓春雪暗自咒罵：你們這些該死的體育派給我記住，等我哪天升上9級，看我怎麼用物理完全加速指令在百米短跑裡創下世界記錄，到時候就算田徑社來挖角，我也會故意說：「我有動畫要看，沒空」來拒絕，你們活該啦笨蛋白癡。

春雪就這麼委身於這些毫無助益的思考，在最後一段直線跑道上氣喘吁吁地準備展開最後衝刺。

就在這時，拓武乖乖坐在終點線附近的身影忽然映入眼簾。

這位兒時玩伴對春雪可悲的奔跑連看都不看一眼，春雪本來以為這算是種慈悲，但看樣子並不是這樣，只見他全神凝視著空中的一點——也就是在察看擴增實境資訊（AR）。

春雪擦著額頭上不斷流出的汗水，心想不知道那小子到底在做什麼。

就在模糊的視線遠方，他看到拓武的嘴唇微微張開，似乎唸出了一個指令。

當然從這麼遠的距離根本聽不到他念了什麼，但拓武所說的這句話，卻是春雪唯一只看嘴唇動作就可以讀出的語音指令。也就是——

超頻連線。

……拓武那小子，這時候加速幹什麼……

就在思考的同時，春雪準備全力跑完剩下的幾十公尺，右腳猛力一踏。

霎時。

——啪！

一聲耳熟的冰冷雷鳴聲炸開，地面的顏色跟著改變。從有著透明感的藍色，轉變為微微帶有綠色的渾濁銀色。無論是跑在前頭的同學、跟在一旁捉弄自己的運動社團同學，還是在終點線等著的體育教師，全都消失了。

「喔……啊……哇……！」

緊接著一陣光芒籠罩住春雪的身體，讓他變身為白銀色的對戰虛擬角色。春雪先連連往前跌了幾步，才以跟現實中的自己判若兩人的敏捷動作煞住。他才剛在硬質的地面上踩穩腳步站起，就在面罩下流露出驚愕的呼聲：

「阿……阿拓？你為什麼要挑現在跟我搞什麼『對戰』……」

——春雪當然是這麼想的。既然看到拓武加速，緊接著自己也跟著加速，多半就是拓武經由校內網路要求對戰。

但事實卻不是這樣。

【A REGISTERED DUEL IS BEGINNING！】

也就是「已登記之對戰即將開始」。春雪不是對戰者，而是觀眾。是因為拓武找了別人對戰，所以登記好要當他觀眾的春雪也自動加速，才被邀請進了對戰場地。

視野左側上方，出現了要求這場對戰的「Cyan Pile」名稱與ＨＰ橫條。

接著則在右上方顯示出接受對戰的超頻連線者——

「Dusk Taker」的名字。

「這……」

春雪驚呼出聲。Dusk Taker，也就是能美征二，隨時都以一種未知的手段阻隔對戰名單的搜尋，要在校內找他對戰，唯一的方法應該就是像昨天能美對春雪所做的那樣，先制住他的血肉之軀再強行直連。

就在大約三十公尺外，由深藍與水藍色構成的虛擬角色沉重地站起。這時他才將視線轉往春雪身上，但卻不說一句話，舉起右手要他退下。其實不管春雪退不退開，除非處於「上下輩」或「同軍團」關係，否則觀眾都不能接近對戰者十公尺以內。

Cyan Pile立刻轉回正面，以有著成排隙縫的面罩下一對發出藍光的雙眼，定定地注視著校舍上半部。

一般教室棟已經轉變為散發出黏液狀金屬光澤的生命體外形，無數的窗戶全都被置換為眼球似的黑色凸透鏡，牆壁上更排列著無數鰓一般的肉褶跟魚鰭。天空染成異樣的綠色，寬廣的運動場也被一種有如血管般不停蠕動的金屬觸手覆蓋。這毫無疑問是「煉獄」場地。

春雪從腳下爬來爬去的金屬蟲前面退開一步，想要找拓武問清楚事情的來龍去脈。

但在這之前，噗嚕一聲，令人汗毛直豎的巨大破裂聲響徹了整個空間。

他驚訝地朝聲音來源望去，就看到在校舍三樓中央附近，也就是一年B班教室所在位置的一面眼球玻璃從內側粉碎。牆壁上開出的孔洞中濺出大量的黏液，一個小小的人影踩得這些黏液四處飛散，從昏暗的深處慢慢現形。

「……真是的，我本來還期待你會更慎重一點呢，黛學長。」

與這陣輕快的少年嗓音一起現身的黑紫色對戰虛擬角色Dusk Taker，從高處俯視拓武之後，輕輕搖了搖沒有五官的球面護目鏡。

「先小家子氣地到處收集我的資料，研究我的傾向跟對策研究半天，等到行動的時候才發現已經太遲了……虧我還想送給學長如此美妙的劇情轉折呢。」

「資料我已經收集得太足夠了。」

Cyan Pile冷冷地回了這句話，輕輕揮了揮左手。

「所以我才能像這樣把你拖到對戰場地上來，不是嗎，能美？」

「……哼。」

能美發出了略顯不快的呼氣聲，而拓武更舉起右手的金屬刺樁對著他說下去：

「能美征二，很遺憾地我還是不清楚你到底是用什麼機關來阻隔對戰名單的搜尋機制，不過我已經可以推測出你的遮罩會在什麼時候解除了。」

「解、解除……！」

喊出這句話的人是春雪。拓武先朝站在稍遠處的Silver Crow瞥了一眼，才總算對他開了口：

「對。能美將加速能力用在爭取現實世界之中的利益，就連劍道社社內舉辦的練習比賽都不例外，那麼在其他場合當然也應該有在用。例如說是在痛宰其他人，或是做作業的時候……考試的時候當然也不例外。」

「考試……」

嘴裡嘀咕的同時，春雪才恍然大悟，知道拓武為什麼要問黑雪公主那個奇妙的問題了。

Cyan Pile似乎也看出春雪已經猜到，輕輕點了點頭，視線拉回能美身上。

「此時此刻，一年級生正在接受第一次學力測驗。第五堂課考的科目，就是能美你在入學考拿到滿分的歷史，當然這滿分也是用加速能力拿到的……只是入學考跟只要登入就好的劍道比賽不一樣，考試過程中必須一直跟校內網路進行資料傳輸，根本不能中途斷線。所以我料定你會在這第五堂課之中，讓校內網路跟BRAIN BURST連線，所以一直在等這個機會。而既然要在考試中動用加速，當然會挑考試時間即將結束的時候，因為先用外掛程式把要查的項目一次查完，才會比較有效率。結果就是……」

拓武左手往旁一張，彷彿在說結果就擺在你眼前了。

春雪聽得入神，甚至忘了搭話，不知不覺間發出了深深的讚嘆。

能美於曾在入學考拿到滿分的科目，會在考試時間即將結束之際，有短短的一瞬間出現在對戰名單上。推導出這個結論的拓武，想必就是坐在運動場上連續加速，以檢查名單上有沒有他吧。

行動完全被看穿的能美又繼續沉默了幾秒鐘，忽然開朗地大喊：

「歷史的考試又有什麼了不起的！那些只要上網搜尋，一瞬間就能知道答案的事，偏要學生靠背誦方式去回答，你不覺得這實在沒有意義到了極點嗎？而且考試中都連上了校內網路，卻阻擋學生查閱資料庫！這任誰都會覺得是在開玩笑吧！」

能美動著肩膀哼笑幾聲，以溫度逐漸降低的聲音說下去：

「……黛學長，你剛剛說我『將加速能力用在爭取現實世界之中的利益』對吧……說得好像這是什麼罪大惡極的事情。可是啊，如果你問我，我會說只把超頻點數用在對戰的那些人才讓人不敢置信。如果只是為了對戰，又何必非玩『BRAIN BURST』不可？明明就有一大堆別的遊戲玩起來更殘酷、更暴力，也更沒有痛苦不是嗎——說穿了，你們幾個在內心深處也一樣覺得自己是特權階級，認為自己擁有全世界只有一千人有的加速能力，跟其他慢吞吞的死小鬼不一樣。你們明明就死命抓著這種菁英意識不放，卻不去有效發揮這種能力？這不叫做偽善、不叫做欺瞞，又該叫做什麼……？」

「我根本沒有打算定你的罪。」

拓武輕輕聳肩後反唇相譏：

「畢竟一直到不久前，我也一樣用加速能力四處取巧。點數要怎麼用，每個人都有自己的看法，你儘管愛怎麼用就怎麼用。不過能美，如果你肯聽身為過來人的我說句話，我會說拿滿分做得太過火了，只會引來無謂的關注，一點好處都沒有。」

「這正是所謂見解的差異。我這個人奉行一種主義，那就是只要拿得到手，管他什麼東西我都要拿到上限，就算小到只是考試的一分，或是練習比賽的一場都不放過。不……嚴格說來我應該講『搶奪』才對吧，哼哼。」

能美從牆上開出的洞口探出虛擬角色的上半身，將配備大型剪線鉗的右手手掌朝上，往前用力伸出。

「這世上的萬物都是有限的，那麼只要有人得到什麼東西，同時也就有人失去同樣多的東西，簡直就像能量守恆定律一樣。這個世界的根本原理就是『爭奪』啊，學長。我啊……確實很喜歡搶別人的東西，不過失去或是被搶奪更讓我不能忍耐。你現在正打算從我身上搶走最多一點八秒的時間，而且還是考試中的寶貴時間，這是不能容許的行為……所以我當然會要你贖罪，用你的超頻點數來償還。」

「不對……能美征二，我才要你奉還你用不當手段拿到的東西——奉還從我好友身上搶走的寶物。」

聽到拓武靜靜說出這句話的瞬間，春雪整個人都僵住了。

拓武已經知道了。他知道Silver Crow的銀翼，已經被Dusk Taker搶走了。

Cyan Pile造型凶悍的面罩上浮現出幾分沉痛的神色，看了春雪一眼：

「……小春，我已經聽說過昨晚你在澀谷的對戰了。對不起……我什麼都沒察覺到。這次換我挺身而戰了。」

「阿……阿拓……！」

對於春雪的呼喊，拓武只用力豎起左手食指，彷彿在對他說：「一切交給我。」

這一瞬間，春雪重重體認到了自己的渺小。春雪只因為不想讓好友知道自己已經失去翅膀，失去力量，就說重話傷害好友，但拓武卻仍然想要拯救他，而且就為了這個目的，不惜絞盡腦汁，消耗點數，實現了這場對戰。

「阿拓……」

春雪用力握緊雙拳，對想要隱瞞一切，偷偷解決事態的自己感到可恥。為此，他連先前在無限制中立空間花了漫長時間所做的修練都暫時忘在腦後，發出打從心底的吶喊：

「阿拓，你一定要贏！不是為了我，是為了讓他知道你的本事！」

「我會贏，這是為了拿回你的翅膀，小春。」

Cyan Pile用力點點頭，右腳重重踏出一步，踩得這隻腳周圍噴出淡藍色的火焰，烤得空氣不斷晃動。

「唉唉唉……請不要讓我看這種鬧劇好不好？這種可以一臉認真，假裝相信世上有所謂『無償的友情』這種幻想的傻子，我看了就起雞皮疙瘩。」

直到這時才總算從昏暗的洞中現身的黑紫色虛擬角色，以左手的觸手纏在洞口邊緣後慢慢下降。當他趕開了在地面爬來爬去的金屬昆蟲著地，就從二十公尺左右的距離外，瞪著身高遠比自己要高的Cyan Pile。從校舍牆上解開的觸手咻一聲飛回手上，輕輕撫過虛擬角色背上兩根彎曲的角——也就是折起的翼膜。

「我用不當手段取得，所以要我還給他？別開玩笑了。一旦東西搶到手，就永遠屬於我，直到我玩膩了，不想要了為止。這對翅膀我可中意得很……在有田學長付完兩年分期付款之前，我會拿來好好玩個痛快的。」

春雪自覺到丹田湧起一股巨大的憤慨與嫌惡感，用力咬緊了牙關。

但他還沒反唇相譏，拓武就以一貫冷靜──卻又蘊含著高熱火焰的嗓音輕聲說道：

「不對，不是這樣。無論是什麼，搶來的能力都絕對不會變成自己的。能力這種東西……只有自己去培養、磨練、鍛鍊，才有辦法真正得到。」

「嗯嗯嗯……你這個人還在鬼扯這些。」

能美以右手摀住嘴，嘲笑著說道：

「再讓你說下去，我多半會吐出來，我決定快點拿了點數就請你退場，畢竟我還剩下五題沒寫啊。」

接著小個子的虛擬角色就將姿勢蹲得更低，雙手擺到無臉的面罩前方。

相較之下，Cyan Pile則擺出劍道比賽般堂堂正正的架勢，只將左手筆直前伸。

急速高漲的鬥氣，讓春雪退開一步，同時很快地大喊著說完：

「阿……阿拓，那小子的觸手砍斷了還會再生！右手的鉗子也有相當高的切斷力！還有一旦被他制住，挨到他從面罩噴出的黑色光束，就會被搶走招式或是強化外裝，你要小心！」

觀眾只對其中一方提出建議的行為非常不合規範，但在這個狀況下，他當然沒有理由客氣。聽到春雪的喊聲，能美微微露出不高興的神色──

緊接著拓武就有了動作。

隨著一聲轟隆巨響，高大的藍色身軀以快得拖出殘影的速度往前衝去。

重量級的身體不可能沒有任何前置動作，就產生這麼猛烈的前衝速度。這推進力是來自他不知道何時將尖端刺在地上的右手打樁機（pile bunker），也就是利用地面成了堅硬金屬的「煉獄」場地特性，將金屬刺樁擊出的力道直接轉換為衝刺力。

能美似乎也被打了個出其不意，反應慢了一步，Cyan Pile巨大的拳頭已經夾著勁風逼近。Dusk Taker放棄閃避，雙手交叉，採取防禦架勢。拓武這一拳照打不誤，成了這場對戰的第一擊，灑出大量的青白色閃光。

一陣彷彿用鐵鎚敲在鐵板上的衝擊巨響爆出，小個子的虛擬角色被整個打飛出去，在空中連翻好幾圈。眼看就要重重撞上背後的校舍時，他的觸手卻纏在地面突起物上，有如橡皮似地不斷拉長，緩住了後衝的力道。

以單膝跪倒姿勢落地的Dusk Taker明明有做出防禦，ＨＰ橫條仍然被這一拳削減了百分之五以上，足以窺見Cyan Pile的力量有多麼強大。

「……哼？跟比劍道的時候差得還真多啊。也就是說，這個身體體現出來的就是黛學長你的『欠缺』？看你那麼聰明又能幹，內心深處卻崇拜粗野的肌肉主義？」

看到能美哼哼冷笑，拓武也不多說，只是一邊重新裝填右手尖樁，一邊毫不鬆懈地拉近距離。能美彷彿受到震懾似地後退，嘴上卻仍然繼續吐出摻雜嘲笑的話語：

「還是說，應該從虛擬角色的名稱來解釋，所以創傷是體現在你右手的刺樁？嗯？這會是象徵什麼東西呢？貫穿……打洞……咦？學長你怎麼了？你的眼神變得有點恐怖了說……？」

「住口……你這個卑鄙小人，給我住口！」

大聲喊叫的人是春雪。如果他的立場不是觀眾，或許已經衝過去痛毆他了。

對戰虛擬角色是由使用者的精神創傷構成的，凡是超頻連線者都知道這一點。

可是，也正因為這樣，春雪過去無論對上哪個對手，都避免談到這個話題。對於拓武跟黑雪公主，更是連在內心推測都當成禁忌。能美說得沒錯，Cyan Pile的「刺樁」多半是將拓武所懷抱的創傷具體化，但拓武卻把這種刺樁當成武器，用得正大光明而且純熟無比，這也就表示他每天都在跟自己的傷痛奮戰。

「能美！你還不是……你的這隻虛擬角色，明明也是由不想被人提及的『創傷』化成的！」

聽到春雪銳利的話鋒，Dusk Taker仍然看向前方，哼哼笑了幾聲：

「你也真是的，有田學長，我剛剛不就已經說了嗎？我的傷痛就是『遭到搶奪』，所以我的Dusk Taker擁有『搶奪』的能力，再簡單明瞭不過了，就跟你的Silver Crow差不多……不是嗎！」

最後幾個字的發音，跟切開空氣的聲響重合在一起。

垂在地面上的三條觸手如蛇出洞般揮舞，不知不覺間已經抓在各條觸手先端的物體，都筆直朝著拓武投擲出去。這些一邊胡亂擺動細小肢體一邊飛來的物體，是「煉獄」場地地形效果之一的金屬蟲。大部分金屬蟲都只會令人不舒服，本身卻無害，但顏色格外鮮豔的金屬蟲一旦身體破裂，就會灑出各種毒素。

能美所擲出的三隻金屬蟲，全都有著鮮豔的紅色或綠色。他完全沒將目光從一步步拉近距離的Cyan Pile身上移開，同時還跟春雪對話，卻能讓三條觸手都挑準毒蟲抓來投擲，這可得要視野相當寬廣才辦得到。

……沒想到這小子還挺老到的。

春雪瞪大眼睛想著這個念頭時，Cyan Pile的左手則反射地撥開金屬蟲。蟲的外殼隨著打破雞蛋似的喀啦聲響破裂，讓色彩更加毒豔的黏液飛散開來，藍色護甲上被黏液濺到的各處都冒起了白煙。

「嗚……」

HP橫條只有微量的減少，但這意料之外的攻擊卻讓拓武露出破綻。Dusk Taker沒有放過這機會，身體有如一道黑色閃電般往前衝刺。

能美虎虎生風的觸手轉眼之間就綁住了Cyan Pile的打樁機，接著右手的剪線鉗更朝著他的喉頭伸去。

眼看脖子就要被剪住，拓武的左手總算在千鈞一髮之際抓住了鉗子的一邊刀刃。

對於不得不卡進兩片刀刃內側的大拇指，能美自然不可能會放過。他立刻夾住大拇指，彷彿是要拉長痛楚似的，一釐一釐越夾越深。

「嗚……嗚！」

較矮的能美對著輕聲呻吟的拓武說道：

「唉唉唉，學長你媽媽都沒教過你不可以握住打開的剪刀刀刃嗎？你看，握了就會這樣。」

啪嗤一聲響起，Cyan Pile的左手拇指飛上了天空。ＨＰ計量表明顯削減了一段，同時必殺技計量表也增加了一大段——

「……我才想問你，沒有人告訴你我不是只有右手具攻擊力嗎？」

拓武壓低嗓音說完，立刻挺起胸膛大喊：

「——『飛針四射（Splash Stinger）』！」

Cyan Pile胸口唰地一聲開出許多小洞，許多細小的飛彈同時露出彈頭，一起射出。

Dusk Taker展現出過人的反應速度，交叉雙手擺出防禦姿勢，但尖針飛彈仍從極近距離接連命中，開出爆炸的花朵。黑紫色虛擬角色的計量表一段又一段地減少，同時被轟得往正後方飛起，這次真的重重撞上校舍，身體有一半埋進了金屬牆壁中。

「……哦哦哦！」

拓武不打算放過這個空檔，毅然展開猛烈的衝鋒。他衝刺的腳步撼動大地，左肩猛力撞在Dusk Taker身上。校舍的牆壁砰一聲往內側凹陷，兩個虛擬角色就這麼撞進了學校內部。春雪趕忙跑去，但他沒有辦法自己破壞場地，只好從稍遠處的樓梯口進去。

長長的一樓走廊已經變得比運動場更加奇妙。牆上的細長開口不停蠕動，還不時吐出蒸汽。突起的大叢管線不停地滴著黏液，一滴滴落到走廊上。

在這令人作嘔的光景遠方，能看到兩個已經分開站立的人影。至於剩餘的計量表──Cyan Pile還有八成多，Dusk Taker則已經減少到六成。

「……能美，你已經輸了。」

拓武低聲做出宣告。

「……哦？是這樣嗎？」

「沒錯。憑你的出力，打不破煉獄場地的牆壁，出口又在我的身後。在這麼狹窄的地方，速度型的你沒有勝算。」

拓武說得的確沒什麼錯，過去春雪自己也曾經在類似的建築物走廊上跟Cyan Pile打鬥，當時他拚命鑽過刺樁攻擊逃到屋頂上，這才總算找出了勝機，但現在Dusk Taker的身後卻只有無路可逃的走廊盡頭。

Dusk Taker紅紫色的雙眼細細眨動──忽然間那精瘦的虛擬角色毫無前置動作，咻一聲往前突進。或許是想以拓武剛開始所用的那種衝刺還治其人之身，他的觸手不知何時已經抓在遠方牆壁柱子上，此時用力回縮，將整個身體往前拋出。

他就這麼將姿勢壓低到極限，不死心地想要從Cyan Pile腳邊鑽過，逃出死巷。

但拓武卻非常冷靜。他以右腳在地板上用力一踏，就製造出屬於重量級虛擬角色特權的震動波，絆了Dusk Taker一跤，接著左腳就對踉蹌的對手來上一記前踢。能美雖然有防禦，但仍然再次被踹得飛到走廊深處。

拓武張開雙手擺出禁止通行的姿勢，逼上前去說了：

「沒用的，我不會讓你繞過去。要是從一開始就在校舍內開打，多半會更快分出勝負。如果你不希望今後每次考試都被我找來開打，就乖乖把你背後的翅膀還給Silver Crow。只要你答應，至少我自己不會再干涉你。好了……你怎麼說？」

聽到拓武開出條件，能美右手仍然按在受傷的身體上，好一陣子沒有說話。

之後他才嘆了口氣，搖著頭說道：

「……憑黛學長你的為人，相信就連這種蠢得可以的口頭約定，你應該也真的會遵守吧。真是夠了……沒想到這世上，不，應該說連同一間學校裡，都會有價值觀差異這麼大的人存在……」

能美一副不敢領教的模樣雙手一攤，簡短地喃喃唸出一個陌生的指令：

「『全裝備卸除』。」

緊接著左臂的觸手跟右臂的剪線鉗都應聲分解，散入空間似地消失無蹤。強化外裝可以透過事前登錄在「安裝選單」的語音指令，來進行配掛或卸除動作。而這句平淡無奇的語音指令用字，多半就是能美自己選的吧。

——那麼，他終於認輸，打算奉還翅膀了嗎——那個高傲的能美征二真的認輸了？

春雪啞口無言，接著望向一步步逼得對方無路可退的拓武。心中一股敬佩的感情油然而生。

「阿拓……！」

春雪正要接著誇他一句「真有你的」之際——

能美讓自己那變得手無寸鐵，矮小而且傷痕累累的虛擬角色放低了姿勢，同時小聲說了：

「我可不是要投降，只是因為如果兩隻手上有東西，就亮不出我的『底牌』了。」

「……底牌……？」

的確，上次——也就是在第一次跟春雪對戰即將結束時，他也說過這樣的話。當時春雪還以為那只是在侮辱自己——該不會，能美是真的還有底牌沒有拿出來……

就在春雪深深吸氣的同時，拓武迅速以右手瞄準敵人：

「……如果你還想繼續，我可不會再手下留情，能美！我會抓準每一次機會跟你對戰，每一次都要徹底打垮你。你不怕嗎！」

回答他的，是打從這場對戰開始以來最為平靜，最不顯露情緒的嗓音：

「……受不了，像你們這樣搞得好像事情有多嚴重似的，實在有夠煩人。我本來連必殺技都不想喊的……不過算了啦，都到這時候了，也沒有辦法……」

Dusk Taker雙掌在身前拱成一個小小的三角形，接著低聲發出了一段像是咒語——或者該說是詛咒似的話。

「……拿到、得到、抓住、鑿下、奪取、奪取、奪取、奪、取……」

接著就聽到一陣嗡嗡作響的震動聲，隨即轉變為金屬質地的高頻聲響。接著春雪見到了——能美的雙手開始籠罩在一陣深濁的紫色波動之中。

走廊上的空氣開始震動，電光火花大範圍亂竄。春雪一瞬間以為是必殺技，但隨即打消了這個想法。如果會發生這麼大規模的視覺特效，就算攻擊效果還沒開始，必殺技計量表應該已經會開始減少，但能美的計量表卻仍然停在比半條稍多的位置，完全沒有動彈。

春雪直到最近，才知道了一種除了必殺技以外還會產生這般現象的理論（邏輯）。

也就是想像控制體系，透過想像來覆寫現象。

又稱之為——

「阿……阿拓，別管我了！快幹掉他，馬上！」

春雪淒聲吶喊。

「——『雷霆快槍（Lighting Cyan Spike）』！」

拓武猶豫了一下，接著尖銳地喊出招式名稱。

Cyan Pile同樣集到半滿的必殺技計量表一口氣消耗掉，同時「打樁機」後端噴出一團極光似的後焰——

化為一道光線的鐵樁發出燒灼空氣的嗤嗤聲，朝著Dusk Taker發射。

從那樣的距離想躲開拓武的4級必殺技是不可能的——本來應該如此，但是……

隨著高密度空氣爆開的聲音響起，閃閃發光的鐵樁尖端沒有貫穿任何物體就停了下來。

擋下這一刺的，竟是區區兩根手指。

Dusk Taker那籠罩在紫色波動之中的左手食指與中指，簡直就像夾住紙筒般，輕而易舉地夾住了Cyan Pile最強的必殺技。

「……這……」

春雪才剛以沙啞的嗓音驚呼出聲，隨著就聽到一陣彷彿燒得火紅的金屬放進水裡似的聲響，閃閃發光的長槍本身被脈動的波動吸了進去，消失得無影無蹤。

能美的雙手鬆軟地垂下，微微昂起頭來，看看茫然站在原地不動的Cyan Pile。

如果在以前，遇到這樣的場面，他多半會冷笑著說出充滿輕蔑的言語。

但Dusk Taker卻無言地將雙手手指彎成鉤爪狀，身上散發出更加強烈的紫色波紋狀靈氣，同時往地面一踹。

這一衝快得讓人連他的雙腳都看不清楚，比先前用上觸手的衝刺還要快了一倍以上。Dusk Taker一眨眼就衝過十公尺有餘，逼近拓武身邊，同時攤開的左手由下往上，劃出一道很大的弧線。

於空中刻下痕跡的的紫色彎月，斜斜劃過Cyan Pile厚重的胸部護甲。接著春雪看到了難以置信的景象。藍色的裝甲簡直像黏土──不，應該說像是布丁一樣，被深深挖掉一塊。

五道鉤爪在傷口上印下明顯的痕跡，隔了一瞬間，幾道泛青色的大叢火花就像鮮血似地從傷口中噴出。

「嗚……」

拓武悶哼一聲，上身後仰，想來置身局中的他多半比春雪還要驚愕，卻立刻做出了反擊。能美的左手直揮到右肩附近，左側腹空門大開，拓武立刻用力以打樁機的尖端頂上去──

鏗！發射聲響起，能美的身體卻已經不在原地。他以快得只能用瞬間移動來解釋的速度往右滑開，輕巧地閃過刺樁攻擊之後，改以右手筆直伸出，握住了方才發射之後伸到最長的鐵樁根部。

接著又是嗤嗤聲響起，整根鐵樁當場被捏扁。

不，嚴格說來，是被Dusk Taker以發出紫色光芒的手所抓住的部分在一瞬間消失無蹤。鐵椿露出有如鏡子般平滑的斷面，沉重地滾落到地板上。

——這絕對錯不了。

是「心念攻擊」。發自能美征二意識的想像干涉了系統，讓被他雙手握住的一切物件都跟著消失，直接否定事物的存在，覆寫了現象。

想來拓武多半還不知道「心念系統」的存在，儘管他大為詫異，但仍然果斷地試圖反擊。他似乎也看出能美的雙手可以銷毀一切，先大步往後跳開，接著使出了攻擊距離上佔有優勢的踢腿攻擊。

這記右迴旋踢有如焚盡周遭空氣般地犀利，就算是重量級虛擬角色，挨了這一下也勢必得飛出去。

但拓武這一踢的威力，只具備了由虛擬角色重量＋裝甲強度＋肌力參數等數據所演算出來的數值。

相較之下，能美卻搶在這一踢的力道經由運動指令體系傳達給系統之前，就透過想像控制體系覆寫了現象。結果就是——

咚。令人毛骨悚然的聲響後，這一踢又被一隻左手接住。應該化為傷害傳遞過去的威力，全都被紫色的波動吞沒而消失。至於這聲悶響，則是能美的五指穿進拓武右腳腳脛部分，幾乎直沒至掌所發出的聲音。

「嗚啊……！」

拓武發出了壓抑不住的呼痛聲。

能美簡直就像故意要折磨他似的，蠕動著埋進腳內的手指，終於輕聲開了口：

「……黛學長，你剛剛是不是這樣說的？說我沒辦法破壞這個場地上的牆壁還是怎樣的？」

說完就拖著右腳被他抓住，左膝跪在地上的拓武，朝南邊的牆壁走去。

Dusk Taker隨意伸出的右手，無聲無息地穿進反射出金綠色光芒的煉獄場地金屬牆，直穿到手腕才停住。

「老實說，我本來不想亮出底牌的，不過算了，反正就算看到了，你們也不會懂。畢竟知道這個招式原理的，應該就只有六……不對，是只有七王跟他們的親信，以及『我們這幫人』。不過你是個聰明人，只要親身體驗過這麼大的力量差距，相信你就會懂……」

說著說著，牆上已經劃出了一道直徑將近兩公尺的溝槽。能美接著一踹，牆壁就往裡頭倒去，讓外面的光線照了進來。

「……你們已經沒有選擇的餘地了。你應該會懂得打從我進這間梅鄉國中起，你們的命運就已經定了，那就是在學期間內要一直當我的狗兒為我效勞。」

話才剛說完，能美左手就用力一甩，將Cyan Pile巨大的身軀拋出洞外。他對春雪甚至不看一眼，自己也跟著到了運動場上。

春雪只覺腦幹發麻，雙肩頻頻顫動，在昏暗的走廊上呆呆站了好一會兒。

——為什麼？為什麼像能美這樣的傢伙會學會「心念系統」？如果只靠自己，照理說應該連那個系統的存在都察覺不到，那種技術應該是要有人親身示範教導，否則絕對學不會的。

拓武從遠處傳來的低沉呻吟聲，將茫然自失的春雪拉回現實。

春雪驚覺地抬起頭來，趕忙往外跑去。他鑽過能美開出來的大洞，對厚重牆壁上刻下的光滑指痕全身一顫之餘，還是跳到了外頭。

就在寬廣運動場上幾乎正中央的位置，可以看到兩個虛擬角色的人影交纏在一起。

但他們不是在打鬥，那應該稱之為單方面的破壞。

Cyan Pile從胸口跟左腳的傷處噴出大量的火花，看樣子連站都站不穩了，但仍然果敢地以雙手出招攻擊，不過卻連Dusk Taker的邊都沾不到。暮色的虛擬角色有如跳舞般輕巧閃過每一拳，不斷以爪子淺淺削去對方的裝甲。

Cyan Pile的ＨＰ計量表已經只剩兩成不到，被破壞的打樁機也還沒有修復，讓集滿的必殺技計量表無謂地發出光芒。

「阿……阿拓……」

春雪好不容易擠出被壓扁似的聲音。

他很想對處於壓倒性不利之中卻仍然頑強抵抗的好友講些什麼，但卻找不到話可以說。能美的心念攻擊多半能夠消除包含物理攻擊在內的任何物件，純屬於「近戰藍色」的Cyan Pile根本沒有手段可以對抗。

面罩上被劃下不知幾十道的傷痕後，Cyan Pile終於單膝跪地。

在正常對戰場地上，傷害痛覺的重現只有無限制中立空間的一半左右，但如果一直累積細小的傷口，疼痛的總量仍將變得難以忍受。能美肯定就是想要製造這種效果，才故意反覆進行小規模的攻擊。

拓武努力抵抗磨著神經的虛擬痛楚，仍然想再站起來，能美則用力一腳踢倒他。

Dusk Taker細細的腳，鏗一聲踩在了倒地的Cyan Pile面罩上。

「剩下五百秒啊……說來你比我想像中要拚得多了，黛學長。你玩這個比玩劍道更有才能呢。」

能美先哼哼笑了幾聲，才高高舉起右手鉤爪，以一定週期呈同心圓狀產生的紫色波動變得更強了。

「那我就要拿走你剝奪我現實中一點三秒時間的代價了，我要你用你的超頻點數、痛苦跟屈辱來償還。」

眼看能美的右手就要伸向拓武的咽喉之際——

「能美，慢著！」

春雪從系統容許的最近觀戰距離這麼大喊。

看到Dusk Taker手上的動作倏地停住，將半球狀的護目鏡轉往自己的方向一瞥，春雪繼續拚命吶喊：

「請你等一下……你要點數的話我給你！阿拓為了跟你打，已經用掉了相當多的點數！我的點數還夠，你要搶點數就先搶我的！」

這話有一半是真心的。

——但另一半則是春雪的策略，他想在微乎其微的機會上賭一把。

春雪突然當場跪下，頭盔的額頭部分用力頂在有金屬蟲爬來爬去的地面上，發出了甚至像是哀嚎的聲音：

「我向你下跪，求求你，能美！」

春雪在加速世界裡還是第一次有這種丟臉下跪的經驗，但現實中又是另一回事了。

去年接觸到BRAIN BURST之前，春雪就受到班上三名男生的嚴重霸凌，動輒要他出錢買麵包或飲料請客，手上沒錢買不起的時候，就會被迫像現在這樣下跪道歉。這段恥辱到了極點的記憶他完全不願回想，但唯有現在這一瞬間，春雪將當時拚命求饒的心情表現在嗓音，也表現在態度之中，頭一直用力往地面蹭。

「……嗚哇，有田學長，不管從哪個角度來看，你真的都糟糕透頂耶。」

能美不敢領教似的說話聲音傳了過來：

「友情遊戲玩得這麼投入根本就是有病了，你好歹也是個擁有BRAIN BURST的人吧？就連我都以為至少你在對戰場地上應該不會這麼沒有尊嚴呢。」

「……你怎麼想都行，下週的點數我也會乖乖繳給你，我求求你……求求你！」

「好好好，我知道了。害我都想起小時候在庭院裡欺負潮蟲的情形了。不過也對啦，大概就是要像你這樣的人，才能獲得飛行能力吧……」

能美儘管在聲調中加上了盛大的嫌惡感，但腳仍然發出了從拓武臉上移開的聲音，接著看得出他正在從ＨＰ橫條的部分操作安裝選單。

接著就在尖銳的警告聲響起的同時，視野之中顯示出一個視窗。這是一個對話框，詢問是否同意將這個場地從一對一的「正常對戰模式」，轉變為將觀眾也包括進來的「大混戰模式」。

春雪微微抬起頭來，朝著一副受不了似的模樣連連搖頭的能美，以及仍然倒在地上的拓武看了一眼，立刻按下了ＹＥＳ按鈕。

這麼一來，只要拓武也同意，系統就會切換模式，讓春雪不再是觀眾，而成為對戰者。沒錯，如此一來不用等到下週，就可以跟Dusk Taker打了。

毫不意外，拓武遲遲沒有按下按鈕。照理說拓武當然也把春雪的話當真，以為春雪要代替自己付出原該被搶走的點數，他的自尊心當然不容許這樣的事情。

春雪幾乎整個人都貼在地面上，他從站著的能美眼睛看不到的高度，雙眼灌注了全身力氣去凝視拓武。

——按下去。

——我還沒有死心，我想跟他打，我非跟他打不可。所以，請你按下去，拓武！

也許他腦海中的厲聲吶喊，真的傳達給了拓武知道。

拓武頓時從滿是傷痕的面罩下瞪大雙眼，隨後舉起顫抖的手臂——碰上了空中的一個點。

在充滿寂靜的幾秒鐘過後，視野之中原先顯示的所有資訊都跟著消失，接著就在一陣金屬收縮聲響中，看到Silver Crow的ＨＰ計量表在左上方延伸開來。右側的計量表還是消失無蹤，但Cyan Pile跟Dusk Taker的頭上都冒出了一個完全恢復的小型計量表。剩餘時間四〇〇秒的下方，浮現出【FIGHT!!】的火焰文字，接著爆裂飛散。

……終於。

終於來臨了。跟能美征二／Dusk Taker再戰的一刻終於來了。為了搶回被奪走的許多事物，這一戰他絕對不能輸。

暮色的虛擬角色踩得金屬運動場唧唧作響，慢步走近。在天空灑落的綠色光線照耀下，他的身影發出了十分詭異的光芒。或許是還在維持心念系統的緣故，Dusk Taker雙手依然不停滴下虛無的波動。

春雪仍然跪在地上，悄悄將右手拉回胸前，大拇指收進掌中，讓剩下四隻手指併攏伸直。

我的手是劍，是一把能夠刺穿萬物的光之劍，無論遇到多麼堅硬的鎧甲，多麼虛無的黑暗也不例外。

就在堅定想像的同時，他感受到指尖產生了強烈的熱度。

腳步聲慢慢靠近，一陣寒氣撫過頸子。

腳步就在眼前停下。對方舉起一隻腳，就要朝著春雪的頭──

「……去！」

一聲短喝的同時，春雪以左手抓住正要踩住自己的腳，拉著這隻左腳起身，同時筆直伸出右手。

「……嗚？」

能美發出短短的驚呼聲之餘，展現出駭人的反應速度，想以左手格擋春雪的這一刺。

吭嗡一聲，異樣的聲音響徹整個對戰場地。春雪的右手指化為一柄閃耀著純白光輝的劍，能美的左手五指則化為鉤爪，兩者咬合在一起，但彼此之間卻又沒有碰到對方。就是這兩股分屬光與虛無的靈氣在相互對抗，發出了尖銳的共鳴聲。

「……什麼！……這招，是……！臭狗子……你什麼時候，學會這種把戲……！」

能美呻吟著出聲，加強了紫色的波動力，消滅萬物存在的黑暗想像入侵系統，想要削下春雪的手。

對此春雪則以能夠貫穿一切的雷射想像來對抗。

速度。光的速度。

……沒錯，你比任何人都快。

就在感覺微微聽見這個說話聲音的瞬間，春雪已經大聲吶喊：

「給我……穿過去啊啊啊！」

一陣巨大卻又如夢似幻，像是成千上萬冰柱同時碎裂似的聲響，瀰漫著整個戰場。

春雪右手的劍一口氣伸長了一公尺以上，貫穿了能美的左手所形成的黑暗，讓這團黑暗無聲無息地消散。緊接著——

Dusk Taker的左手由掌至肩，一口氣從內部爆裂四散。

「嗚喔……！」

能美身上灑出大量的紅紫色火花，上半身往後倒，春雪放開他的左腳，接著刺出左手。

「喔喔喔！」

但可惜這一招直取胸口正中央的攻擊被敵人以右手往上撥開，只切開了他身上的裝甲。能美以猛烈的速度往後大步衝刺，張開雙腳停下。

這是乘勝追擊的良機，但春雪卻無力去追。或許是因為榨出太強的想像，視野之中不停迸出火花。春雪連連搖頭甩開它們，睜開眼睛一看，能美已經恢復了毫不鬆懈的架勢。

「……哦、哦……」

沒有五官的球面護目鏡下，發出了意帶揶揄但卻有些沙啞的嗓音：

「真沒想到會是心念攻擊……也就是說有田學長，你昨天一整晚都躲到深山裡面去修行了？」

「也沒花上一整晚就是了。」

春雪低聲這麼回答之後，也跟著站了起來。雙手手指仍然併攏伸直，白色的光芒跟震動聲響也仍然留在手上。

「哼？我倒是聽說你難看地輸給了綠色軍團的小嘍囉。虧我還擔心你有沒有辦法賺到該繳的點數給我，沒想到不但沒問題，而且還有力氣反咬我一口啊？我可真是太小看學長了。」

哼哼兩聲悶聲嘲笑之後，能美右手用力一揮，甩脫了留在右手上的紫色波動。

「……怎麼了，已經沒電啦？」

「哈哈哈，怎麼可能！」

能美以開朗的嗓音這麼吶喊，又動了一次右手，從身體前方橫切而過，往左上方高高舉起：

「我……可也不是只顧著睡覺而已！」

就在大喊的同時，用力收緊手臂。

背上延伸出來的角就隨著這個動作，啪一聲往左右大幅伸展開來。

每邊各五根軸骨，軸骨之間各有薄薄的皮膜連接。那是惡魔的翅膀——是從Silver Crow身上搶走的飛行能力。

在不由得屏息的春雪眼中，那對翅膀高高伸展開來，用力拍響。

緊接著就是空氣晃動的聲響，Dusk Taker的身體筆直往上飛起。

飛翔動作非常漂亮，前幾天剛搶去翅膀時那種生硬的感覺已經消失得無影無蹤。只見他轉眼之間就抵達了遠比校舍屋頂還高的位置，扭轉身體轉移到懸停狀態。

——不對，不可以被這點小事嚇到。

春雪咬緊嘴唇，這麼說服自己。能美懂得「心念系統」，而他在飛行能力的控制上，也同樣用上了想像控制體系，那麼要掌握飛行訣竅也一定是輕而易舉。

刻在綠色天空的不祥輪廓，灑下了有如歌唱一般的說話聲：

「……這對翅膀真是了不起！有這麼一面倒的優勢，竟然只升到4級！不過也是啦，有田學長你的武器就只有短短的手腳，實在也是無可奈何啊……請學長放心，我就不一樣了！我會把這種能力用得遠比學長更高明……就像這樣！」

話才剛說完，能美就筆直伸出右手，放低音量唸誦：

「裝備『燒夷噴射器（Pyro Dealer）』。」

系統接收到語音指令，讓一具新的強化外裝在Dusk Taker的右手上逐漸化為實體，春雪就站在地上呆呆地抬頭仰望著這個過程。

實體化完成之後，出現的是一具遮蓋住整條手臂的巨大裝備。從掛在肩上的大型燃料槽狀物件，有好幾條管線沿著手肘伸展下來，一路連接到手背上的發射裝置。

——遠距離火力！

春雪咬緊牙關，全身神經緊繃。

零點五秒之後，能美就像個玩煙火的小孩子一般，漫不經心地讓火焰從短短的槍身中流瀉而出。

那是一道貨真價實的火焰，既不是實彈、也不是光束，簡直就像奇幻遊戲中火龍噴吐出來的高密度火焰，從遙不可及的頭上灑落。

春雪根本沒有時間猶豫該怎麼應對，他反射性地朝前方衝刺，緊接著背後就傳出轟隆巨響，一陣強烈的熱浪打在背上。

「嗚……」

春雪從咬緊的牙齒縫隙間發出悶哼，但仍然拚命奔跑。就算以不規則的蛇行動作奔跑，火焰的轟隆聲響仍然緊追在後。四周到處濺著火星，每一點火星都濺得Silver Crow的ＨＰ橫條減少幾條掃瞄線。

沿著校舍牆壁往西跑了將近十秒左右，轟隆聲才總算停住。春雪腳底還在地面上滑動，同時轉過身來，不禁看得瞠目結舌。

寬廣的運動場正中央，開出了一個直徑五公尺左右的紅色池子，幾條細小的水流從池子裡蜿蜒外流，這些熔化的金屬就這麼一路流到春雪身前。

Dusk Taker叫出來的新強化外裝顯然是火焰放射器，而且還會製造出驚人的高熱。一旦被噴個正著，腳下的地面就會熔化，之後連移動都有困難，就算被當場燒得精光也不稀奇。

春雪的視線從發出火紅光芒的的池子，轉到蹲在不遠處不動的Cyan Pile。隨著對戰模式的變更，他的ＨＰ計量表已經完全恢復，外觀上的損傷也已經修復，但看來削鑿全身的痛覺震撼還沒有消退。要等到他能參加戰鬥，看樣子至少還得花上一分鐘左右。

「哼……哼哼哼。」

就在思路高速運轉的春雪上空數十公尺處，Dusk Taker發出了天真的笑聲：

「『飛行能力』跟『遠距離火力』的組合果然太美妙了。因為可以像這樣懸停在高空，透過破壞場地的加分來幫必殺技計量表充電，簡直就是永動機……老實說，我根本就是無敵的。」

春雪放低聲音，對這個已然成了名符其實的「火焰惡魔」，再度將火焰放射器指來的虛擬角色說道：

「……這恐怕很難說吧。你要說自己無敵，還缺了一個條件。」

「哦？什麼樣的條件？」

「那就是能飛的人……必須只有你一個！」

說完春雪立刻高舉雙手，剎那間在內心深處想著。

——Sky Raker小姐，我的另一位師父。此時此刻，我就要借用妳的力量……借用妳的翅膀！

「『疾風推進器（Gale Thruster）』著裝！」

語音指令高聲響徹四周。

Dusk Taker的動作忽然停住。

接著兩道天空色的光芒降下，命中春雪的背部，開始凝結成形——

形成了一對寬大、強而有力，而且極為美麗的物體。

那是一種長約八十公分、寬約十公分的流線型推進器，兩具推進器並排在背上。前端薄而尖，後端則是方形的噴射口，周圍有四片穩定翼。說穿了這種機具不太像是一般的推進器，跟背著兩枚小型巡曳飛彈沒有兩樣。

這就是讓Sky Raker被稱為「ＩＣＢＭ」與「鐵腕」的強化外裝。

春雪凝視著敵人流露出驚愕的身影，腰部往下一沉。

推進器發出吼聲，腳下的地面反射出青白色的光芒。

……一顆渴望天空的心，就是「疾風推進器」的動力來源。

遙遠的說話聲再次在耳邊迴響。

……去吧，鴉先生，相信你一定可以再次飛上天空的。

「喔……喔喔喔！」

春雪大吼一聲，猛力朝地面一踹。

巨大的衝擊聲撼動大氣，讓周圍被一陣耀眼的光芒填滿。

緊接著春雪就以猛烈的速度一飛沖天，遠遠超出過去以銀翼垂直起飛的速度。

眼看著Dusk Taker的黑色輪廓就越來越近，但同時春雪的知覺也開始加速，讓接近速度反而感覺相對減緩。

「這……」

Dusk Taker發出小小的驚訝聲，企圖以右手的火焰放射器對準春雪。

就在砲口即將發出紅光之際。

「……喝啊啊！」

春雪大喝一聲，左手掌往前一刺。

籠罩在白色光芒之中的銳利指尖碰到砲口，撕成上下兩半，更順勢一路貫穿到肩膀上的燃料槽。

兩個虛擬角色發出轟隆聲交錯而過。繼續往上空竄升的春雪腳下產生了一道深紅色閃光，還聽到了一陣爆炸的巨響。

春雪張開折疊起的雙手雙腳，止住上升的動作。低頭往下一看，就見到早已熟到不能再熟的梅鄉國中H字形校舍、寬廣的運動場，以及Dusk Taker那浮在這些背景上的身影。

對方繼已經喪失的左手之後，右手也看得出已經受到極深的創傷。火焰放射器完全爆開，從肩膀到手肘的部分都燒得焦黑；本來散發著紫水晶般光芒的裝甲也有裂痕竄過，接連滴出耀眼的火花；ＨＰ計量表也已經只剩一半不到。

春雪張開雙手調整降落軌道，停在了一座設於運動場角落，原本應該是照明燈塔，現在卻排滿了眼球的柱子上。

「疾風推進器」跟被搶走的翅膀不一樣，飛翔時並不會消耗必殺技計量表，但卻跟拓武的「打樁機」同樣，短短一瞬間的噴射耗光能量後，就得等候很長一段時間來充填。

春雪看著視野左上方新增的第三條計量表以極慢的速度開始增加，同時雙手手刀穩穩擺出架勢不動。

對此能美也用力舉起了傷痕累累的右手，彎曲的鉤爪再度附上了紫色的波動。

「……原來如此。想不到學長你還藏著這種底牌？」

或許是為了壓過震驚與憤怒，能美流出的說話聲音顯得十分平板，但仍然裹著一層嘲笑的聲調。

「有田學長，還請你告訴我，你這種強化外裝到底是哪裡撿來的？你的點數應該沒有多到可以從商店買下這種玩意吧……啊啊，對喔，你一定是把擁有這個裝備的虛擬角色打得被強制反安裝，就這麼搶過來用，沒錯吧？好過分啊，連我都沒有做到這個地步呢。」

聽到能美從喉嚨深處發出哼笑聲，春雪平靜地回答：

「能美，你不會懂的。」

「……你說什麼？」

「創生出這對天空色『翅膀』的人有著什麼樣的願望，而這個人又託付了什麼給我，說出來你也絕對不會懂，只把加速世界當成一種手段的你是不會懂的。而且……這樣的你，根本沒有資格自稱是超頻連線者！」

春雪以充滿白色光芒的右手筆直指向能美。

暮色的虛擬角色好一陣子沒有說話。

隨後頭一歪，說道：

「之前我也聽過這句台詞，是叫做『超頻連線者』？我幾時用過這個詞了？」

「……你說什麼？」

「我說啊，學長，你知道嗎？超頻連線者這個詞，是BRAIN BURST早期使用者的自稱。就算翻遍系統的每一個角落，都找不到有在用這樣的名詞，所以我們也絕對不會用。」

「我、們……？」

還沒細想這個說法的意思，能美就重重撂下話來：

「如果要用正確的稱呼，應該叫做加速能力者……不，應該是『加速利用者』。將系統賦予的特權做最大限度的利用，拿得到的東西全都要拿到，這才是我跟你該有的樣子。好了……差不多該分個高下了吧，來看看我跟學長誰的心念——也就是『欲望』比較強！」

能美的右手發出低沉的共鳴聲，灑出了強烈的波動。

「……心念不是欲望，是『願望』！」

春雪也大喊一聲，讓白色的光之劍寄宿在雙手上。

同時從全身匯集所有渴望天空，追求天空的心情。清澈的天藍色滿溢在胸中，流入背上的推進器。

這才是Sky Raker讓春雪修練心念系統的真正目的。本來一次噴射只能進行短時間跳躍的「疾風推進器」，可以透過心念來填充能量。只要能做到這點，這套推進器就不再是單純的跳躍輔助裝置，而成為能夠連續飛行的真正翅膀。

幾乎完全耗盡的第三條計量表一口氣填充到全滿。

春雪的背上噴出青白色的火焰。

能美的黑翼也張開到最大。

緊接著雙方就在空中分別拖出銀色與紫色的軌跡，以最高速度衝鋒。

「喔喔喔喔喔！」

春雪在一聲發自丹田的喊聲下，以光速刺出左手劍。

「嘿啊啊啊啊！」

能美則加上刀刃般的氣勢，右手鉤爪往下一揮。

鏗！衝擊聲響起，整片天空都為之搖晃。兩種顏色的閃光捲在一起、相互交纏，最後炸裂開來——

兩條手臂都被扯下半截，應聲飛開。

「還沒……完呢！」

春雪咆哮的同時，接著將右手劍朝著能美胸口正中央刺去。

化為一道耀眼光線的手臂，無聲無息地貫穿黑紫色的裝甲，一路沒入肩膀。

但同時能美那裹在虛無波動之中的右腳，也在春雪的左腹上挖下了一大塊虛擬肉體。雙方的ＨＰ計量表都一口氣降到不滿三成。

春雪忍受著幾乎燒掉腦幹的劇痛，絞盡所剩的全部心念，朝著正下方——也就是梅鄉國中運動場，將推進器推力全開。

兩個交纏在一起的虛擬角色就像流星似的，拖著由火焰構成的尾巴往下掉，眼看堅硬的地面不斷逼近。

要是就這麼撞上去，就算雙方ＨＰ橫條剩下的長度差不多，Silver Crow也已經沒有餘力再飛了。

大概是直覺了解到這點，Dusk Taker縮起身體，擺出防禦姿勢。

但春雪卻抬起頭來，眼睛保持睜開，對掉落軌道做出最後的微調——

接著大喊：

「阿拓，趁現在——！」

「什麼……！」

能美驚呼一聲，猛然抬起頭來。

拓武的必殺技──「雷霆快槍」化為一道閃電從地上直衝而來，貫穿了他的臉孔正中央。

這次衝擊發揮了煞車的作用，春雪沒有錯過墜落速度減慢的時機，從Dusk Taker的胸口拔出右手，讓身體翻轉一百八十度，全力噴射推進器剩下的能量。

儘管如此，當雙腳碰到地面的那一瞬間，白銀的裝甲上仍然竄出幾道傷痕，濺出大量火花。地面也撞出了放射狀的裂痕，他就以膝蓋在裂痕的正中央著地。

一秒鐘過後，Dusk Taker也沿著留在空中的這道閃光軌跡，墜落在離了幾公尺遠的地方。

那模樣十分悽慘，讓人覺得ＨＰ計量表沒有扣光反而不可思議。他雙手缺損，胸前裝甲開出巨大的洞，臉上的球面護目鏡也出現了蜘蛛網狀的裂痕，正中央還穿出一個漆黑的貫穿痕跡，不停有火花噴出。

看來他還想再動，攤在地面上的翅膀尖端頻頻抽動，但終究沒能振翅飛翔。

……結束了。

春雪在心中這麼自言自語。無論多輕的一擊，只要打在Dusk Taker身上，勝敗多半就會立刻分曉。

但春雪卻跪著不動，等著腳步聲慢慢從背後接近。

不久後站到他身旁的拓武──Cyan Pile，模樣也非常悽慘，幾乎全身都燒得焦黑冒煙。

但這並不是因為受到別人攻擊，而是他自己去承受傷害造成的。他拖著還甩不掉痛覺餘波，無法正常動作的虛擬身體，沉進Dusk Taker以火焰放射器製造出來的岩漿池之中，為的是至少讓計量表累積到足以發出一次必殺技的量。

春雪並沒有看到這行動。一旦在戰鬥中看了拓武一眼，能美多半就會注意到他的意識有所轉移，因而看穿拓武的意圖，所以春雪身在空中時絕對不往下看。他就只是相信，相信拓武一定會這麼出招。

「……能美。」

春雪低聲對著已經精疲力盡的暗色虛擬角色訴說：

「你今天會打輸，原因既不是我的『心念攻擊』，也不是『疾風推進器』，而是出在我們不是孤軍奮戰，而這同時也是今後你同樣贏不了我們的原因。」

能美沒有回答。

春雪抬頭看著身旁的搭檔，以小卻強而有力的動作點點頭。

拓武也點頭回應，伸出了焦黑的左手。春雪以右手回握，靠著這隻手的支撐站起。

剩下的時間已經不到兩分鐘，春雪一步一步往前踏，準備對Dusk Taker施加最後一擊。

……鈴。

就是在這個時候，遠方似乎傳來了一陣微乎其微的聲響。

春雪立刻停下腳步，迅速環顧左右。

一個人都沒出現，也不可能會出現。這個場地並不是透過全球網路，而是透過梅鄉國中校內網路建構出來的，所以照理說根本不可能又跑出別的超頻連線者——

叮鈴。

聲音再度響起。這次聽得十分清楚，是一種清澈，但卻帶著幾分寂寥的音色。

春雪跟拓武同時往聲音的來源——天空抬頭望去。

煉獄場地的綠色天空之中，看不到一個影子，但春雪卻在下一瞬間，捕捉到了視野角落的一個小小動作。

不是空中，而是在聳立於南方的校舍屋頂。屋頂上繞著一層像槍尖一樣尖銳的鑄鐵柵欄，後頭有個顏色遠比天空來得鮮豔，發出橄欖石般翠綠光芒的小小虛擬角色——

「咦……」

春雪分不出喃喃發出這個聲音的是自己還是拓武。

那是，那個虛擬角色是——

「Lime Bell」。

也就是千百合，倉嶋千百合。可是為什麼？無論是Silver Crow還是Cyan Pile，千百合應該都還沒有登錄到自動觀戰名單之中。

「小……」

春雪以沙啞的聲音想要喊她的名字。

但千百合卻像要打斷他的話似的，悄悄將裝備在左手上的大型手搖鈴舉向天空。

耳中似乎聽到了說話的聲音。一個非常非常輕、簡直不像是聲音，倒比較像是意識感應似的聲音，悄悄地乘著場地上的微風傳來——

……對不起，小拓……對不起，小春。

接著黃綠色的虛擬角色就揮動了左手的手搖鈴，同時發聲喊出必殺技的名稱。

「……『香櫞鐘聲』。」

鐘聲美得無與倫比，但或許是因為加上了場地的音效處理，聽起來總覺得有些失真。

閃閃發光的綠寶石微粒從屋頂灑落……籠罩住了處在垂死邊緣的Dusk Taker。

黑紫色裝甲上深層的傷痕一起全部逐漸修復，春雪跟拓武卻只能眼睜睜地在一旁看著。

「為什……麼？」

春雪聽見了一個龜裂崩潰的嗓音，從自己的喉嚨裡發了出來。

「這是為什麼……小百？」

（待續）

後記

各位讀者好久不見，也有部分讀者是初次見面，大家好，我是川原礫，非常感謝各位讀者看完《加速世界3暮色掠奪者》。

雖然加速世界這個系列是採「VR格鬥遊戲小說」的形式，但嚴格說來並不能算是遊戲小說，相信早在第一集，應該就有很多讀者已經注意到這一點。

原因很簡單，因為有時候「氣勢」與「奇蹟」這種難以捉摸的事物，往往會凌駕於書中所提出的系統之上。遊戲小說不能夠容許這樣的情形，而我也由衷希望可以避免這樣的情形出現（笑），但不知道為什麼，寫著寫著就是會寫成這樣。

這或許是因為長年來我心中一直有個揮之不去的疑問，那就是「遵照系統規則贏得的勝利，算得上真正的勝利嗎？」例如比剪刀石頭布，一邊出剪刀，另一邊出石頭贏得勝利，我就會懷疑這樣真的好嗎？會覺得說既然是主角（又或者是主角的勁敵），就應該要出布還能贏。

不，我自己也知道我在胡說八道！而我試圖將這種釐不清的疑問融入遊戲系統之中，構思出來的就是在本集之中登場的「心念系統」。內容就是讓想像力跟意志力轉變為遊戲中極為具體的勝敗因素，可說是一種為了掩飾胡說八道而存在的超胡說八道，至於走這樣的路線，今後這個故事是能繼續以遊戲小說的形式走下去，還是會陷入更為極端的混沌狀態……如果各位讀者願意一直看到自己的忍耐度容量用光為止，那就太令人欣慰了。

不過仔細想想就會覺得，就算在現實世界之中也是一樣，如果要說有什麼能量可以超出各式各樣的系統規範，也就是超出常識範疇，那唯一的答案應該也就只有想像力了。畢竟儘管在當今的社會裡不管怎麼闖，往往都會四處碰壁而令人只能嘆氣，但我們還是隨時可以透過想像來越過這些高牆。在這邊我就多寫一些這樣的大道理來打打迷糊仗吧。

每當有新人物登場，都要進行現實與虛擬兩方面的造型，真的給插畫家ＨＩＭＡ老師添了很多麻煩；此外責任編輯三木氏也為了讓照慣例消極得超凡入聖的春雪有點主角該有的樣子，投入莫大的心力，這次也真的多虧兩位大力相助了。

再來就是要對看完本書的您，送上憑我的心念所能具體化的全部感謝！

二〇〇九年七月二十三日　川原　礫

，但可不是鬧著玩的。」

——天才程式設計師·茅場晶彥

無法完全攻略就無法離開遊戲，
GAME OVER也等於宣告玩家的「死亡」——
多達一萬名的玩家，
被監禁在禁忌的死亡戰鬥MMO「Sword Art Online 刀劍神域」裡面。
經過兩年的歲月之後，靠著獨行玩家·桐人的活躍，
這場「悲劇」終於畫上了休止符。

逃過一死而回到現實世界的桐人，
前往尋找他攻略遊戲時的夥伴，同時也是立下誓言要長相廝守的對象——亞絲娜。

但是亞絲娜——結城明日奈與其他大約三百名SAO玩家，
卻還沒有從那個惡夢般的網路遊戲裡回來。
陷入困惑與絕望當中的桐人，
忽然又從SAO時期的損友·雜貨店老闆兼巨斧戰士艾基爾那裡得知了一個消息。
那是一張電腦畫面的擷圖——
裡面的影像竟然是不知為何變成「妖精」模樣且被囚禁在鳥籠裡面的亞絲娜。
根據艾基爾的情報，亞絲娜似乎是被幽禁在某一款VRMMO裡面。
該款可疑VRMMO的遊戲名稱是「ALfheim·Online」。
有著「妖精國度」意義的「ALO」，是一款規格更勝於「SAO」，
且獲得許多玩家支持的次世代飛行系VRMMO。
為了救出被囚禁的亞絲娜，
桐人一頭闖入這個有著無數妖精飛翔交錯的世界。
而等待著他的衝擊性事實是……!!
在網路上獲得超人氣的「妖精之舞」篇，正式展開!!

Online刀劍神域

2010年9月磅礡登場——！

「這雖然是遊戲
台灣角川
只於個人網站上連載，
卻依然創下超過650萬閱覽人數紀錄的傳奇小說！
Sword Art
最新第3集「妖精之舞」篇，
插畫／abec

Kadokawa Light Novels

AHEAD Series

終焉的年代記 1~3待續

作者：川上稔　插畫：さとやす（TENKY）

Kadokawa Fantastic Novels

3rd-G的第二個污點終於揭曉！
全龍交涉部隊是否能順利收服這個G呢!?

面對飛場道出的第二個污點，佐山必須思考出最理想的解決方式，但現況卻不允許他們這麼做。京雖然打算為3rd-G做些什麼，但3rd-G的自動人偶們為了保住主人而出面進行交涉。佐山該如何面對這個棘手的G?這個事件又會怎樣收尾？

各 **NT$220~280/HK$60~76**

台湾角川

重裝武器 1 待續

Kadokawa Fantastic Novels

作者：鎌池和馬　插畫：凪良

《魔法禁書目錄(INDEX)》、《科學超電磁砲(RAILGUN)》作者
鎌池和馬最新科幻力作！

以《魔法禁書目錄(INDEX)》出道之後大受歡迎的作家鎌池和馬全新作品！以近未來為背景，在超大型武器「OBJECT」稱霸的戰場上所發生的少年與少女的故事。新的鎌池和馬的科幻冒險故事，即將就此展開！你有辦法應付迎面而來的巨大威脅嗎？

台湾角川

NT$220/HK$60

國家圖書館出版品預行編目資料

加速世界 3 暮色掠奪者 / 川原 礫作；
邱鍾仁譯.——初版.——臺北市：
臺灣國際角川, 2010.06 面； 公分.
——（Kadokawa Fantastic Novels）
譯自：アクセル・ワールド 3　夕闇の略奪者
ISBN 978-986-237-717-8（平裝）

861.57　98018650

Kadokawa
Fantastic
Novels

加速世界3
暮色掠奪者

（原著名：アクセル・ワールド3 ―夕闇の略奪者―）

2010年6月30日　初版第1刷發行
2023年9月13日　初版第12刷發行

作　者：川原礫
插　畫：HIMA
日版設計：BEE-PEE
譯　者：邱鍾仁

發行人：岩崎剛人
總編輯：蔡佩芬
副總編輯：朱哲成
美術設計：吳佳昫
印　務：李明修（主任）、張加恩（主任）、張凱棋

發行所：台灣角川股份有限公司
地　址：104台北市中山區松江路223號3樓
電　話：（02）2515-3000
傳　真：（02）2515-0033
網　址：www.kadokawa.com.tw
劃撥帳戶：台灣角川股份有限公司
劃撥帳號：19487412
法律顧問：有澤法律事務所
製　版：尚騰印刷事業有限公司
ＩＳＢＮ：978-986-237-717-8